김대산 新무협 판타지 소설
Fantastic Oriental Heroes

心劍誌
심 검 지

심검지 4

김대산 新무협 판타지 소설

초판 1쇄 찍은 날 § 2013년 1월 17일
초판 1쇄 펴낸 날 § 2013년 1월 24일

지은이 § 김대산
펴낸이 § 서경석

편집부장 § 권태완
편집책임 § 박우진
디자인 § 이혜정

펴낸곳 § 도서출판 청어람
등록번호 § 제1081-1-89호
등록일자 § 1999. 5. 31
어람번호 § 제2-2299호

주소 § 경기도 부천시 원미구 심곡2동 163-2 서경B/D 3F (우) 420—822
전화 § 032-656-4452 팩스 § 032-656-4453
http://www.chungeoram.com
E-mail § chungeorambook@daum.net

ISBN 978-89-251-3146-7 04810
ISBN 978-89-251-2999-0 (세트)

4 냉심철담(冷心鐵膽)

心劍誌

심

검

지

김대산 新무협 판타지 소설

Fantastic Oriental Heroes

청어람
도서출판

目次

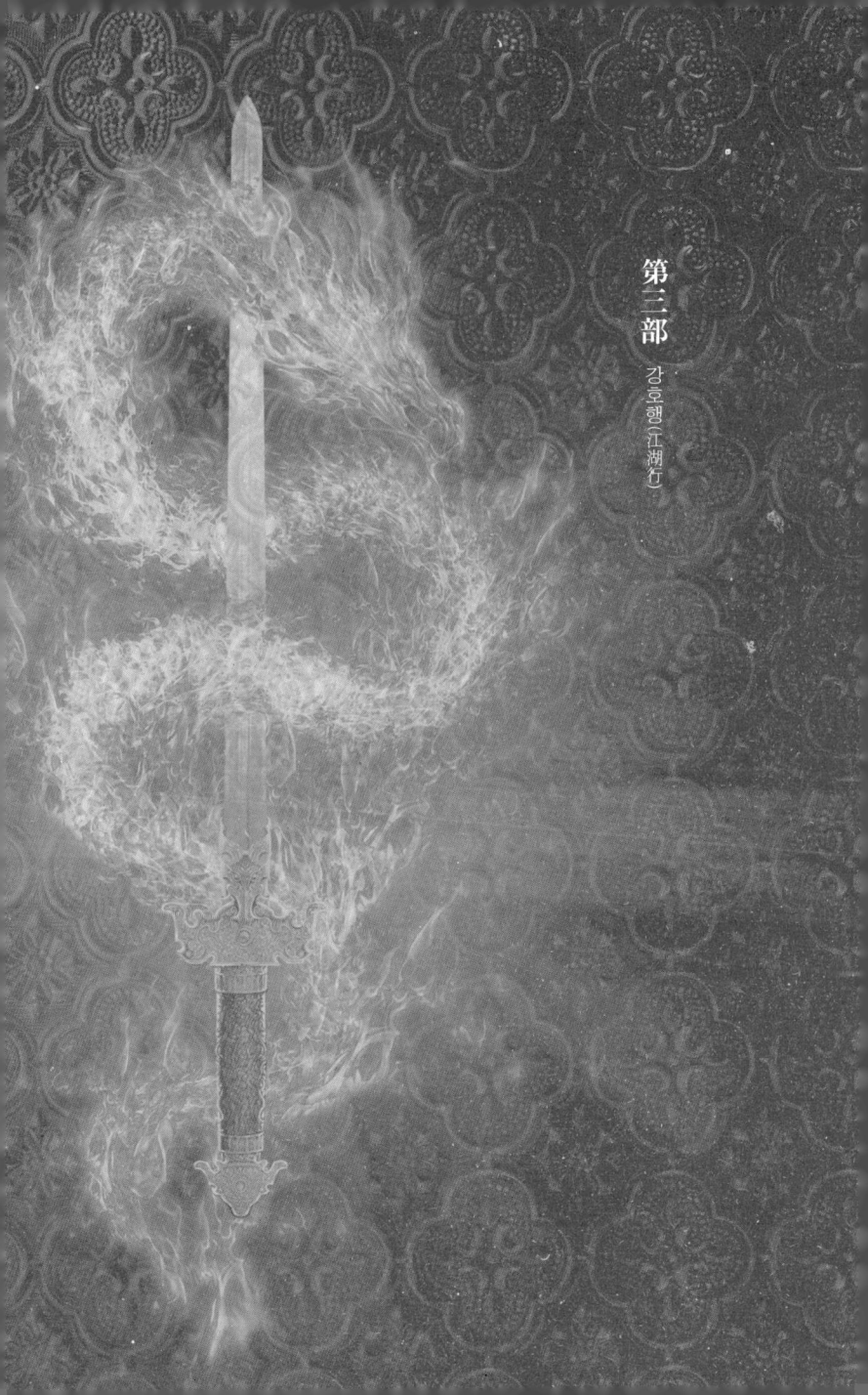

第三部
강호행(江湖行)

第四章
궁가(窮家)

1

왈짜패들이 혼절한 서문창을 들쳐 업고는 황급히 사라지는 것을 굳괴는 굳이 막지 않았다.

중걸자와 거지패들 또한 마찬가지로 지켜보고만 있었다.

사실은 중걸자가 하려고만 했다면 분명 계산적인 선택을 했을 것이다.

즉, 저대로 서문창이 돌아간다면 이제부터의 뒷일이 어떻게 전개될지를 예측해 보는 것은 그리 어렵지 않았으니, 그 여파가 그와 어린 거지들에게까지 미칠 것이 분명했다. 그리하여 추후의 말썽이 생기지 않도록 어떤 보장이나 조치를 확보하지 않고는 서문창을 쉽게 보내주지는 않았을 것이다.

그러나 중걸자는 지금의 이 순간을 관장하는 주체는 어디까지나 필괴라고 생각했다. 그럼으로써 마지막까지의 판단 또한 필괴에게 맡겨야 한다는 생각이었다. 이제부터 전개될 '뒷일'에 대해서 그와 어린 거지들로서는 피해 버리면 그만이었다. 그리고 그런 생각 내지는 방식이야말로 오히려 거지답다는 것이, 거지로서 그가 가지고 있는 가치관이기도 했다.

그때 필괴가 그를 향해 몸을 돌렸기에 중걸자는 빙그레 미소부터 떠올리며 말을 건넸다.

"필 형이 이처럼 대단한 무공 실력을 감춘 고수였다는 사실을 까맣게 몰라봤으니, 내 안목이 얼마나 형편없는 것인지 새삼 절감하지 않을 수 없소이다!"

그 말에는 진심의 감탄이 섞인 것이었으나 중걸자는 '이어 슬쩍 의문을 보탰다.

"실례가 되지 않는다면 필 형의 사문을 물어봐도 되겠소?"

필괴는 당장에 당황스러워하는 기색이 되고 말았다.

"고수라는 것은. 당치 않고. 사문이라고 할 것도. 딱히 없습니다."

중걸자가 언뜻 실망스런 기색을 비쳤으나 이내 고개를 주억거렸다.

"역시 함부로 말할 수 없는 사정이 있는 것이로군요?"

그때 갑자기 거지패들이 분주해지고 있었다. 이것저것 짐들을 챙기고, 움막을 거두고 하는 데서 그들은 서둘러 떠나려

는 모습이었는데, 그것이 무엇 때문인지에 대해 필괴가 생각
이 미치지 않을 수는 없는 일이었다.

"저 때문에······!"

필괴가 미안한 심정을 쉽게는 표현해 내지 못하는데, 중걸
자가 손을 내저으며 받았다.

"개의치 마시오! 어차피 거지들 사는 것이야 비바람이 불
때면 잠시 아무 처마 밑으로나 피했다가, 잠잠해지면 다시 나
가 빌어먹으면 그만인 처지들이오. 그리고 웬만큼 독한 인간
이라고 해도 하찮은 거지들에게 오래 감정을 가지지는 않는
법이오. 하긴··· 드물게는 진짜로 모진 놈들이 있기도 한데,
하하하! 그런 놈들을 보고 뭐라고 하는 줄 아시오?"

"······?"

"거지발싸개보다도 못한 놈!"

필괴가 제대로 웃지도 못하고 어정쩡한 표정이 되고 마는
데, 중걸자가 '하하하하!' 하고 박장대소하더니, 문득 다시
정색을 하였다.

"필 형도 혹시 당장에 갈 데가 마땅찮다면, 우리랑 함께 가
도 무방하오!"

필괴가 잠시 생각한 끝에 고개를 가로저었다.

그러자 중걸자는 오히려 순순히 고개를 끄덕였다.

"하긴 필 형의 무공이면 크게 어려움을 겪을 일이 없을 터
이니, 굳이 우리 같은 거지들과 계속 어울릴 필요는 없을 것

이오만……. 그러나 조심하시오! 오늘 서문창이 크게 봉변을 당하였으니만큼 서문세가에서 결코 가만히 있지는 않을 것인데, 서문세가의 위세는 절대 만만하지 않아서 이곳 유주성은 물론이고 인근 지역에까지 그 영향력을 미칠 정도요. 한 손으로는 열 손을 당하지 못한다는 말도 있듯이, 내 생각으로는… 필 형도 일단은 유주성을 떠나는 것이 상책일 듯하오!"

그러더니 중걸자는 문득 무엇이 생각났다는 듯이 가볍게 웃음을 떠올리며 덧붙였다.

"아! 필 형의 그 얼굴 말이오!"

"예?"

"다른 뜻은 아니고, 필 형의 얼굴은 좀… 특이한 편이라서 말이오! 그러니까… 하하하! 일부러 성가심을 자초할 필요는 없는 것이니, 한동안은 얼굴을 좀 바꾸는 것이 좋지 않을까 해서 말이오!"

필괴가 얼떨떨한 기색으로 있자, 중걸자가 바삐 움직이고 있던 거지 하나를 손짓해 불렀다.

중걸자의 지시를 받은 그 거지가 필괴에게 달라붙어서 얼굴에 무엇을 칠하고 문지르고 하였는데, 잠깐만에 필괴의 얼굴은 화상자국이 없어지고 거무스름한 피부로 화하였다.

중걸자가 이리저리 살펴보고는 고개를 끄덕였다.

"우리 거지들의 역용비법인데, 물만 묻히지 않으면 한 사나흘간은 지워지지 않을 것이오."

그때쯤 거지들의 이동준비가 다 끝이 난 모양이라, 중걸자가 곧바로 작별의 말을 건넸다.

"자! 그럼 우리는 이만 떠나도록 하겠소! 회자정리(會者定離) 거자필반(去者必返)이라! 만나면 언젠가 헤어지게 되어 있고, 또한 헤어지면 언젠가 다시 만나게 되어 있다고 했으니, 우리도 언젠가 다시 보도록 합시다!"

2

서문언상(西門彦祥)은 당금 서문세가의 중추인 삼걸(三傑) 중 둘째이자, 세가의 형당 당주를 맡고 있는 인물이다.

그는 지금 하루 일과의 마감을 앞두고서 세가에서 직영하는 시전의 영업장 몇 곳이 문 닫는 것을 점검하러 나온 중이었다.

그런데 어두워진 시전의 분위기가 오늘따라 평소와는 사뭇 다르다는 느낌을 그는 언뜻 받았다.

지금쯤이면 술 한잔을 위해 노점에서 푼돈이나 뜯으려고 시비를 벌이거나, 혹은 이미 때 이른 취기로 비틀대며 고성방가로 거리를 휘젓고 다니는 부랑배들의 모습이 한둘쯤은 보일 법도 하였는데, 오늘따라 자취조차 없이 거리가 영 조용하기만 한 것이었다.

'이자들이 어디로 다들 몰려간 모양인데, 또 무슨 사단을 만들려고……?

서문언상이 왠지 찜찜한 느낌으로 될 때였다.

저쪽 어둠 속에서 일단의 무리가 허둥지둥 달려오고 있었는데, 그가 안력을 돋구어 보니 앞선 몇몇이 눈에 익은 자들이었다.

바로 시전바닥에서 곧잘 말썽을 일으키곤 하는 왈짜패들이었는데, 그자들 중의 하나가 등에다 누군가를 들쳐 업고 있는 모습에 서문언상은 처음에 가볍게 혀를 차며 못 본 체 슬쩍 비켜서 지나가려 하였다.

그런데 언뜻 무언지 모르게 미심쩍은 생각이 들기에 그가 나직이 외쳤다.

"잠깐 멈추어라!"

그러나 왈짜패들은 미처 그를 알아보지 못하였는지,

"비켜라! 급하다!"

하고 외치며 그냥 밀치고 지나가려 했다.

"이놈들!"

서문언상이 묵직한 위엄을 실어 다시 호통을 치고 나서야, 왈짜패들이 흠칫 놀라며 일제히 멈추어 섰다. 그리고 앞에 섰던 자 하나가 화들짝 놀라며 외쳤다.

"서문언상?"

그 말에 뒷줄에 있던 자 하나가 얼른 앞으로 튀어나오더니 곧장 허리부터 접었다.

"당주님!"

"너는 도말이 아니냐? 한데 무슨 일이기에 이처럼 떼로 몰려다니는 것이냐?"

"그것이……"

도말이 크게 당황해 하며 머뭇거렸다.

그때 서문언상은 왈짜 하나의 등에 업힌 사람의 옷차림과 체형이 언뜻 눈에 익다는 생각을 하였다.

서문언상이 즉시로 성큼 다가가서 그 사람의 얼굴을 바로 젖혀 확인하였고, 다음 순간 그는 다급한 외침을 토해내고 말았다.

"창(昌)이 아니냐?"

동시에 서문언상은 와락 도말의 멱살을 움켜잡았다.

"어떻게 된 일이냐?"

"커… 억! 이… 이것 좀!"

엄청난 악력에 도말이 대번에 숨 막혀 하다가, 서문언상이 멱살을 놓아주자 황급히 전후사정을 주워섬겼다. 서문창이 어떻게 기지패들과 얽히게 되었으며, 또 자신들에게 도움을 청한 것이며, 거지패들을 혼내주러 찾아갔던 일 등등에 대해.

그 과정에서 도말은 거지패의 능력을 사뭇 부풀렸고, 특히 필괴와 중걸자는 대단한 고수급으로 추켜 놓았다.

듣는 한편으로 서문언상은 서문창의 맥을 살폈다. 다행히도 기혈의 흐름은 막힌 곳 없이 순조로워서 특별히 내상을 입은 것은 아니었고, 다만 일시적으로 커다란 충격을 받아 혼절한 모양이었다.

도말의 말이 다 끝나기 전에 서문언상이 차갑게 뱉었다.

"너희 중 하나는 나를 그 거지패들이 있는 곳으로 안내하고, 도말 너는 이대로 창을 데리고 곧장 세가로 달려가라! 그리고 방금 내게 말한 내용과 또한 내가 먼저 거지패가 있는 곳으로 갔음을 전하거라!"

이어 서문언상의 눈빛에서는 시리도록 차가운 광채가 번뜩하고 빛났다.

"지금 내가 말한 것들 중에서 한 가지라도 이행하지 않거나, 또한 너희들 중 단 하나라도 중간에 이탈한다면 내 결코 용서치 않을 것이다! 가거라!"

그 차가운 목소리와 눈빛에서는 언뜻 살기까지 느껴졌으므로 도말과 왈짜들은 그대로 얼어붙고 말았다.

그리고 왈짜 하나를 앞세운 서문언상의 모습이 어둠 속으로 사라지고 나서야 퍼뜩 서문언상의 경고를 상기한 도말이 왈짜들을 재촉하여 곧장 세가를 향해 달려가기 시작했다.

3

서문세가에서는 한바탕 급한 소동이 벌어졌다.

서문창이 혼절한 채로 업혀 왔다는 소식에 세가주(世家主)

서문건상(西門建祥)과 외당주(外堂主) 서문극상(西門極祥) 등이 한달음에 마당으로 달려나온 것이다.

세가주가 우선 서문창을 받아 바닥에 앉히고 가슴 요혈을 치자,

"으… 음!"

서문창이 깨어났는데, 으슬으슬한 한기라도 느끼는 듯이 부르르 몸을 떨었다.

사방이 캄캄한 중에 횃불에 비친 부친의 얼굴을 보고 서문창은 화들짝 놀랐지만, 재빠르게 상황을 추슬러 보고는 수치감에 두 눈을 질끈 감고 말았다. 그러나 눈을 감는다고 비참함이 사라지는 것은 아니었으니, 앞으로 얼굴을 들고 다닐 수 없을 것이라는 비참함과 더욱이 그 개인뿐만이 아니라 가문의 명예가 진흙탕에 처박히고 말았다는 데 생각이 이르러서는 견딜 수 없는 자괴감이 몰려들었다.

그때 도말은 서문언상의 엄포를 떠올리며 재빠르게 일의 전후사정을 주워섬겼다.

"모두 사실이냐?"

묵묵히 다 듣고 난 다음에 짧게 묻는 세가주의 나직한 목소리에 차갑기 이를 데 없는 한기가 스며 있었다.

그에 도말이 움찔 얼어붙고 마는데, 정작 세가주의 눈길은 서문창에게로 향해 있었다.

서문창이 두 눈을 질끈 감은 채로도 부친의 차갑게 빛나는

안광을 능히 느낄 수 있었으므로 겨우 고개를 까딱하였다.

"즉시 청검대(靑劍隊)를 집결시켜라!"

세가주가 단호하게 명령했다.

"그럼 저희는 이만……."

분위기가 삼엄하게 돌아가는지라, 도말이 슬그머니 몸을 빼고자 했다.

그러나 외당주 서문극상이 광채가 번뜩이는 눈빛으로 도말을 쏘아보며 무겁게 일렀다.

"너는 여기에 남고, 나머지는 잠시간 본가의 다른 장소에 머물러야겠다!"

"예? 어찌……?"

그것에는 대답없이 서문극상은 무사들을 향해 명령을 내렸다.

"이자만 남기고 나머지 자들을 모두 옥사(獄舍)에 가두어라!"

즉시 일단의 무사가 도말을 제외한 나머지 왈짜패들을 데리고 갔고, 그 사이에 다시 오십여 명의 무사가 급박하게 마당으로 나오며 세가주 앞에 도열해 섰다.

세가주가 무사들을 두 개 조로 나누고 그중 한 조에 대해 즉시 명했다.

"너희는 저자를 따라 곧장 형당주에게로 가라!"

"존명!"

그 일조(一組)가 즉시 달려나가자, 세가주가 다른 일조에 대해 다시 명했다.

"너희는 성문으로 달려가서 내일 아침까지 모든 출입에 대해 철저히 통제하라! 관부에는 따로 협조를 청해 놓을 것이다!"

"존명!"

바로 이어 세가주는 서문극상에게 다시 명했다.

"아우는 외부에 거주하는 세가의 모든 인력들에 대해서도 비상동원령을 발동해 놓도록 하게!"

"알겠습니다!"

서문극상이 복명하고 또한 즉시 달려나갔다.

4

중결자는 궁가(窮家)의 후기지수(後起之秀)다.

그는 차기 가주(家主)로서의 자격과 능력을 검증받기 위해 스스로 삼 년의 기간을 두고 유주성에 궁가의 분타를 세운다는 과업을 정하였고, 육 개월 전부터 실행에 옮기고 있는 중이었다.

그런데 유주성에는 궁가와는 이런저런 사연과 사정으로 오랜 세월 대치관계에 있는 걸방에서 이미 분타를 운영하고 있었으니, 그로서는 시작부터 몹시 조심스럽지 않을 수 없었다.

하여 그는 우선 십팔 세 이상이 되어 능히 제 밥벌이를 할 수 있는 거지들만 방도(幫徒)로 받아들이는 걸방의 관례에서 빈틈을 찾았다.

즉, 걸방에 소속되지 않은 채 걸식하며 떠돌아다니는 거지들 중에서 십팔 세 미만의 나이에 자질이 뛰어나 보이는 어린 거지들을 하나둘 모으기 시작한 것이다.

그리고 그들을 돌보는 한편으로 무공의 기초와 궁가의 제자로서 익혀야 할 기본적인 것들을 가르쳤으니, 곧 그의 임시 제자들로 삼은 셈이었다. 그리하여 향후 일정 기간 동안의 수련과 관찰, 그리고 최종적으로는 사부이신 궁가 가주의 승인을 받으면 그들은 정식으로 궁가의 제자가 될 것이었다.

어쨌든 육 개월여 만에 그가 거두어들인 거지들은 스물 정도가 되었는데, 걸방의 이목에 걸릴까 늘 경계하여 인적이 드문 곳에만 움막을 쳤고, 밖으로 다닐 때는 서넛 정도씩만 함께 다니게 했으며, 더하여 보름에 한 번 꼴로는 움막을 옮겨 다녔었다.

지금 중걸자는 제자들을 이끌고 곧장 유주성을 벗어날 작정이었다.

그가 아예 성을 벗어날 생각을 굳힌 것은 서문창과 관련된 사건으로 이제부터 벌어질지 모를 사태에 대한 우려 때문도 있지만, 사실은 그것보다 더욱 중대한 이유가 하나 있었다.

내일 오전에 마침 그의 사부께서 그간 그가 이룬 성과들에 대한 중간 확인 겸, 격려차 유주성에 오시기로 되어 있었으니, 만에 하나라도 사부께서 엉뚱한 사태에 휘말리는 일이 발생해서는 안 될 것이기 때문이었다. 그리하여 성 밖으로 나가 사부일행을 기다렸다가, 그간의 사정을 보고 드린 다음에 다시 지침을 받을 작정이었다.

중걸자 일행은 사람들의 눈을 피해가며 조심스럽게 이동한 끝에 이윽고 어둠 속 저 앞으로 성문이 바라다 보이는 곳에 당도했다.

그런데 뭔가 분위기가 심상치 않았다.

어두워졌으니 성의 주문(主門)이 굳게 닫히고 작은 통문(通門) 하나만을 열어둔 것은 그렇다고 쳐도, 주변이 환하도록 횃불을 밝히고 있는 것이며, 또한 평소 야간에는 기껏 두세 명의 수문병사가 경계를 섰었는데 지금은 그 배나 되는 대여섯 명의 수문병사가 지키고 서서 이따금씩 드나드는 출입자에 대해 사뭇 삼엄하게 검문검색을 하고 있는 광경이 그랬다.

뿐만 아니라 조금 떨어진 곳에서는 다시, 병사 차림이 아닌 무사 열댓 명이 도열하듯이 서 있기도 했다.

중걸자는 대번에 알아보았다, 기어코 걱정하던 일이 벌어지고 말았음을. 그것은 그가 예상했던 것보다도 훨씬 빠르게 진행이 된 것 같았다.

그리고 그는 재빨리 판단을 했다. 그 혼자라면 성벽을 넘어서라도 성을 나가 보겠으나, 어린 제자들을 함께 데리고 나가

기란 불가능하니 일단 성 안으로 되돌아가서 다른 방법을 강구해 보기로.

5

"어찌 되었나?"

급하게 세가로 들어오는 서문언상을 보고, 세가주 서문건상이 재촉하여 물었다.

"거지패들은 벌써 자취를 감추고 없었습니다!"

"아우 쪽으로 보낸 우리 사람들은?"

"중도에 만났습니다. 소제가 우선 급하게 달려왔고, 그들도 곧 뒤따라 당도할 것입니다. 그보다는… 지금 즉시 놈들을 추격해야만 합니다!"

"음! 그렇지 않아도 이미 성문을 봉쇄하고 있는 중이니, 놈들이 성을 벗어나지는 못할 것이네!"

서문언상이 짧게 안도의 숨을 내쉬었다.

"하면 저는 걸방 분타에 협조를 요청해 보겠습니다. 놈들이 걸방 소속은 아니라고 하나, 어쨌든 거지들인 이상에는 그쪽에서 좀 더 용이하게 추적이 가능할 겁니다."

"음……! 그리하게!"

세가주가 고개를 끄덕이자 서문언상은 급한 걸음으로 다시 세가를 나섰다.

6

중걸자 일행은 한 채의 가옥으로 들어섰다.

유주성 내에서 외곽지대에 속하긴 하지만, 그래도 제법 규모가 큰 주거지역 안쪽에 소로(小路)를 접하고 자리 잡은 번듯한 가옥이었다.

그곳은 중걸자가 나중에 분타를 세울 목적으로 미리 구입해 둔 일종의 안가(安家) 즉, 안전가옥이었다.

안가는 바깥에서 보기에는 주위의 다른 가옥들과 그저 비슷하더니 대문을 열고 안으로 들어서자 사뭇 특이한 모습이었다.

대문 안쪽은 그냥 폭 사 장여의 공간이었는데 있는 것이라곤 몇 개의 흙무더기뿐이었다. 다만 안쪽으로 다시 하나의 담장이 서 있었는데, 양끝이 조금씩 트인 그 내측담장의 가운데는 대문보다는 좀 더 작은 통문이 하나 달려 있었다. 그 통문을 들어서자 내측담장에 접하여 아담한 정원이 꾸며져 있고, 다시 그 너머로 비로소 아담한 안마당과 몇 채의 독립된 건물이 배치된 광경이 보였다.

사실 안가에는 궁가의 본타에서 지원차 파견된 세 명의 인력이 상주하면서 지난 육 개월여 동안 꾸준히 공사를 진행해오고 있는 중이었는데, 외부로는 전혀 드러나지 않는 아주 은밀한 공사였다.

그런데 중걸자의 어린 제자들에게 안가는 사뭇 익숙한 곳인 듯했다. 안가에 들어서자마자 그들은 곧장 제각기들 흩어졌는데, 이십여 나 되는 인원이 잠시간 만에 들어왔다는 흔적도 없이 사라져 버리는 것이었다.

중걸자는 당분간 제자들을 두문불출시키고 안가에서 잠적하고 있을 작정이었다. 그럴 준비는 평상시에 이미 되어 있었다.

7

결방의 유주성 분타주 시량(施梁)은 외부로 나가 있는 무개(武丐)들 전원에 대해 즉시 분타로 복귀하도록 이제 막 지시를 내린 터였다.

본타로부터 긴급전문을 받은 때문이었다. 방주와 방주를 호위하는 십이용두개(十二龍頭丐), 그리고 장로들을 위시한 방의 주요 인사들이 대거 이곳 유주성을 향해 오고 있다는 내용이었다.

'무언가 중대사가 있다!'

자세한 내막에 대해서는 일절 언급이 없었지만, 단순한 분타 시찰 정도가 아님은 분명했다.

어쨌든 긴급히 방주를 맞을 준비를 해야 했기에 시량이 마음부터 분주한 중인데, 바깥으로부터 서문세가의 형당 당주 서문언상이 방문하였다는 보고가 들어왔다.

'평상시라도 크게 반갑지는 않을 손님인데, 더욱이 이런 때라니……!'

시량이 내심 마뜩찮았으나, 그렇다고 핑계를 대어 간단히 따돌려도 좋을 인물은 또 아니었다.

"이처럼 늦은 밤에 당주께서 이 누추하고 냄새나는 거지소 굴까지 어쩐 일로……?"

시량이 손님을 맞으며 짐짓 웃는 얼굴로 물었으나, 서문언상은 대뜸 정색을 하였다.

"시 분타주! 내 단도직입적으로 요청하겠소!"

심상치 않은 일임을 직감하고, 시량이 또한 정색을 하며 물었다.

"무슨 일이시오?"

"거지 둘을 쫓고 있소!"

"거지라면… 혹시 우리 방도들이 세가에 무슨 죄라도……?"

"귀방의 방도는 아닌 것 같소!"

"하면……?"

"이십대로 보이는 젊은 거지 둘이오! 또한 놈들은 열 몇 살 정도로 보이는 어린 거지 이십여 명을 거느리고 있다는데……. 혹시 짐작 가는 것이 없소?"

"음······! 글쎄올시다! 유주성 내에 우리 걸방에 속하지 않은 거지들이 제법 있는데다, 더욱이 어린 거지들이라면 더욱 파악하기가 어려운 노릇이라서······. 그러나 어쨌든 그자들이 유주성 내에만 있다면 방도들로 하여금 찾아보게 할 수는 있겠소이다!"

"본 가의 긴급한 사안이 걸린 일이니, 꼭 좀 부탁을 드리겠소!"

그에 시량이 무슨 일인지 새삼 궁금증이 도는 터에

"그리고 이미 성문을 통제하고 있는 중이니, 놈들은 필시 성내 어딘가에 잠적해 있을 것이오!"

하고 덧붙이는 서문언상의 말에 퍼뜩 한 가지 우려를 떠올리지 않을 수 없었다.

"그 말씀을 듣고 보니, 이 거지도 한 가지 부탁을 드려야만 할 것 같소이다!"

"······?"

"마침 내일 중에 본타에서 중요한 손님들이 오시기로 되어 있는데, 혹시 그 일로 인해 성문에서 귀찮은 일이라도 생긴다면 이 거지의 입장이 몹시 곤란해질 것 같아서 말이외다!"

"귀방의 중요한 손님들을 번거롭게 해드려서야 되겠소? 손님들이 어떤 분들이신지 말씀해 주시면, 조금의 불편함도 없도록 미리 조치를 해두도록 하겠소!"

"손님들의 수가 꽤 되니 일일이 말씀을 드리기는 어렵고,

대신 이 거지가 내일 직접 성문으로 손님들을 맞으러 나갈 것이니, 그때 이 거지의 체면을 좀 살려주시면 되겠소이다!"

서문언상이 간단히 고개를 끄덕였다.

"알겠소! 그럼 그렇게 조치를 하겠소!"

그리고는 서둘러서 나가는 서문언상의 뒷모습을 보며 시량은 다시금 고개를 갸웃해 보았다.

8

아침이 되자 성문이 다시 활짝 열렸다. 아무리 서문세가라 해도 아침이 되어서까지 작은 통문으로만 사람들을 드나들게 할 수는 없었음이다.

서문언상은 성문에서 좀 떨어진 곳에 세가의 청검대 스물다섯과 함께 성문을 들고나는 사람들 하나하나를 세세히 살피고 있는 중이었다.

아침이라 성으로 들어오는 인원은 별로 없고 주로는 나가는 경우였다.

그러던 중에 갑자기 이십여 명이나 되는 일단의 거지가 우르르 들어섰고, 대주(隊主) 마광(瑪廣)을 위시한 청검대가 일제히 긴장하였다.

그러나 서문언상은 가만히 고개를 저어 그들을 진정시켰다. 아까부터 미리 나와 다른 한쪽에서 기다리고 있던 시량이 보내는 눈짓을 받고서였다.

시량이 재빨리 그 거지들을 향해 다가서며 정중하게 허리부터 숙이고는 곧장 앞장서서 그들을 안내해가는 광경을 보고 있다가 서문언상은 언뜻 놀라워하며 혼잣말로 중얼거렸다.

"시량이 저럴 정도면 적어도 걸방의 수뇌부라는 것인데…… 걸방의 수뇌부가 대거 유주성으로 들어왔다……? 도대체 무슨 일일까?"

그런데 시량 등이 떠난 지 일각 정도가 지났을 때였다.

다시 십여 명의 한 무리가 성문을 들어섰는데, 비록 좀 전의 거지들보다는 한결 깨끗한 차림이었으나 그래도 온통 기운 자국 투성이인 누더기 옷과 무엇보다도 허리에 매단 동냥 그릇에서 또한 거지임에 분명한 자들이었다.

서문언상이 가만히 손을 들어서 청검대에게 이번에도 가벼이 움직이지 말라는 지시를 내리고는, 예리한 눈빛으로 거지들을 주시하였다.

성문을 통과한 거지들은 곧장 중문대로 쪽으로 방향을 잡았다.

그리고 얼마 안 가 서문언상은 볼 수 있었다. 행인 한 명이 거지들의 옆으로 슬쩍 따라붙는 광경을.

순간 서문언상은 직감했다, 그 거지들이야말로 바로 그가 찾고 있는 자들임을. 그렇지 않더라도 최소한 밀접한 관련이 있는 자들임을.

서문언상은 마광을 향해 빠르게 지시했다.

"나는 대원 스무 명을 데리고 저자들을 미행할 것이니, 이제부터 여기의 임무는 네가 맡거라! 그리고 지금 즉시 대원하나를 세가로 보내서, 수상한 자들을 발견하여 내가 그 뒤를쫓고 있음을 보고하고, 또한 긴급히 병력을 지원해 달라 하더라고 전하거라!"

9

"어찌 된 일이냐?"

누더기 옷이 아닌 깨끗한 평복 차림으로 나타난 중걸자를보고 언뜻 미간을 찌푸리며 묻는 이는 바로 그의 사부이자 궁가의 가주인 만걸자(万乞子)였다.

"그럴 만한 사정이 좀 생겼습니다."

비록 누더기 옷차림일지언정 단정히 틀어 올린 반백의 머리와 어딘지 모르게 은은한 위엄과 청수함을 풍기는 사부의풍모가 여전하였기에 중걸자가 반갑게 인사를 드리고, 다시사숙들인 팔대장로(八大長老)들께도 간단하게나마 예를 차리면서 대답을 했다.

그런 중에도 중걸자의 눈은 조심스럽게 사방을 살폈는데,걸음을 서두르며 사부에게 자초지종을 설명하려던 그는 문득 안색이 변하고 말았다.

마침 앞쪽에서 누군가 걸어오고 있는데, 영락없는 거지행색에 얼굴이 유난히 시커먼 자였다.

바로 필괴였다.

필괴는 이제야 성문을 나가려고 하는 모양이었는데, 지금 서문세가의 무사들이 떼를 지어 성문 옆에 지켜서 있는 터에 얼굴을 변용하였다고 하더라도 거지행색 그대로인 채로 갔다가는 대번에 주의를 끌게 될 것은 뻔한 노릇이었다.

중걸자는 같이 데리고 와서 조금 떨어진 곳에서 주위경계를 하도록 지시해 놓은, 역시 평복 차림의 제자 하나를 손짓해 부르는 한편으로 급하게 사부에게 고했다.

"사부님! 이 아이를 따라 먼저 안가로 가 계십시오!"

그러는 사이에 필괴가 그를 지나쳐서 성문을 향해 성큼성큼 걸어가고 있었기에 중걸자가 다른 사정은 말하지 못하고 곧바로 필괴를 뒤쫓아갔다.

중걸자는 필괴의 옆으로 따라붙으며 곧장 그의 팔목을 낚아채고자 했다.

그런데 그때 필괴가 우연인 듯이 주춤하며 슬쩍 옆으로 비켜나 버리는 바람에 중걸자가 흠칫 놀라고 말았는데, 와중에도 주변의 눈들이 쏠릴 것이 우려되어 그가 급히 말했다.

"필 형! 나요, 중걸자!"

"아……!"

필괴가 놀람과 동시에 반가움을 표해내려는 것을, 중걸자가 다시금 팔목을 낚아채며 서둘렀다.

"사방에 지켜보는 눈들이 있으니, 일단은 조용히 나를 따르시오!"

그에 필괴가 순순히 중걸자의 이끄는 손에 몸을 맡겼는데, 부지런히 한참을 걸은 다음 아무도 쫓지 않는다는 것을 몇 번이나 확인하고 나서야 중걸자는 필괴의 손을 놓아주었다.

그러나 일단 서문세가에서 쫓고 있는 것이 명확해진 마당에, 필괴더러 다시 알아서 제 갈 길을 가라고 하기에는 중걸자가 아무래도 마음이 놓이지 않는 것이었다.

물론 필괴에게 제 한 몸 지킬 능력이 있다는 것이야 중걸자가 잘 알고 있는 바이고, 더욱이 지금 스스로의 일이 바쁜 마당에 그렇게까지 신경을 쓸 것까지야 있겠느냐 싶기도 하였지만, 왠지 모르게 믿음이 가질 않는 것이었다. 어쩌면 그런 것은 처음 만났을 때 필괴의 그 대책없이 안쓰러웠던 인상이 아직도 남아 있는 때문인지도 몰랐다.

그리하여 잠깐의 갈등 끝에 중걸자는 결국 필괴를 안가로 데리고 가기로 마음을 정했다.

10

중걸자가 필괴를 데리고 안가에 도착해 보니 사부 만걸자

일행은 어린 예비사손들이 극진한 경외를 담아 올리는 인사를 받고 있는 중이었다.

이십여 명의 인사를 일일이 다 받고 나서야 만걸자는 내내 참았던 질문을 할 수 있었다.

"어떻게 된 일인지 소상히 말하여 보거라!"

"사실은……."

중걸자가 그간의 사정을 소상히 아뢰려고 할 때였다.

"바깥에 수상한 자들이 어른거리고 있습니다."

급하게 전해진 보고에 중걸자는 대번에 안색을 굳히고 말았다.

만걸자가 가만히 안색을 굳히며 물었다.

"짐작되는 일이라도 있느냐?"

"아마도 서문세가일 것입니다!"

"말로 풀 수 있는 문제이더냐?"

만걸자가 간단히만 물은 데 대해, 중걸자가 더욱 신중하게 대답했다.

"아무래도 그러기는 어려울 것 같습니다."

만걸자의 안색이 언뜻 무거워지는데, 바깥에서 다시 보고가 전해졌다.

"모두 이십여 명쯤 되는데, 그들 중에 서문세가의 형당 당주 서문언상이 보입니다!"

"어떻게 하려느냐?"

사부의 물음에 중걸자가 잠시간 생각을 정리하고는 문득 단호한 기색으로 되었다.

"만약 저들이 무단으로 본가를 침범하려 한다면, 단호하게 대응을 하고자 합니다."

만걸자가 가만히 고개를 끄덕였는데, 그 표정은 오히려 담담해 보였다.

사부의 그럼 모습에 중걸자는 크게 위안이 되었다. 그리고 새삼 계산이 서는 것이었다. 사부와 호법들이 계시는데다 비록 부족하지만 이곳 안가에 준비된 것들을 활용한다면, 아무리 서문세가라고 하더라도 적당한 정도까지는 일단 한번 부딪쳐 볼 수 있겠다는 판단이었다.

물론 자칫 일이 생각 이상으로 크게 확대된다면 상당한 위험 부담이 따를 수도 있겠으나, 반대로 잘만 대처한다면 기대해 볼 만한 이득 또한 없지는 않을 것이었다.

삑~!

중걸자가 나직하게 휘파람을 불자, 안가 내부는 돌연 바쁘게 돌아가기 시작했다.

어린 거지들이 속속 안마당으로 뛰어나와 사방으로 흩어졌는데, 그 일부는 안마당 너머의 정원 곳곳으로 흩어져 이내 모습을 감추었고, 다시 일부는 내측 담장 부근에서 마치 그 속으로 스미듯이 사라졌고, 나머지는 곧장 통문을 지나 바깥마당으로 나가는 모습들이었다.

지켜보던 만걸자의 입가에 언뜻 흐뭇한 미소가 스쳤다. 안가의 기관 매복에 상당한 진척이 있음과 더불어 무공의 기초는 아직 많이 미흡하지만 그래도 긴박한 상황을 맞아 어린 예비사손들이 질서정연하게 대처해 나가고 있는 모습은 참으로 대견한 것이었다.

11

중걸자가 그제야 약간의 여유를 가지고 사부께 그간의 사정을 간단하게 고했다.

서문세가의 소가주인 서문창과 우연한 시비가 있었고, 그것이 다시 왈짜패들이 동원된 이차 충돌로 번졌는데, 그 과정에서 서문창이 혼절하여 업혀 가는 사태가 벌어졌고, 지금 서문세가에서 자신과 어린 제자들을 잡기 위해 무사들을 풀어 쫓고 있는 중이란 데까지의 얘기였다.

다만 얘기가 길어질 것 같았기에 중걸자가 필괴에 관해서는 자세한 얘기를 생략하고, 그냥 우연히 사건에 휘말렸다가 이런저런 사정으로 자신과 교분을 맺게 되었는데, 어쨌든 서문세가의 추격을 받게 될 것 같아서 일단은 안가로 데리고 왔다는 정도로만 고했다.

제자와 교분을 맺었다는 소리에 만걸자가 새삼스레 흘깃 필괴를 살펴보았다. 그러나 그는 곧바로 가벼운 실망을 금치 못하였다. 평범의 범주에서 벗어나지는 못하는 인물이었다. 적어도 궁가의 차기 가주가 될 중걸자가 굳이 교분까지 맺을 만한 인물은 아닌 것으로 보였다.

중걸자가 궁가의 차기 가주로 예정되어 있으나, 중걸자의 존재 자체는 궁가에서도 제한적으로만 알고 있는 사실이며 외부로는 철저히 차단되어 있었다. 그러니 중걸자가 유주성에서 자신의 능력을 평가받기 위해 분타를 키우는 것도, 가능하면 외부에 알려지지 않도록 하기 위해 여러 가지의 고심이 있었던 것이다. 그러한 것은 중걸자가 궁가의 미래로 커나가는데 있어서, 예상하지 않을 수 없는 외부의 적대적인 견제로부터 그를 보호하기 위함이었다.

그리고 그런 측면에서 중걸자의 자유분방은 늘 걱정거리였으니 만걸자는 제자가 만사에 신중을 기하기를 바라는 마음이었고, 특히 제자의 사람 사귀는 일에 대해서 그의 걱정은 더할 수밖에 없었다.

그러나 만걸자는 밖으로 딱히 표시하지는 않고서, 천천히 걸음을 옮겨 정원의 가운데쯤으로 나아갔다.

이어 궁가의 팔대장로들이 만걸자를 중심으로 넓게 벌려서며 팔방의 위치를 점하였다.

중걸자는 한층 여유있는 얼굴이 되었다. 지금 그의 사부와 팔대장로들은 어린 예비사손들이 펼치고 있는 항마걸관(抗魔乞關)의 핵심방위들을 점한 것이고, 그럼으로써 이제 그들은 적을 맞이할 준비를 갖춘 것이었다.

중걸자는 천천히 겉옷을 벗었다. 그러자 누더기 옷이 드러
났는데, 그는 이제 중걸자로서 당당하게 적을 맞이할 참이었
다.

12

필괴는 안마당의 한쪽에 어정쩡하게 서 있었다.

진작부터 몹시 어색하기도 하고 얼떨떨하기도 한 입장이
었으나, 시종 바쁘게 돌아가는 상황에서 중걸자를 붙잡고 자
세한 사정을 물을 수도 없는 분위기였다.

더욱이 정확한 사정을 알지는 못하더라도 대강 돌아가는
형편을 짐작해 볼 때는 역시 서문세가로부터 핍박을 당하는
상황 같았고, 그렇다면 그런 상황의 발단이 되는 것이 어쨌든
자신이었으므로 미안하기 그지없는 심정으로 되는 것이었
다.

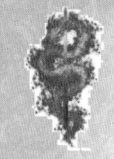

第五章
궁가대걸방(窮家對乞幇)

1

대문은 허름했으나 키를 훌쩍 넘는 높이로 길게 둘러 처져 있는 담장만으로도 그 가옥은 제법 큰 규모로 보였다.

서문언상이 상황을 종합해 볼 때, 지금 가옥의 안쪽에는 최대 삼십여 명이 있는 것으로 판단이 되었다.

그리고 그중에서 가장 위협이 될 만한 자들은 역시, 그가 미행해 온 그 십여 명으로 생각되었다.

그가 여기까지 오면서 내린 판단으로는, 그 십여 명은 강호를 떠도는 낭인 무리들라 여겨졌다.

어쩌면 강호의 낭인들이 어린 거지들을 모아 밥벌이 수단으로 삼으며 유주성에 정착을 도모하는 것이 아닐까 싶기도 하였다.

어쨌든 그는 지금 두 가지의 경우를 두고 약간의 갈등을 하고 있는 중이었다.

하나는 지금 그가 거느리고 있는 이십 명의 청검대로 곧장 치고 들어가 저들을 단숨에 제압해 버리는 것이고, 나머지 하나는 그 십여 명이 의외로 고수급일 경우에는 낭패를 당할 수 있으니 안전하게 본가의 지원병력의 당도할 때까지 기다리는 것이었다.

그러나 그는 오래 고민하지 않았다.

스무 명의 청검대를 대동하고 왔으면서도 무작정 기다리고만 있는 것은, 나중에 크게 무안해질 일이었다.

그리고 본가에서 지원병력이 도착할 때까지의 시간은 대략 계산이 되는 것이니, 그것을 감안하여 우선 상대가 과연 어떤 자들인지 파악 정도는 해두기로 하였다.

작은 길에 접해 있는 쪽을 제외하면 가옥의 다른 삼면은 이웃하는 가옥들과 잇대어 붙은 구조였다.

그러니 대낮에 다른 여러 가옥들을 무단으로 침범하여 소동을 일으키기보다는 차라리 정공법을 택하기로 하고, 청검대 스무 명을 좌우로 열 명씩 담장 아래에 배치한 다음에 그는 그 허름한 대문 앞에 섰다.

삐~ 걱!

가볍게 밀자 잠겨 있지 않았던 듯이 대문은 귀에 거슬리는 소리를 내며 안쪽으로 열렸다.

순간 그는 미간을 좁히고 말았다.

드러난 대문 안쪽의 모습은 전혀 예상 밖으로, 몇 개의 흙무더기가 쌓여 있는 외에는 아무 것도 없는 맨흙 바닥의 마당이었다.

그리고 사 장여 안쪽에는 가운데에 작은 통문이 나 있는 또 하나의 담장이 서 있었는데, 그 뒤에야 비로소 무엇이 있을 법하였다.

'만만치 않다!'

서문언상은 설핏 긴장하지 않을 수 없었다. 일반의 가옥형태가 아니었다. 뭔가 숨겨진 것만 같았으니, 무작정 치고 들어갈 일은 아니었다.

서문언상은 성큼성큼 네다섯 걸음을 걸어 들어갔다.

그리고 우뚝 버티고 서서 크게 외쳤다.

"서문세가에서 왔다! 안에 숨어 있는 자들은 모습을 드러내라!"

내력이 실린 그의 목소리가 우렁차게 퍼져 나갔다.

2

중걸자는 사부를 보았다. 그리고 묵묵히 그의 시선을 받기만 하는 사부의 모습에서 그는 이내 사부의 뜻을 알 수 있었다.

중걸자는 천천히 통문을 나서, 크게 다섯 걸음을 걸은 뒤에 상대를 보고 우뚝 버티어 섰다.

서문언상은 가만히 얼굴을 찌푸렸다. 내측 담장의 통문을 열고 나온 자는 이십대의 젊은 거지였다. 그리고 그의 뒤쪽으로 열린 통문을 통해 정원과, 안마당과, 몇 채의 건물과, 또 몇 사람의 모습이 보이고 있었다.

"본 가의 소가주에게 중대한 위해를 가한 것에 대해 죄를 물으러 왔다. 너희는 순순히 죄를 인정하겠는가?"

서문언상 목소리는 사뭇 무거웠다.

그러나 그것과는 사뭇 상반되게 중걸자가 가볍게 실소하며 받았다.

"죄라니? 애초의 잘못은 당신들의 소가주가 먼저 하였거늘……. 또한 그가 위해를 입었다는 것도 어디까지나 일대일의 정당한 대결에서 패한 결과이거늘, 도대체 무슨 죄를 인정하라는 것이오?"

그리고 중걸자는 문득 얼굴을 확 찡그리며 투덜거리는 투로 덧붙였다.

"제기랄! 적반하장도 유분수지! 내 딴에는 그래도 서문세가의 입장을 생각하여 우리 아이들의 입단속을 시키고 있었더니만. 뭐, 그쪽에서 정히 이렇게 나온다면 어디 한번 해봅시다. 아마 내일 아침이면 그 소가준가 뭔가 하는 인물이 어떤 좀스런 짓을 했는지 유주성의 코흘리개 어린아이들까지도

다 알게 될 테니 말이오!"

말의 내용보다는 그 불량한 태도에 우선 분노하며 서문언상이 대갈일성 호통을 쳤다.

"이놈!"

그것이 신호였다.

담장 바깥에 대기 중이던 스무 명의 청검대가 일제히 담장 위로 뛰어올랐다.

미리 지시된 것은 거기까지였다. 상대의 반응을 보고나서, 서문언상이 다시 명령을 내리기로 되어 있었다.

그러나 그때였다.

퍽!

퍼~ 억!

마당 가운데에 있던 흙무더기들 중에서 돌연 무언가 폭발하는 소리가 들리더니 솜털같이 가느다란 침들이 담장 쪽을 향해 폭사되는 것이었다.

그뿐이 아니었다. 다시 내측담장의 몇 군데에서 작은 구멍들이 열리더니

팅!

티~ 팅!

하는 가벼운 기계음들이 잇달아 났고,

쉿!

쉬~ 쉿!

하는 날카로운 파공성과 함께 수십 발의 소전(小箭)이 일제히 발사되는 것이었다.

"아~ 앗?"

"윽!"

일순 놀람과 비명이 뒤섞이는 중에 담장 위에 서 있던 청검대가 저마다 황급하게 다시 담장 바깥으로 뛰어내렸고, 서문언상 또한 다급히 내력을 끌어올려 암기에 대비하였다.

서문언상은 크게 당황하고 말았다.

기관매복이었다. 내측 담장에서 발사된 소전은 사람이 쏜 것이라고 해도, 흙더미에서 폭사된 가느다란 암기들은 분명 정교한 기관에 의해 발사된 것이었다.

암기와 소전의 발사는 금세 멈추었다.

"경고는 여기까지요! 방금의 암기는 싱거웠으나, 아마도 이제부터는 많이 달라질 것이오!"

그 젊은 거지가 나직이 외쳤는데, 방금의 암기에는 독이 없었다는 의미로 들렸기에 서문언상은 일단 안도했다. 그러나 즉시 물러나지 않는다면 독이 발린 암기를 쓰겠다는 경고였으니, 동시에 크게 낭패스럽지 않을 수 없는 노릇이었다.

"정체가 무엇이냐?"

서문언상의 물음에 대해 젊은 거지는 버릇인 듯이 이번에도 표정부터 찡그렸다.

"서문세가의 사람들은 하나같이 무례하군! 남에 관해·알고

자 한다면 먼저 자신부터 밝히는 게 도리가 아닐까 하오만?"

"나는 서문세가의 형당 당주 서문언상이다!"

"오호! 유씨삼걸 중의 이걸(二傑)이셨구려? 소생은… 궁가의 별 볼일 없는 일개 거지올시다!"

"궁가……?"

미처 짐작하지 못했던 상대의 정체에 대해 서문언상은 다시금 크게 당황하고 말았다.

3

일단 가옥으로부터 물러 나온 서문언상이 하릴없이 본가의 지원병력이 당도하기만을 기다리는 중인데, 갑자기 사방에서 거지들이 몰려들기 시작하고 있었다.

서문언상은 곧 그 거지들이 걸방 소속의 무걸(武乞)들임을 알아볼 수 있었는데, 꾸역꾸역 몰려든 그들은 잠시간만에 인근사방 여기저기에 진을 치는 것이었다.

또 하나의 예상치 못했던 상황에 크게 당혹스러워하던 서문언상의 얼굴에 문득 안도기 시렸나. 길 저편에서 대오를 갖춘 한 무리가 빠르게 달려오고 있었는데, 바로 기다리고 있던 본가의 지원병력이었던 것이다.

세가주 서문건상이 직접 이끌고 온 병력은 칠십여에 달했다. 곧, 세가의 실질적인 전력의 거의 전부가 동원된 셈이었다.

서문언상의 짧은 상황보고를 듣는 중에도 서문건상은 주변곳곳에서 계속 수를 불려가고 있는 거지들의 동향에 더욱 신경이 쓰이는 기색이더니, 보고가 끝나자마자 물었다.

"걸방의 거지들인 듯한데, 저들이 이곳에는 무슨 일인가?"

그 질문에는 서문언상도 대답이 궁색할 수밖에 없었다.

그런데 마침 그때 걸방의 무리 중에서 십여 명의 거지가 이쪽을 향해 다가오고 있었는데, 그중에는 서문언상이 아는 안면이 있었다.

바로 시량이었다. 그리고 시량과 함께 오는 거지들에게서 풍기는 기도는 왠지 범상치 않았는데, 특히 그중에서도 시량의 안내를 받는 듯한 한 인물에게서는 은연중에 사뭇 근엄한 위엄이 비치고 있었다.

서문건상이 또한 경각심을 가지고 거지들을 유심히 살폈는데, 문득 아침나절에 받았던 보고내용을 떠올리지 않을 수 없었다.

'저 인물이 혹시… 걸방의 방주?'

서문건상의 염두가 바쁘게 돌아가고 있는 중에 그 거지들은 곧장 그를 향해 다가왔다.

이윽고 서문건상과 마주 선 자는 흐트러진 채로 대충 등 뒤로 넘겨 놓은 장발이 희끗희끗한 장년의 거지였다. 그의 얼굴은 긴 편인데 이목구비가 뚜렷하여 성격이 분명함을 짐작하게 했고, 눈빛은 깊숙하고 담담하여 차라리 침착하고도 차가운 듯해 보여서, 일부러 헝클어트린 듯한 머리와 더러운 옷차림이 아니었다면 차라리 고관(高官)의 풍모가 보였을 듯싶기도 하였다.

"노부는 추룡개(追龍)요!"

순간 서문건상이 크게 놀랐다. 그러나 곧바로 포권을 취하며 받았다.

"서문세가의 가주 서문건상입니다! 천하에 위명을 떨치는 걸방의 방주께서 이곳 유주성까지 몸소 오신 줄은 몰랐습니다!"

추룡개가 담담히 답례하며 다시 말을 꺼냈다.

"오늘 처음으로 만나는 것이나, 서문가주의 기상이 호방함을 대번에 알 수 있을 것 같소! 하여 노부가 염치불구하고 긴한 부탁 말씀부터 드리겠소!"

서문건상이 영문을 알 수 없어 당황스러운 중에, 추룡개의 말이 이어졌다.

"당금천하에 거지들의 방파가 두 개 있다는 것은 가주도 알고 계실 것이오! 오늘 그 두 개의 거지 방파 간에 한 가지 중대사를 해결하기 위해 이곳에 자리가 마련되었으니, 혹시 가주께 다른 용무가 있으시더라도 우리 거지들의 일부터 먼저 처리할 수 있도록 양보를 해주십사 하는 부탁이올시다!"

순간 서문건상은 몹시도 불편한 심정이 되지 않을 수 없었다. 사실 강호상에서 걸방의 위상은 서문세가에 비할 바가 아니었으니, 만약 다른 자리에서였다면 그가 추룡개로부터 이런 정중한 언사를 듣지는 못했을 것이었다.

"이곳이 유주성이니만큼 방주께 양보를 해드리는 것은 당연하고, 더욱이 방주께 그런 중대사가 있으시다니 어떻게 저의 사정부터 돌보겠다고 할 수야 있겠습니까? 다만, 이 일에는 저희로서도 결코 간단치 않은 사정이 있으니, 방주께서 먼저 한 가지 약속을 해주셨으면 합니다."

정중한 중에도 침착한 서문건상의 말에 추룡개의 눈빛에 언뜻 이채가 스쳤다.

"물론이오! 노부가 능히 지킬 수 있는 약속이라면 당연히 응하겠소! 그래, 어떤 약속을 바라시오?"

"지금 저 가옥 안에 제 자식에게 중대한 위해를 가한 자들이 있습니다."

"음……! 그것에 대해서는 노부도 우리 분타주로부터 대강의 내용을 들은 바가 있소. 하면 그 약속이라는 것은……?"

"최소한 직접 위해를 가한 자만큼은 반드시 저희에게 인도해 주시겠다는 약속입니다!"

추룡개가 잠시 생각하는 기색이다가는 이내 고개를 끄덕였다.

"전후관계의 사실이 분명하다면, 노부가 그리하지 않을 이유는 없을 것이오!"

"방주께서 흔쾌히 약속해주시니 저희는 뒤로 물러나 방주의 일이 끝나기를 기다리고 있겠습니다!"

서문건상이 즉시 세가의 무사들로 하여금 뒤로 물러나도
록 하였는데, 그런 중에 보니 주변사방에 족히 수백에 달하는
거지들이 운집해 있는 중이었다.

무걸들뿐만 아니라 유주성내의 거지란 거지는 죄다 몰려
든 것 같았고, 주변을 겹겹이 포위하고 있는 형국이었기에 서
문건상은 새삼 가슴 한구석이 서늘해지는 것이었다.

4

삐~ 걱!

대문이 열리고 장년의 위엄을 갖춘 거지 하나가 성큼 안으
로 발을 들이며 담담하게 외쳤다.

"추룡개올시다! 만걸자 가주께서 안에 계심을 알고 있소!
안으로 들어가 뵈려 하니 항마걸관을 잠시 거두어주시오!"

순간 중걸자는 크게 당황하고 말았다. 목소리에 깃든 내력
의 심후함도 그랬지만, 추룡개라는 이름 때문이었다. 바로 걸
방의 방주가 아닌가?

추룡개가 단신으로 안가 안으로 발을 들인 것에 대해 찰나
간 여러 가지의 충동과 갈등이 뇌리를 스쳤으나, 중걸자가 감
히 어떤 결정을 내리지는 못하고 힐끗 고개를 들려 안마당 쪽
을 보았다.

그러나 그때 그의 사부 또한 설핏 당황한 기색임을 보고서, 순간 중걸자는 결심을 해야만 했다. 사부는 이미 그로 하여금 이 상황을 주재하도록 맡긴 바였다. 비록 추룡개가 불쑥 이곳에 나타나리라고는 두 사람 다 전혀 예측하지 못했던 돌발상황이지만, 어쨌든 지금 이곳의 주재자는 여전히 그였다. 사부에게서 따로 별명이 있지 않는 한은 말이다.

5

중걸자의 염두는 다시금 바쁘게 구르기 시작했다.

최우선되어야 할 것은 현재의 상황에 대한 냉철한 정리와 분석이었다.

궁가와 걸방! 두 거지 문파의 전신은 개방이었다. 구파일방 중의 바로 그 개방 말이다.

백 년 전 개방은 격렬한 분열의 시대였다.

즉, 천하에서 가장 많은 방도 수를 가진 거대문파로서 그에 걸맞은 명예와 권력을 추구하고자 하는 현세적 집단과, 개방 본연의 이념인 안빈낙도(安貧樂道)의 도를 올곧게 추구해 나가야 한다고 주장하는 이념적 집단으로 양분되어 치열한 갈등을 겪었다.

그리고 결국에는 두 개의 문파로 양분되기에 이르렀으니, 곧 오늘날의 걸방과 궁가였다.

이후 걸방과 궁가는 세력의 균형을 유지하며 강호에서 각기 독립적인 활동을 이어 나갔는데, 마치 물과 기름처럼 서로를 배척하는 중에도 양파가 직접 충돌하는 것만큼은 피하고자 암묵적으로 서로의 영역을 정하고 가능하면 침범하지 않았다.

　그런데 지금으로부터 이십여 년 전부터 두 문파 사이에 다시 갈등이 점화되어 고조되기 시작하였는데, 그 시발은 바로 당시 새로이 걸방 방주의 위(位)에 오른 추룡개가 취임일성으로 개방 부활을 선언한 것이었다.

　곧, 양분된 천하거지들을 다시 하나로 통합하여, 대개방(大丐幫)을 당대에 부활시키겠다는 선언이었다.

　추룡개의 선언은 당장에 걸방 내부의 일치된 지지를 얻었고, 나아가 궁가에서도 젊은 거지들을 중심으로 동조하는 움직임이 일었다.

　사실 개방을 부활시키는 대업이야말로 천하거지들 모두의 염원이었으니, 궁가로서도 거부할 명분은 없었다. 또한 그것이 진정한 의미의 개방 부활이라면, 궁가로서도 거부할 이유가 없기도 했다.

　결국 궁가와 걸방을 대표하여 만걸자와 추룡개가 한 자리에 앉아 개방 부활을 의논했고, 큰 틀에서의 통합이라는 취지에 대해서는 단번에 합의를 이루어내었다.

　그러나 문제는 그다음부터였다.

통합을 위한 세부적인 사항의 논의로 들어가자 이내 양측의 명분과 이해관계에 이견과 충돌이 생기기 시작하였고, 이후로 여러 차례의 논의를 거듭하였지만 좀처럼 진전을 보지는 못하였다.

만걸자는 대쪽 같은 성미에다 개방의 정통성이 궁가에 있다는 자부로 평생을 일관해 온 인물이었다. 그러다 보니 한편으로는 유연하지 못하고 고지식한 편이었다.

반면에 추룡개는 심기가 깊고 언변이 뛰어난 인물이었으니, 두 사람의 만남에서 추룡개는 늘 최대한의 명분과 실익을 챙기려 했고, 상대적으로 만걸자는 대개 일방적인 양보나 손해를 강요당하곤 했다.

사정이 그렇게 되자 만걸자는 아무 소득없는 통합논의를 그만 중단하고자 하였다.

그러나 그때마다 추룡개는 여러 가지의 명분과 이유를 들어 끈질기게 논의를 끌어갔는데, 궁가에는 결국 그것이 결정적인 패착이 되고 말았다.

즉, 양방의 통합에 대해 걸방이 주도를 하는 형국이 되어버렸고, 개방통합이라는 대의명분에 함몰된 궁가의 젊은 제자들이 대거 걸방으로 적(籍)을 옮기는 사태가 벌어지면서 두 방과 간의 세(勢)의 균형이 급격하게 무너지고 만 것이었다.

결과적으로 궁가의 세는 확연히 기울었고, 걸방이 조만간 궁가를 흡수하리라는 것에 대해 누구라도 다 기정사실로 인정하는 분위기기가 되고 말았다. 심지어는 궁가 내부에서조차도.

이윽고 걸방은 강호도상에서 공공연히 개방의 부활을 외쳤고, 실질적으로도 그 규모에 있어서만큼은 이미 그들 단독으로도 지난날 개방의 규모에 상당 부분 근접한 규모로 성장을 이루어가고 있는 중이었기에, 이제는 강호의 어느 방파도 결코 가볍게 대할 수 없는 존재가 되었다.

더욱이 걸방 주도의 개방 부활에 대해서는 강호의 전통적 세력, 즉 구파일방 쪽에서도 상당히 우호적인 반응을 보이고 있는 중이었다.

구파일방! 한때 강호를 석권하였으나 그건 이미 역사 속으로 묻혔다고 해야 할 만큼 오래전의 이야기이며, 당금에 이르러서는 개방의 경우를 제외하고도 나머지 구파 중에서 어느 한 곳도 강호에서 뚜렷이 주도적인 활동을 하는 곳이 없을 정도로 유명무실해 있는 존재들!

그러나 그렇다고 해서 누가 감히 구파일방을 경시할 수야 있겠는가. 강호의 정도를 대표한다는 상징성과 그들 간의 전통적인 유대와 결속은 여전했으니, 그로부터 비롯되는 잠재력과 간접적인 영향력은 여전히 막대하였다.

그런 터에 이제 걸방이 개방으로 부활한다는 것은, 강호도상에 구파일방에 대한 인식을 새롭게 하고, 나아가 구파일방을 다시금 하나의 거대세력권화(巨大勢力圈化) 하는 구심점

역할을 기대해 볼 수도 있는 일이었다.

그리고 그러한 강호정세와 자신들이 이미 가진 힘만으로도 결방은, 현재의 위축되고 쪼그라든 궁가 정도는 단번에 무너뜨려 흡수하기에 넘칠 만큼의 힘을 가지고 있었다.

다만 그럼에도 결방이 막상 그 마지막의 단계를 섣불리 실행에 옮기지 못하고 있는 것은, 역시 명분과 정통성이라는 걸림돌 때문일 것이었다. 곧, 명분과 타협에 의한 원만한 통합을 이루지 못한다면, 그럼으로써 개방의 정통성을 제대로 승계하는 형식을 취하지 못한다면, 대개방(大丐幇)의 부활이라는 의미의 진정성에 상당한 훼손을 입을 것이라는 우려 때문이 아니겠는가. 혹은 그런 것이야말로 추룡개의 개인적인 욕심이자, 최소한의 자존심일지도 모를 일이었다.

어쨌든 궁가는 절박한 궁지에 몰린 처지가 되었으니, 만걸자로서는 이윽고 결단을 내리지 않을 수 없었다. 즉, 나날이 작아지고 궁핍해지는 궁가의 형편과, 또한 기왕에 이렇게까지 되었다면 차라리 그가 양보함으로써 어쨌든 개방의 부활을 이루어내는 것이 시대의 사명이자 결국은 모두에게 좋은 일이 되리라는 판단에 이르게 된 것이었다.

다만 그렇다고 하더라도 만걸자가 한 가지에 있어서만큼은 결코 양보를 할 수 없다는 작정이었는데, 그것이야말로 과거 개방의 성세에 개방이 진정 개방다울 수 있도록 가장 크게 기여했던 제도라고 믿는 때문이었다.

곧, 호법장로(護法長老)직에 대한 것이었다.

호법장로란 개방만의 독특한 제도이자 더불어 개방에서 유일하게 자유로운 직위였다. 즉, 누구에게도 지시를 받지 않아도 되었으니 절대권력의 방주조차도 호법장로에게만큼은 지시를 할 수가 없었다. 한편으로 호법장로가 자유롭다는 것은, 누구의 지시도 받지 않는 한편으로 또한 누구에게도 지시를 할 권한이 없기 때문이기도 했다. 즉, 호법장로는 개방에서 이렇다 할 실권이 없는 그저 명예직에 불과한 존재였다.

다만 호법장로에게 유일하게 주어진 권한이 한 가지 있었으니, 바로 방주에 대한 탄핵발의권이었다. 곧 방주의 독단이나 중대실책에 대한 탄핵을 발의할 수 있으며, 장로회의를 주재하여 칠 할 이상의 동의를 득하면 실제로 탄핵을 집행할 수가 있었다. 그럼으로써 호법장로는 실권이 없음에도 개방에서 가장 강력하며, 또한 존중받는 직책이었다.

만결자가 주장하는 것은 통합 후 호법장로직을 두되, 그 직을 궁가에 배정되지 않아도 좋으니 다만 궁가에서 지명하게 해달라는 것이었다.

그러나 그것에 대해 추룡개는 아예 호법장로라는 직제 자체를 두지 않겠다는 입장이었다.

그리고 추룡개가 그처럼 분명한 반대를 하는 것은 결국 만결자가 호법장로로 누구를 지명할 것인지에 대해 이미 짐작을 하고 있기 때문일 것이었다.

바로 걸방의 대장로인 풍검개(風劍)였다. 그는 추룡개의 사백(師伯)이 되는 이로 걸방에서 배분이 가장 높은 인물이자, 무공으로도 최고의 고수였다. 문제는 그가 명분과 원칙을 지나치리만큼 까다롭게 따지는 사람이라는 점이었다. 더욱이 그는 걸방 내에서 두루 신망이 높았으니, 통합 이후에 그가 호법장로직에 오를 경우에는 추룡개에게 가장 강력한 견제가 될 것은 분명했다.

호법장로에 대한 몇 번의 논의가 불발로 그친 끝에 추룡개가 타협안으로 제시한 방안은, 통합 후 최단시간 내에 예전 개방의 성세를 되찾아 강호에 우뚝 서려면 우선은 강력한 지도력이 절대로 필요하니 호법장로직을 두는 것을 일단 십 년만 유보하자는 안이었다.

만걸자로서는 당연히 받아들일 수 없는 안이었다. 통합 후 방주의 권한을 크게 강화하겠다는 추룡개의 의지가 명확한데, 십 년 뒤라고 해서 과연 호법장로직을 부활시키리라는 보장은 없는 것이었다. 십 년 후의 상황이 또 어떻게 변할지는 누구도 모르는 것이고, 한번 잡으면 놓지 못하는 게 권력의 속성일진대 그때 더욱 막강해져 있을 방주의 권능 앞에 그 누가 감히 호법장로를 두는 문제에 대해 다시금 주장을 세울 수 있을 것인가?

그리하여 호법장로를 두는 문제를 두고 지루한 대치를 거친 끝에, 결국 궁가에서는 아예 걸방과의 접촉 자체를 단절하는 지경까지 와 있던 중이었다.

6

[중걸자야!]

귓전에 속살거리는 전음에 중걸자는 흘깃 뒤를 돌아보았다. 사부였다. 그리고 사부가 그를 향해 가볍게 고개를 끄덕이는 의미를 그는 곧바로 깨달았다.

중걸자가 감히 사부의 뜻을 거스를 수는 없었으되, 그렇더라도 잠시간 갈등하지 않을 수는 없었다. 그러나 그는 이내 사부의 뜻에 수긍할 수밖에 없었다.

"항마걸관을 잠시 거둔다!"

중걸자의 나직하고도 무거운 명령에, 순간 마당의 흙무더기들과 내측 담장, 그리고 안마당의 정원 몇 곳에서 잠깐의 기척들이 일었고, 곧이어 무언지 모르게 사방의 긴장이 약간쯤은 완화된 듯한 느낌이 들었다.

그리고 추룡개의 입가에 맺히는 희미한 웃음기에서 중걸자는 새삼 인정할 수밖에 없었다. 항마걸관이 적어도 추룡개에게는 그다지 위협적이지 못하다는 사실에 대해. 사실은 그것이 개방의 대표적인 기관매복법 중의 한 가지이니, 걸방의 방주인 그에게도 익숙한 것은 지극히 당연한 일이기도 했다.

"안으로 드시겠습니까?"

중걸자의 그 말에 대해 추룡개는 문득 빙그레한 미소를 떠올렸다. 젊은 거지의 태도가 손님을 청하는 것은 아니었고, 차라리 '당신이 혼자의 몸으로 과연 안으로 따라 들어올 수 있겠느냐?' 하는 듯한 것이었기 때문이었다. 아니, 지금 당돌하게도 그에게 정면으로 눈을 맞추고 있는 젊은 거지의 사뭇 도전적인 눈빛은 분명 그런 뜻을 표하고 있었다.

추룡개는 천천히 고개를 끄덕였다. 그리고 그 순간 뒤쪽의 대문으로 한 무리가 신속히 들어와서 그의 뒤로 도열해 섰다.

열두 명이었다. 한결같이 얼굴에 흙칠을 한 자들이었는데, 중걸자로서는 처음으로 보는 자들이었다. 그러나 그 숫자가 열둘이라는 것만으로도 능히 짐작할 만한 자들이었다. 바로 추룡개의 호위를 맡고 있는 십이용두개(十二龍頭丐)였다.

"방주 외의 다른 사람들은 들어가지 못하오!"

중걸자는 단호히 고개를 저었다.

그에 대해 추룡개가 여전히 빙그레 웃는 얼굴이면서도 짐짓 곤란하다는 듯이 받았다.

"이들은 내 호위들일세! 지금 저 안에 만걸자 가주를 위시하여 궁가의 최고 고수들인 팔대장로들에다, 다시 스물이 넘는 인원들이 있는 터에, 내게는 기껏 열두 명의 호위조차 데리고 들어갈 수 없다 하는 것은 지나치게 형평에 맞지 않는 처사가 아닌가?"

중걸자가 듣고 보니 궁색해지기도 하는데, 추룡개가 다시 넌지시 덧붙였다.

"정히 마음이 쓰인다면 이렇게 함세! 절반으로 줄여 여섯만 데리고 들어가도록 하지! 어떤가? 그런 정도도 안 된다고 하면, 그것은 오히려 궁가의 체면에 누가 될 수도 있는 일이 아니겠는가?'

그런 데야 중걸자가 고개를 끄덕이지 않을 수는 없었다. 그렇더라도 그는 사방을 향해,

"걸방의 방주와 여섯 명의 호위 외에 다시 안가 안으로 들어서는 자가 있다면, 별도의 명령없이 즉각 항마걸관을 발동해도 좋다!'

하고 단호하게 외치고 나서야 다시 추룡개를 향해 담담한 투로 말했다.

"모시겠습니다!'

이어 앞장을 서며 성큼성큼 통문을 지나 안마당으로 들어서는 중걸자를 추룡개가 잠시 지켜보고 있다가 느긋한 걸음걸이로 뒤따랐다.

여섯 명의 용두개가 급히 추룡개의 뒤를 따라붙었고, 나머지 여섯의 용두개는 원래의 자리에 못 박힌 듯이 우뚝 서 있었다.

중걸자는 사부의 칠팔 보 앞쯤에서 걸음을 멈추어 고개를 숙여 보인 다음에 천천히 뒤돌아섰다. 그리고 추룡개 일행이 안마당으로 들어서는 것을 가만히 지켜보았다.

걸방 유주성 분타의 전 제자들이 동원되어 안가를 겹겹이 포위하였으며, 더하여 본타의 고수들까지 상당수 이끌고 왔으면서도 지금 추룡개가 다만 용두개 여섯만을 거느린 채 안가 깊숙한 곳으로 들어섰다는 것에 대해, 중걸자에게는 그것이 다만 추룡개의 자만으로 보이지는 않았다.

'심기가 뛰어난 자는 보통 배포가 크지 못하다고 했거늘……! 어쨌든 일방(一幇)을 이끌 자격은 있는 인물이라고 해야겠구나!'

7

"그런데… 그대는 누구인가?"

만걸자를 등 뒤에다 두고서 그와 마주 선 젊은 거지를 보고 추룡개는 그제야 담담히 물었다. 의아함과 불쾌감이라기보다는, 차라리 아까부터 가져왔던 궁금함이었다.

중걸자가 처음부터 기세에 눌리지 않기로 작정한 바이기에, 일방의 방주에 대한 예는 갖추되 다만 추룡개의 위엄에는 조금도 굴하지 않고 마주 기개를 세웠다.

"소생은 이 집의 주인입니다!"

"호? 항마걸관이 전개된 장소에서, 궁가의 가주를 제치고 주인을 자처하다니… 심히 괴이하군!"

"소생이 이곳의 주인임은 분명합니다. 하니, 방주께서는 손님으로서의 예의를 갖추어 주셨으면 합니다!"

추룡개가 잠시간 중걸자를 직시하고 있다가는 문득 차갑게 정색을 하였다.

"너는 궁가의 제자임에 분명할진대, 그렇다면 궁가와 걸방이 다같이 개방의 후예이거늘, 본 방주를 대함에 있어 무례가 지나치구나!"

이어 추룡개는 힐끗 뒤를 돌아보았고, 그러자 그의 한발 뒤에 도열해 섰던 여섯 용두개들 중에서 하나가 성큼 앞으로 걸어 나왔다.

그런데 다음 순간이었다. 그 용두개가 돌연 속도를 붙이며 그대로 중걸자를 덮쳐가는 것이었다.

전혀 예상하지 못했던 돌발 상황에 중걸자로서는 일단 그 용두개를 맞아 마주 일 장을 쳐 내는 수밖에 없었다.

그런데 그때였다. 다시 하나의 용두개가 번개같이 튀어나오며 또한 중걸자를 향해 덮쳐가는 것이었다.

"이 무슨 짓들인가?"

나직이 호통치며 나중에 튀어나온 용두개를 맞아 간 것은 만걸자였다.

그렇더라도 만걸자는 칠 성의 내공만을 끌어올렸는데, 일단은 이 돌발적인 상황을 멈추게만 할 작정이었고, 더하여 제자인 중걸자가 걸방의 중진고수급인 용두개들 중의 하나와 일대일로 손속을 나눠 볼 기회를 주려는 순간적인 계산도 있었다.

그런데 그때, 추룡개의 뒤에서 또다시 두 명의 용두개가 앞으로 달려 나오며 만걸자를 향해 장력을 발출하는 것이었다.

그렇게 졸지에 세 명의 용두개로부터 협공을 받는 형세가 되고 보자 만걸자로서도 크게 당황하지 않을 수 없었으니, 그는 다급하게 전력을 끌어올려 쌍장을 내치며 벽력같은 일성 대갈을 터뜨렸다.

"갈!"

쾅!

콰쾅!

폭음이 잇달아 터져 나왔고, 두 마디의 답답한 신음이 뒤따랐다.

"음!"

"으~ 음!"

중걸자와 만걸자가 각기 뒤로 한 걸음씩을 물러서고 있었다.

뒤늦게 사태를 파악한 궁가의 팔대장로들이 일제히 몸을 날려 두 사람의 앞을 막아서는 한편으로 곧장 용두개들을 공격하려는 찰나였다.

"물러서시오!"

사자후의 공력이 담긴 한 소리 호통이 장내를 쩌렁하게 울렸다.

궁가의 팔대장로들이 일시 주춤하였고, 그사이에 그들 네 명의 용두개들은 신속히 뒤로 물러섰다.

그럼으로써 장내에 팽배했던 촉발의 긴장마저 일단의 고비를 넘기는 듯했다.

그러나 그때 중걸자는 안색이 창백하게 변하고 말았다. 방금의 일장대결에서 가벼운 내상을 입긴 했지만, 그것보다는 사부의 입가에 언뜻 희미한 핏기가 번지는 것을 보았기 때문이었다.

그것은 곧, 상대들이 결코 용두개가 아니라는 사실을 의미하는 것이었다. 십이용두개였다면, 단 일 장의 격돌로 자신에게 가벼우나마 내상을 입히지는 못했을 터이고, 더욱이 아무리 세 명의 합공이었기로 감히 사부에게까지 내상을 입힐 수는 없었을 것이었다.

보다 분명한 것은 방금 추룡개의 호통이었다. 만약 그 호통이 십이용두개를 향한 것이었다면 추룡개가 '물러서라!' 고 했을 것이지, '물러서시오!' 라고 하지는 않았을 것이었다. 그것은 곧, 그들이 십이용두개가 아니라, 적어도 걸방의 장로급 이상의 신분을 지닌 자들임을 의미하는 것이리라.

'당했다!'

중걸자가 내심 울분을 토할 때 그의 사부의 창백하던 안색에는 언뜻 붉은 혈색이 돌았다.

순간 중걸자는 암담해지고 말았다. 사부는 목구멍으로 솟구쳐 올라오는 피를 억지로 되돌린 것이리라. 사부의 내상이 그만큼 간단치 않다는 것이고, 그런데도 당장에 요상(療傷)에 들어가기보다는 일단 눌러둔 채로 급한 상황에 대처하겠다는 의지일 것이었다.

8

"일방의 방주가 되어 이따위 치졸한 심기를 쓰다니, 참으로 시전의 잡배만도 못한 인사로구나!"

중걸자가 악다문 잇소리로 뱉었다.

그러나 추룡개는 담담하게 미소를 떠올렸다. 이십 년 간이나 끌어온 일을 오늘이야말로 반드시 마무리 짓고 말리라는 각오였으니, '젊은 친구에게 쓴소리 듣는 것쯤이야 어찌 마다하랴?'는 심정이었다. 지금 그를 호위하고 있는 여섯 명은 실은 모두 방의 장로였다. 그들이 얼굴에 흙칠을 하고서 십이용두개를 대신해 자신을 수행한 것이었다.

그러나 한편으로 추룡개는 은근히 놀라는 중이었다. 만걸자의 무공이 어떻다는 것이야 익히 알고 있는 바였지만, 눈앞의 이 젊은 거지의 능력 또한 나이에 비해서는 참으로 간단치 않은 것이었다. 더욱이 아까부터 유심히 보아오고 있는 중이지만, 그 숨겨진 자질이 점점 더 사람을 매료시키는 데가 있었다.

'미처 몰랐더니, 궁가에서는 은밀히 잠룡 한 마리를 키우고 있었던 것이로구나!'

추룡개의 입가에 맺힌 미소가 잠시 짙어졌다. 그러나 그는 이내 미소를 거두며 무겁게 입을 열었다.

"본 방주가 방금 전에 궁가와 걸방이 모두 개방의 후예임을 말했거늘, 장로들께서는 어찌 이처럼 가볍게 행동을 하시는 것이오?"

짐짓 장로들을 나무란 추룡개는 다시 만걸자를 보며 말을 이었다.

"가주를 뵙고자 무던히 애를 썼으나 참으로 쉽지가 않던 중에, 가주께서 이곳 유주성 쪽으로 발걸음을 하신다는 소식을 듣고 부랴부랴 쫓아온 끝에 겨우 이렇게 대면을 하게 되었소이다. 우리가 이처럼 어렵게 만날 수 있었으니만큼, 우리는 오늘이야말로 그동안 끌어 왔던 논의에 종지부를 찍음으로써 개방 부활이라는 우리 모두의 염원을 반드시 이루어내도록 합시다!"

중걸자는 힐끗 사부를 돌아보았다. 사부는 내내 묵묵하니 입을 닫고만 있었는데, 그 안색이 점점 더 창백하게 변해가고 있는 듯했다.

중걸자는 가만히 한 모금의 숨을 들이마셔서 마음을 가라앉힌 다음에 차분하게 입을 열었다.

"지금 이런 상황을 만들어 놓고서 중대한 논의를 하자고 하는 것은 참으로 합당하지 못한 처사가 아닙니까? 방주께 정말로 우리 모두의 염원을 이루어내려는 진정이 있다면, 다른 날 쌍방이 진정으로 대의를 논할 수 있는 정상적인 상황을 만들어 다시 논의를 하는 것이 옳을 것입니다!'

그에 추룡개가 나직이 호통쳤다.

"이 자리는 본 방주와 궁가의 가주 간에 엄정한 담판을 짓는 자리이거늘, 네가 어찌 감히 함부로 끼어드는 것이냐?'

그 삼엄한 서슬에 중걸자가 저도 모르게 흠칫 안색을 굳히고 말 때였다.

"그 아이, 중걸자는 본 궁가의 차기 가주로 이미 궁가의 전반적 일들을 실질적으로 관장하고 있소! 그러니 이 자리에서도 그 아이는 능히 본 가주를 대리할 수 있소!'

담담하나 위엄이 깃든 목소리는 만걸자의 것이었다.

그에 추룡개가 언뜻 놀라는 기색이 되었으나, 이내 담담한 얼굴로 돌아가며 물었다.

"하면 가주께서는 이… 중걸자에게 오늘의 일에 대해 전적으로 위임을 하시겠다는 것이오?'

"그렇게 여겨도 무방하오!'

순순히 인정하는 사부의 모습에 오히려 중걸자가 당황한 기색을 감추지 못하였다.

"사부님……?'

그러나 만걸자는 중걸자를 향해 가만히, 그러나 분명하게 고개를 끄덕여 보였다.

그런 다음에야 중걸자로서도 당황만 하고 있을 수는 없었다. 최소한 그가 상황을 주재하는 동안에, 사부에게 요상할 시간이라도 벌어주어야만 하겠다는 각오로 되는 것이었다.

9

"걸방과 궁가 양측이 통합을 합의한 지 이미 이십 년이 지나 천하 모든 거지의 원성과 질타가 하늘에 닿을 지경이니, 더 이상은 통합을 미룰 수 없는 일이 아닌가?"

추룡개가 위엄을 담아 외친 데 대해, 추룡개가 침착하게 받았다.

"천하의 거지들이 다 알고 있거니와, 우리 궁가는 한시도 개방의 부활을 염원하지 않은 적이 없습니다! 하니 방주께서도 염원하시는 바가 그와 같다면, 문제는 지극히 간단하다고 할 것입니다! 바로 방주께서 아주 조금의 양보만 하시면 되는 일이니 말입니다. 아니, 과거 개방의 가장 훌륭한 업적 하나를 그대로 되살리기만 하면 되는 일이니 말입니다!"

"이미 수없이 논쟁을 거친 사안이거늘, 지금에 와서 다시금 의미없는 말싸움을 반복할 생각은 없다. 그리고 이미 대세가 너무도 명확하거늘, 궁가에게 더 이상 무엇을 논의할 자격이 있다고 생각하는가? 지금 이 순간 나의 명령 한마디면 궁가의 존재 자체는 그대로 사라지고 말 것이다. 못 믿겠는가?"

추룡개가 문득 위압적인 기세로 된 데 대해, 중걸자는 오히려 담담한 기색으로 되었다.

"아마도 방주의 그 말씀은 맞을 것입니다!"

"한데도 끝까지 고집을 꺾지 않을 것인가?"

"고집이 아닙니다! 우리 궁가는 개방의 후예로서 당연한 요구를 하고 있을 뿐입니다!"

추룡개가 이윽고는 단호한 얼굴이 되었다.

"이 지경에 와서까지도 궁가의 뜻이 정히 그렇다면, 나도 더 이상은 양보할 수가 없겠구나! 개방의 뿌리가 엄연히 강호에 있는 것이고, 그러한 것은 걸방과 궁가 또한 마찬가지이니, 문제를 해결하기 위한 최후의 수단은 결국 무력일 수밖에!"

추룡개는 최후의 경고를 한 셈이었다.

그러나 중걸자는 여전히 담담하기만 했다.

"무력을 쓰는 것은 오로지 방주의 명령 한마디에 달렸을 것이나, 다만 우리 궁가는 끝까지… 최후의 일인까지 싸울 것입니다! 그러니 우리 궁가를 멸망시킬 수는 있을 것이되, 감히 개방의 부활을 운운할 수는 없을 것입니다!"

그러자 추룡개는 문득 빙그레한 미소를 떠올렸다.

"자네는 사뭇 극단적인 데가 있군! 그러나 나는 누구의 죽음도 원하지 않는다. 자네의 말처럼, 피로 이룬 통합은 진정한 개방의 부활이라고 할 수 없을 것이기 때문이지! 내가 수단으로써 언급한 무력은 다른 것이다! 자! 나는 이제 마지막으로 궁가에 한 가지 제안을 하겠다! 만약… 궁가에서 이 마지막 제안조차도 거부한다면, 나는 차라리 이대로 돌아갈 것이다!"

중걸자는 저도 모르게 꿀꺽하고 침을 삼켰다.

"그러나 명심해야 할 것이다! 그럼으로써 궁가는 개방의 부활을 가로막았다는 오명을 면치 못할 것이고, 천하의 거지들은 물론이고 강호의 모든 동도로부터 거센 비난을 면치 못할 것이다. 하여 궁가의 제자 된 자는 강호에서 감히 얼굴을 들고 다니지 못하게 될 것이니, 너희 궁가는 얼마간의 치졸한 생존을 이어 나가다 이윽고는 저절로 쇠망하고 말리라!"

이어 추룡개의 목소리에는 은은한 내력이 담겼다.

"본 방주는 걸방과 궁가 간에 비무를 제안한다! 양측에서 대표자를 내어 일대일의 정정당당한 승부를 겨루고, 그 결과로써 지금까지의 모든 논쟁과 갈등에 종지부를 찍을 것을 제안한다!"

"흥!"

중걸자가 차갑게 코웃음을 쳤다.

그러나 추룡개는 개의치 않고 덧붙였다.

"걸방을 대표하여 비무에 나설 사람은 대장로 풍검개(風劍

丐)이다!"

그러자 어느 틈에 와 있었는지 한 사람이 통문을 지나 천천히 안마당으로 걸어 들어왔다.

백발을 질끈 묶어 등 뒤로 넘긴 모습에 불그레한 얼굴빛을 지닌, 그야말로 백발동안인 거지노인이었다.

거지노인이 추룡개를 향해 가벼운 목례로써 예를 갖춘 데 대해, 또한 목례로써 답례하는 추룡개의 몸가짐은 사뭇 정중하였는데, 그런 모습만으로도 노인이 풍검개라는 것은 분명하였다. 그가 아니라면 걸방 내에서 또 누가 있어 방주 추룡개로부터 그같은 예를 받겠는가?

중걸자는 대번에 표정이 굳고 말았다. 풍검개라는 이름이 가지는 무게야 이미 확연하다고 하겠지만, 지금 그가 아무런 기척도 없이 불쑥 안마당으로 들어섰다는 것은 바깥마당에서부터 내측 담장에까지 안배된 기관매복으로부터 아무런 제지도 받지 않았다는 것이니, 그것은 곧 그에게 항마결관의 안배쯤은 간단히 무용지물로 만들 만한 능력이 있다는 사실을 분명하게 입증한 것이 아니겠는가?

"자! 이제 궁가에서는 비무에 출전할 대표자를 낼 것인지, 아니면 비무를 거부할 것인지에 대해 분명히 하라! 이미 말했거니와, 이 마지막 제안마저도 거부한다면 나와 걸방은 즉시 이 자리에서 물러날 것이다!"

추룡개가 몰아세우듯이 재촉했다.

그에 중걸자가 분노와 동시에 당혹스러움을 금치 못할 때였다.

[이 제안을 거부할 수는 없다!]

만걸자의 전음이었다. 그에 중걸자가 슬쩍 추룡개로부터 반쯤 돌아서며 급하게 전음으로 받았다.

[하지만 저들은 이것을 위해 미리 사부님께 내상을 입히는 치졸한 암계를 쓰지 않았습니까?]

[그렇다고 하더라도 이것은 이미 대의명분의 문제이다. 만약 거부한다면 필시 그가 말한 그대로가 될 것이니, 우리로서는 어쨌든 거부할 수가 없게 된 것이다!]

사부의 뜻이 분명하였고 또한 공감하지 않을 수 없었으니, 중걸자가 더는 다른 말을 할 수가 없었다.

[그렇다면… 비무에는 제가 나가겠습니다.]

만걸자로부터는 곧바로 대답이 돌아오지 않았다.

그에 중걸자가 다시금 비장하게 전음을 보냈다.

[죽을 각오로 싸우겠습니다!]

[혈기를 내세울 때가 아니다!]

사부의 담담한 그 한 마디에 중걸자는 어깨를 축 늘어뜨리고 말았다.

사실은 만걸자 역시도 막상은 암담하기 짝이 없는 심정이었다. 풍검개의 무공이 막강하니 그의 몸이 정상이라도 우위를 점할 수 있다고 장담하기는 어려운데, 하물며 지금 내상을 입은 처지라야! 그러나 자신이 아니면 궁가의 누구도 아예 상대가 되지 못하는 형편이니, 그나마 자신이 나설 수밖에 없는 노릇이었다.

그때 풍검개와 가볍게 시선이 마주쳤기에, 만걸자는 희미하게 미소를 지었다. 풍검개의 눈빛에서 스쳐 지나가는 한 가닥 안타까운 빛을 보았기 때문이었다.

풍검개는 걸방의 대장로 신분임에도 궁가가 이은 개방의 정통성에 대해 심정적으로는 인정을 해주는 사람이었다. 그런 까닭에 비록 궁가와 걸방의 관계가 점점 더 적대적으로 변해가는 와중에도, 두 사람은 서로에 대한 호의와 존경심을 유지해 오고 있는 중이었다.

그러나 지금 풍검개는 어디까지나 걸방의 방도신분이었으니, 방주인 추룡개의 명을 충실히 받들지 않을 수 없는 입장이었다.

그런 이상 만걸자는 풍검개가 차라리 자신이 처한 상황에 충실하기를 바라는 마음이었다. 진심으로.

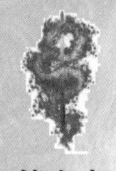

第六章
세 주먹의 대결

1

필괴는 감히 나서지 못하고 내내 한쪽 뒤로 멀찍이 물러나 있는 중이었다.

그러나 사태가 사뭇 긴박하게 돌아가고, 이윽고는 중걸자가 궁지로 몰리는 듯한 분위기가 되자, 그 또한 답답하고도 다급한 심정이 되고 마는 것이었다.

물론 그렇다고 그가 당장에 무엇을 어떻게 해볼 수 있는 것은 아니었다.

다만 은인이 곤경에 처했는데, 그것도 자세한 사정은 알지 못하더라도 이 모든 사단이 필경은 자신으로부터 비롯되었을 것이 분명한데도 뒤에 물러선 채로 계속 구경만 하고 있을 수는 없다는 심정이었다.

무엇이라도 해야겠다는 진심이었다.

정히 안 되면 자신이야말로 지금의 이 사태의 발단임을 밝히고, 모든 책임을 지리라는 각오였다.

2

중걸자는 설핏 미간을 좁히고 말았다. 자신을 향해 주춤주춤 다가오고 있는 필괴를 보았기 때문이었다. 그러나 그가 슬쩍 고개를 저어 보였음에도, 그의 뜻을 알아차리지 못했는지 필괴는 계속 다가오고 있었다.

중걸자는 차라리 필괴를 외면하고 말았다. 지금의 암담하기 짝이 없는 상황에서 그가 필괴에게까지 신경을 쓸 여지는 조금도 없었다.

그런데 바로 그 순간 중걸자는 퍼뜩 생각 하나를 떠올렸다.

[필형! 날 위해 한 가지를 해줄 수 있겠소?]

귓가에 전해지는 전음에 필괴가 잠시 멈칫거렸지만, 그것이 중걸자의 전음이라는 것을 알고는 곧바로 고개를 끄덕였다.

[그것이 무엇이라도, 어떤 일이라도 말이오?]

다시 전해온 전음에 필괴는 역시 조금의 주저함도 없이 고개를 끄덕였다.

중걸자가 또한 가만히 고개를 끄덕였다. 그것은 필괴의 눈빛에서 전해져 오는 진정에 대한 감격이자, 이 암담하기만 한 상황을 타개할 수도 있는 작은 심계 하나를 세울 수 있었기 때문이었다. 비록 그것이 아주 작은 희망에 불과할지라도.

눈짓으로 필괴를 잠시 기다리게 하고, 중걸자는 다급히 사부에게 전음을 보냈다.

[사부님! 잠시만 제게 맡겨주십시오!]

갑작스러운 전음에 만걸자가 의문을 가졌으나, 이내 제자에게 어떤 작정이 생겼다는 것을 짐작할 수 있었다. 물론 제자에게 갑자기 어떤 기발한 묘수가 생겼으리라는 기대는 할수는 없었지만, 어쨌든 그가 지금 할 수 있는 것이라고는 고작 당당한 패배에 불과하였으니 제자가 원하는 '잠시만'을 할애하지 못할 이유는 없었다.

그리하여 만걸자는 제자에게 사정을 캐묻기보다는 그저 담담하게 고개를 끄덕여 주었다.

중걸자는 추룡개를 향해 돌아섰다.

"솔직히 우리 궁가에서 귀방의 풍검개 대장로와 자웅을 결할 수 있는 분은 가주뿐이십니다! 한데 방주께서 그러한 점에 대해 미리 오묘한 심계를 발휘하셨으니, 결국 우리 가주께서는 지금 비무에 나서시기가 어렵게 되었습니다!"

"음!"

중걸자의 말에 만걸자는 저도 모르게 나직한 탄식을 흘리고 말았다. 중걸자는 설마 그가 내상의 악화를 무릅쓰고 있는 수고를 단숨에 허사로 만들려 하는 것인가. 그러나 그가 제지할 틈도 없이 중걸자는 다음 말을 이어가고 있었다.

"사정이 그리되었으니 이제 이 비무의 결과는 누가 보더라도 뻔한 것으로 되고 말았는데……."

"자네의 언변은 역시 꽤나 매끄럽군! 그러나 지금 이 자리가 자네의 언변이나 자랑할 만큼 한가한 자리는 아닐 터! 자네는 그만 핵심을 얘기하게!"

말을 자르고 드는 추룡개에 대해 중걸자가 희미한 웃음기를 떠올리며 받았다.

"그러니까 제 말씀은 이런 상황에서 승리를 챙긴다는 것은 걸방의 입장에서도 결코 자랑스럽지 못할 뿐더러, 나아가 바람직한 방향이라고도 할 수 없으리라는 것입니다!"

"흠……?"

"그렇다고 우리 궁가에서 이 비무를 거부하겠다는 것은 결코 아닙니다. 오히려 우리 궁가는 방주께서 '지금까지의 모든 논쟁과 갈등에 종지부를 찍을 마지막 방도'로 제안하신 이 비무에 어떻게 해서라도 응해보려고 하는 것인데……. 다만 지금의 곤란한 상황에도 불구하고 대의를 위해 어떤 방법이 최선일지 내부적인 논의가 필요하니……. 잠시간의 시간을 주시기를 청하는 바입니다."

추룡개가 보니 중걸자는 이미 어떤 생각을 가지고 있는 것 같았는데, 다만 다른 필요에 의해 잠시간의 시간이 필요한 모양이었다. 그러나 중걸자의 말처럼, 내상을 당한 상태의 만걸자가 비무에 나서는 궁색한 모양새보다 더 나은 명분을 가지는 대안이 있다면, 그로서도 굳이 마다할 이유는 없는 것이었다. 더욱이 중걸자가 짜낸 그 방법이 과연 무엇일지에 대한 궁금함도 문득 생기는 것이었다.

"허허허! 하긴⋯⋯. 지난 이십 년 동안이나 끌어온 사안인데 잠시간의 시간을 더 기다려 주지 못할까? 자네는 그리하도록 하게!"

짐짓 느긋하게 웃으며 뱉는 추룡개의 말에 만걸자가 가만히 한숨을 불어 내쉬었다.

3

[도대체 무슨 일을 꾸미려는 것이냐?]

가까이 다가 선 제자에게 만걸자가 대뜸 질책했다. 그렇더라도 전음이었다.

[자세한 사정은 나중에 말씀드리겠습니다만⋯ 제자는 저 사람을 우리 궁가의 대표자로 하여 비무에 세우고자 합니다!]

"허!"

만걸자는 너무도 어이없어 자신도 모르게 소리 내어 탄식하고 말았다. 중걸자가 눈짓으로 가리킨 사람은 평범의 범주에서 벗어나지 못하여 그가 이미 실망을 금치 못한 바 있으며, 더욱이 궁가의 차기 가주로서 중걸자가 굳이 교분까지 맺을 만한 인물이 아닌 것으로 평가를 내린 바 있는, 바로 그 사람이었던 것이다.

그렇더라도 만걸자가 잠시 생각한 끝에 다시 전음을 보냈다.

[네가 그리 결정하였다면 분명 무슨 까닭이 있을 터! 나 또한 자세히 따지지 않겠다. 그러나 너의 그 결정은 곧, 저자에게 우리 궁가의 운명을 걸어야만 한다는 것이니, 너는 다만 한두 가지라도 노부가 납득할 만한 이유를 제시하여야 하지 않겠느냐?]

그러자 곧바로 중걸자의 답이 돌아왔다.

[제자는 우선 두 가지를 말씀드릴 수 있습니다!]

[말해보거라!]

[제자가 일전에 동냥해온 식은 밥으로 그에게 미음 한 바가지를 끓여준 적이 있었는데, 그는 그것을 큰 은혜로 여겨 지금 곤경에 처한 제자를 위해 어떤 일이라도 기꺼이 하리라는 진정을 보이고 있습니다. 그의 그 같은 의리지심(義理之心)이야말로 제자가 그 같은 결정을 한 첫 번째의 이유가 되는 것입니다.]

만걸자는 가볍게 고개를 끄덕였다. 물론 그것이 납득할 만하다는 표시는 아니었다.

[두 번째는, 본가가 지금 존망의 기로에 처해 있는 마당에 현재의 상황에서 우리 중 가장 강한 사람으로 하여금 비무에 나서도록 하는 것이 그래도 최선일 것이기 때문입니다!]

순간 만걸자의 두 눈에 한 가닥의 안광이 번뜩하고 스쳤다.

[너의 그 말은… 저자가 지금 우리들 중에서 가장 강한 사람이라는 것이냐?]

[그렇습니다!]

조금의 망설임도 없는 제자의 대답에 만걸자는 차라리 당황스러울 지경이었다.

[하면 그의 무공은 어느 유파이며, 또 그 경지는 어느 정도이냐?]

[그것에 관해서는 제자도 자세히 알지 못합니다!]

[알지 못한다니… 그게 무슨 소리냐?]

[하지만… 확실히 말씀드릴 수 있는 것은, 그의 무공이 최소한 제자보다는 분명히 강하다는 사실입니다.]

[음?]

[그리고 이 시점에서 우리가 냉철하게 인정하지 않으면 안 되는 사실은… 지금 사부님께서 분명한 결과를 전제하면서도 굳이 비무에 나서시는 것보다는, 최소한 제자보다 강하면서 또한 저들에게 전혀 알려지지 않은 그를 내보내는 것이, 차라리 최선일 수 있다는 것입니다!]

잠시의 무거운 침묵 끝에 만걸자가 물었다.

[그러나 그는 궁가의 제자가 아니질 않느냐?]

그에 대해 중걸자는 문득 희미하게 웃음기를 떠올리더니, 오히려 반문했다.

[지금 그가 궁가의 제자로 보이지 않으십니까?]

만걸자는 다시금 잠시간의 고심에 잠겼다. 그러나 그는 이내 마음을 정하였다. 제자의 판단과 결정에 모든 것을 걸어볼 작정을 한 것이다. 솔직히는 더 이상 손해 볼 것도 없다는 계산이 깔리기도 했지만.

[좋다! 네가 저 청년에게 한판의 큰 도박을 걸어보려 한다면, 노부는 또한 네게 모든 것을 걸어보기로 하마!]

만걸자의 전음에는 언뜻 흔쾌한 느낌마저 녹아 있었다.

4

"우리 궁가에서는 내상을 입으신 사부님 대신 다른 사람을 내겠습니다!"

중걸자의 말에 추룡개가 슬쩍 만걸자 쪽을 보고 난 다음에 짐짓 담담히 물었다.

"그렇다면 장로 중의 한 사람인가?"

"아닙니다. 그저 궁가의 제자 중 하나일 뿐입니다!"

순간 추룡개의 표정이 미묘하게 변했다. 이어 은은한 분노를 드러내며 그가 다시 물었다.

"어차피 이길 수 없으니, 차라리 우리에게 모욕을 주겠다는 것인가?"

"우리 궁가에서 내려는 사람의 지위가 걸맞지 않다고 여기는 것입니까? 그렇다면……."

말끝을 줄인 중걸자가 곧장 뒤돌아 서며 만걸자를 향해 읍하며 고했다.

"사부님! 제자 중걸자는 지금 한 사람을 궁가의 호법장로로 추대코자 합니다. 마침 이 자리에 팔대장로들께서도 모두 계시니, 즉시 의결해 주실 수 있겠는지요?"

순간 추룡개는 사뭇 어이없다는 얼굴이 되고 말았다.

그러나 막상 청을 받은 만걸자는 곧장 팔대장로들을 돌아보며 물었다.

"팔대장로들께서는 중걸자가 추대하는 건에 대해 어떻게 생각하시오?"

사실은 팔대장로들이 이미 만걸자로부터 필괴를 비무에 내보기로 한데 대한 설명을 전음으로 들었던 터라, 비록 갑작스러운 호법장로의 추대에 대해서는 사뭇 당황스럽더라도 잠시간 서로 눈을 맞추고는 이내 한목소리로 대답했다.

"가주의 결정대로 따르겠소이다!"

그에 만걸자가 빙그레 웃으며 필괴를 향했다.

"궁가의 가주 만걸자가 본가 팔대장로의 의결을 받들어 그대를 본 가의 호법장로로 추대코자 하니 부디 수락하여 주시오!"

마치 잘 짜여진 한편의 경극처럼 막힘없이 돌아가는 일련의 상황에 대해 추룡개는 차라리 가볍게 실소를 머금는 모습이었다.

필괴가 또한 무슨 영문인지를 알지 못해 멀거니 보고만 있는데, 그때 궁가의 팔대장로와 중걸자가 일제히 그를 향해 읍하며 외쳤다.

"호법장로를 뵈오이다!"

그런 데야 필괴가 크게 당황이 되지 않을 수는 없어서 허둥지둥 그들을 향해 꾸벅꾸벅 허리를 숙여댔다.

필괴의 그같은 모습은 곧 수락의 표시로 보기에 충분했기에, 중걸자가 얼른 다가서서 필괴의 절을 멈추게 했다. 이어 그는 필괴의 눈을 똑바로 응시하며 나직이 말했다.

"호법장로! 염치없으나, 사정이 다급하니 부탁을 좀 드려야겠습니다!"

그에 필괴가 오히려 송구하여 다시금 고개를 숙였다.

5

'도대체 무슨 꿍꿍이인가?

추룡개가 새삼 필괴를 살펴보니 더러운 얼굴과 피폐한 옷차림만으로도 궁가의 제자임에 분명했다. 하긴 그렇지 않고야 지금 이곳에 있을 까닭이 없기도 했다.

그러나 나이래야 기껏 스물 몇이나 되어 보이는 데다가 체형이라든지 풍기는 느낌 등 어떤 점에서도 평범함을 벗어나는 면모가 없었으니, 이모저모로 염두를 굴려 봐도 도무지 의아하기만 했다.

어쨌든 궁가에서 누구를 호법장로로 추대하고 말고 하는 것이야 어디까지나 궁가의 사정이라고 할 것이니, 그가 굳이 간섭해야 할 이유는 없는 것이었다.

다만 전혀 알지 못하는 자를 갑자기 비무에 내세우겠다고 하니 그로서도 일단은 몇 가지라도 짚고 넘어가지 않을 수는 없는 노릇이었다.

"궁가 내부의 일에 대해서 본 방주가 뭐라고 간섭할 것은 아니지만, 한 가지만큼은 분명히 확인해 두지 않을 수 없겠네!"

하고는 추룡개가 문득 형형한 안광으로 중걸자를 쏘아보며 다시 덧붙였다.

"혹시 저자는 본래 궁가의 제자가 아닌데, 다급한 형세를 면해보고자 임시변통으로 데리고 온 외부인은 아닌가? 만약 그렇다면 이 일은 감히 본 방주를 기만하는 처사일 뿐만 아니라, 개방 부활이라는 우리 모두의 신성한 대업마저 희롱하는 용서할 수 없는 짓거리이니, 본 방주는 반드시 그 죄를 엄히 묻고 말 것이야!"

그러자 중걸자가 언뜻 표정을 굳히며 받았다.

"방주께서는 지금 우리 궁가의 호법장로님에 대해 '저자' 운운하고 계시니, 이것은 명백히 본가 전체를 멸시하는 처사로 궁가와 걸방을 통합하여 진정한 개방의 부활을 이루겠다는 분의 처신으로는 참으로 옳지 못하다고 해야 하지 않겠습니까?"

추룡개가 설핏 안색을 굳히고 말 때였다.

중걸자가 문득 희미한 웃음기를 떠올리며 말을 이었다.

"더하여… 저는 궁가의 제자로서 세상을 희롱할 때와 진지할 때 정도는 능히 구분할 줄 아는 바, 지금은 지극히 진지할 뿐 조금도 누구를 기만하거나 희롱할 마음이지 않습니다!"

그에 추룡개가 잔뜩 이맛살을 찌푸리며 받았다.

"내가 보기에 그는 제대로 무공을 익히지도 않은 것 같은데, 아무리 궁지에 몰려 내는 궁여지책이라고는 하더라도 이러한 처사는 너무도 몰염치하지 않은가?"

"우리 궁가로서는 생사존망을 걸고 마지막까지 최선을 다하려는 것일 뿐입니다."

"허허허! 최선이라……! 무슨 최선 말인가?"

"사실……."

중걸자가 말꼬리를 늘이고는, 짐짓 생각을 정리하는 듯이 잠시 틈을 두었다가 다시 말을 이었다.

"사실 이 비무는 여전히 크게 불공평하여 정당하지 못하니, 이대로 진행하여 걸방에서 너무도 싱겁게 승리를 쟁취한다면 그때야말로 몰염치하다는 세상의 평판을 피하기 어려울 것이고, 그리되면 개방의 부활을 이루고 난 다음이라도 가장 명예롭지 못한 사건으로 두고두고 회자될 것입니다. 그러한 결과는 저도 결코 바라지 않는지라… 하여 한 가지 제안을 드리고자 합니다만……!"

"호오! 이제야 자네의 진짜 속셈을 말하려는가 보군?"

추룡개가 엷은 웃음기를 떠올리며 짐짓 감탄조로 받았다.

"속셈이라고 할 것까지는 없습니다. 다만 비무 방식에 대한 가벼운 제안일 뿐이니 말입니다."

"비무방식에 대한 제안이라……?"

"단 일 권(一拳)으로 승부를 내자는 것입니다! 다만……."

"다만……?"

추룡개가 여전히 웃음기를 거두지 않으며 느긋하게 반문했다.

중걸자가 또한 빙그레 미소지으며 말했다.

"비무의 불공평을 조금이나마 완화시키기 위해, 그러나 막상 승부의 향방에는 크게 영향을 줄 것도 없는 작은 단서 하나를 붙여보고자 합니다."

추룡개가 느긋한 눈빛으로 중걸자의 다음 말을 재촉했다.

"일 권의 대결 후 본 가의 호법장로께서 쓰러지지 않고 능히 버텨낸다면, 이 비무는 우리 궁가가 이긴 것으로 하자는 것입니다!"

순간 추룡개의 얼굴에서 미소가 지워졌다.

그러나 중걸자의 제안에 어떤 위협적인 내용이 있어서는 아니었다. 오히려 그의 제안이 사뭇 구체적임에도, 그 안에 숨겨진 저의가 명확하지 않다는데 대해서였다. 곧, 아무런 의미도 없는 제안이었으니, 그럼으로 해서 무언지 모를 찜찜함 같은 것이 생기는 때문이었다.

6

"자네의 제안은 특별히 의미가 있는 것도 아니고, 그렇다고 그다지 흥미롭지도 않으니… 본 방주로서는 받아들여야 할 까닭을 도무지 찾지 못하겠네!"

추룡개는 깊게 생각해 볼 여지조차 없다는 반응이었다.

그러자 중걸자는 그대로 추룡개를 외면했다. 그리고 그의 시선이 곧장 향한 곳은 바로 대장로 쪽이었다. 언뜻 추룡개를 무시하겠다는 뜻으로 보일 수도 있는 행동이었으나, 그러나 그런데는 그의 치밀하고도 절박한 계산이 깔려 있는 것이었다.

중걸자가 노골적으로 자신을 외면하고 풍검개와 눈을 맞추고 있는데 대해 추룡개가 이윽고는 참지 못하고 호통을 치려는 순간이었다.

"받아들이겠소!"

풍검개 대장로였다.

그리고 그 말이 자신을 향해 한 것이었기에, 추룡개는 곧바로 단호하게 고개를 가로저었다.

"대장로! 가볍게 대할 사안이 아닙니다! 본방의 장래와 명예가 이제 오로지 대장로께 달렸으니, 대장로께서는 이 일에 목숨까지 걸겠다는 각오가 있어야만 할 것입니다."

"방주께서 기왕에 이 늙은 거지에게 비무에 나서라 명을 내렸으니, 비무에 대해서는 노부에게 일임을 해주셔야 할 것이외다. 그러지 않고서는 노부가 비무에 나서서 손을 한 번 뻗고, 걸음을 한번 내디딜 때마다 방주의 명을 구하여 받들 수야 없는 노릇이 아니겠소?"

풍검개가 담담히 받은 데 대해 추룡개가 잔뜩 미간을 찌푸리고 마는데

"허허허!"

나직이 소리내어 웃더니 풍검개가 다시 말을 이었다.

"그러나 방주께서 그리 염려를 하시니, 이 늙은 거지가 다시 한 번 신중을 기하지 않을 수는 없는 일! 단 일 권의 대결만으로는 너무 가볍다면, 삼 권의 대결로 충분히 무거움을 더하도록 하겠소이다!"

그런 데야 추룡개가 여전히 마뜩하지는 않더라도, 다시 이러쿵저러쿵 말을 보태기는 어려운 노릇이었다. 부러질지언정 굽히지는 못하는 사백(師伯) 풍검자의 성정을 누구보다도

잘 아는 까닭이었다.

그리고 풍검개가 자기주장이 강하긴 하지만, 사견(私見)으로 방(幇)의 대사를 그르칠 인물은 결코 아니었다. 하니, 일 권에서는 사정을 봐주거나 여유를 부린다고 쳐도, 만약에 이권, 삼 권에 이르러서까지 전력을 다하지 않을 리는 없을 것이고, 그렇다면 지금 장내에 있는 사람 중에서 그의 심후한 내공을 당할 자는 없으리라.

더욱이 강호에는 검공의 고수로 알려져 있지만, 사실 풍검개는 권법에 대해서도 상당히 정통했다. 개방에 전해지는 절기들이 대개 도검보다는 권장각퇴 쪽에 더욱 심오박대 하거니와, 풍검개는 그중에서 특히 한 가지 권법절기에 대해 능히 절정이라 할 만한 경지에 올라 있었다.

7

"노부는 걸방의 대장로로서 방주의 명을 받은 이상, 의당 이 비무에 신명을 다할 것이오!"

필괴에게 하는 풍검개의 그 말은 다소간 어색한 중에도 자신이 사정을 봐주지 않을 것이니 조심하라는 호의의 경고가 엿보였다. 이어 그는 성큼성큼 마당 가운데로 나섰다.

필괴는 언뜻 뒤를 돌아보았다.

필괴와 눈빛을 마주친 중걸자는 순간 안타까움과 절박함

이 뒤섞이는 복잡한 심정이 되었다.

필괴는 격랑 치는 마음을 가만히 가라앉히고 중걸자를 향해 한번 고개를 끄덕여 보였다. 그런 다음에 다시 풍검개가 있는 곳을 향해 천천히 걸어갔다.

그사이 풍검개는 마당의 한가운데다 반경 일 장 가량의 원 하나를 그려 놓고서 필괴가 오기를 기다리고 있었다.

8

"이렇게 하겠소! 노부는 이제부터 세 번 권을 펼칠 것인데, 궁가의 호법장로께서는 군이 정면으로 주먹을 맞부딪치지 않아도 좋고, 요령껏 피하든지 아니면 주먹 외의 다른 재간을 쓰든지 하여튼 어떤 방법을 써도 좋소! 그리하여 노부가 세 주먹을 다 펼치고 나서도 궁가의 호법장로께서 여전히 이 원 안에 있다면 이 승부에서는 노부가 진 것으로 하겠소!"

풍검개가 말한 데 대해 필괴는 묵묵히 고개만 까딱하였다.

그런데 대해서, 그리고 비록 간단한 거지들의 역용수법으로 얼굴에 검은 칠을 하긴 했지만 그 눈빛에서조차도 어떤 표정의 변화를 찾아볼 수 없다는 데서, 풍검개는 언뜻 이채를 떠올렸다.

그때였다.

"대장로께서는 너무 지나치게 편의를 봐주시는 것이 아닙니까?"

추룡개였다.

그에 대해 풍검개는 가볍게 미간을 찌푸리고 말았다.

"이 늙은 거지가 이미 신명을 다하겠다 하였거늘, 방주는 노부의 말을 허언으로 여기는 것이오?"

그 말에 사뭇 확연한 불쾌감과 더불어 사문의 존장으로서의 위엄이 녹아 있었기에, 추룡개가 차마 토를 달지는 못하였다.

"자! 첫 번째 주먹이오!"

담담하게 외친 풍검개가 미끄러지듯이 필괴와의 거리를 좁혀 들었다.

웅~!

풍검개의 칠 성 내력이 담긴 주먹은 그리 빠르지 않음에도 불구하고 바람을 가르는 것 같은 소리가 났다.

필괴가 순간 크게 당황했으나 주저하고 있을 틈은 조금도 없었다. 그는 곧바로 오른 주먹을 마주 내뻗어 풍검개의 주먹을 맞아 갔다.

풍검개의 눈빛에 가벼운 이채가 스쳤다. 상대가 감히 대응해오지는 못하고 일단 피하고 볼 것이라고 생각했지, 곧장 마주 주먹을 내뻗어 부딪쳐 오리라고는 예상하지 못했던 일이었다.

그러나 풍검개는 이내 희미한 실소를 떠올리고 말았다. 지나치게 단순했다. 어떤 초식의 변화도 가미하지 않고 그저 내뻗는 주먹이었다. 게다가 전혀 기감(氣感)이 없었다. 즉, 내공이 실리지 않은 주먹이었다. 아무래도 상대가 내공을 지니지 않은 것 같다고 이미 짐작을 해보았던 터이지만, 정말로 그럴 줄이야!

그렇더라도 풍검개는 그대로 주먹을 뻗어 갔다. 내력도 처음의 칠 성에서 단 일 푼도 감하지 않았다. 비무는 비무였다. 그것도 지극히 중대한 의미가 담긴.

쿵!

묵직한 단발의 충돌음이 생겨났고,

"엇?"

"어… 엇?"

하는 경호성들이 새어 나왔다.

턱!

턱!

턱!

필괴가 넘어질 듯이 크게 휘청거리며 밀려나고 있었다.

"흐으~ 읍!"

중걸자는 저도 모르게 용을 썼다. 잇달아 세 걸음을 밀려난 필괴는 원의 테두리까지 고작 한 걸음의 여유를 남기고 있을 뿐인데도, 여전히 몸의 중심을 제대로 잡지 못하고 있었다.

9

필괴는 머리가 멍하고 고막이 먹먹했다.

이런 정도의 내공력은 처음이었다.

그러나 그처럼 강력한 위력을 어쨌든 받아냈다는 데 대해, 필괴는 오히려 묘한 자신감이 생기기도 하는 것이었다.

그것은 스스로의 힘에 대한 믿음이 강해지는 것이기도 했다.

10

가장 크게 놀란 것은 바로 풍검개였다.

일 권을 부딪치는 순간 상대의 주먹으로부터는 뜻밖의 반발력이 느껴졌는데, 순간적으로 튕겨 내는 탄력 같은 그 힘은 내공에 의한 것은 아니었고, 마치 일종의 발경(發勁)같은 것이었다.

'외가(外家)의 고수였다는 말인가?

그러나 아무리 변화를 배제하고 순수하게 내력만으로 격돌했다고 하더라도 칠 성의 내공을 실은 주먹이었다. 과연 어떤 종류의 외공절학이기에 능히 그 위력을 받아낼 수 있단 말인가?

그러나 의혹은 잠깐이었고, 풍검개는 이내 수긍하기로 했다.

무공에 대해 제법 견식이 있다 자부하던 그로서도 상대의 무공이 어떤 유파의 것인지 짐작을 해볼 수 없었으니, 과연 천하의 무공이 얼마나 박대하며 다양한 것인지 새삼 경이로울 따름이었다.

또한 궁가 역시 개방의 후예일진대, 이처럼 독특한 무공을 지닌 후배들이 많을수록 향후 부활할 개방의 미래는 더욱더 창창(蒼蒼)할 것이 아닌가?

그렇더라도 풍검개가 막상 두 번째의 주먹을 쳐내기 전에는 잠깐의 갈등을 겪지 않을 수는 없었다.

그가 두 번째의 주먹에는 구 성의 내공을 싣기로 처음부터 작정해 놓았던 것인데, 이제 상대가 능히 그의 칠 성 내력을 견뎌냈으니 구 성의 내력인들 확실히 상대를 원 밖으로 밀어낼 수 있을까 하는 의구심이 들지 않을 수는 없었고, 그렇다면 이쯤에서 전력을 다해야 하는 것이 아닌가 하는 망설임이었다.

그러나 풍검개는 이내 마음을 정했다. 애초에 작정했던 대로 하기로. 아직 한 주먹이 더 남아 있는 것이다.

풍검개가 두 번째의 주먹을 내치자, 필괴는 처음과 마찬가지로 정면으로 주먹을 마주쳐 갔다.

쿠~ 웅!

첫 번째에 비해 한층 무거운 충돌음이 생겨났고, 필괴는 처음에 비해 한층 더 위태롭게 휘청거리며 뒤로 밀려났다.

턱!

턱!

턱!

턱!

필괴가 잇달아 네 걸음을 밀려난 끝에 겨우 몸을 멈춰 세울 때까지 중걸자가 이번에는 용조차 쓰지 못하고 두 눈만 부릅 떠야 했다.

필괴의 한쪽 발이 원의 테두리를 벗어나 있었다.

11

"그만! 승부는 결정되었소!"

추룡개의 외침이었다.

그에 대해 중걸자가 반사적이다시피 버럭 외쳤다.

"아닙니다! 아직 승부가 결정되었다고는 할 수 없습니다!"

"무슨 소리를 하는 것인가? 자네 눈에는 지금 저… 궁가의 호법장로가 원 안에 있는 것으로 보인단 말인가?"

날카롭게 외치는 추룡개에 대해 중걸자는 오히려 차분해 졌다.

"그러나 원 밖에 있는 것도 아니질 않습니까?"

"어허! 그 무슨 억지인가?"

"보시다시피 우리 호법장로께서는 지금 완전히 원 안에 있는 것도 아니고, 또한 완전히 원 밖에 있는 것도 아니니, 차라리 무승부라면 모를까 어찌 승부가 결정되었다고 하십니까? 혹시 방주께서 무승부로 이 비무를 끝내고자 하시는 것이라면, 본 가로서도 딱히 이의를 제기하지는 않도록 하겠습니다만……!"

"너의 세 치 혀가 참으로 매끄럽기 짝이 없구나!"

추룡개가 차갑게 질타한 데 대해 중걸자가 담담하게 받았다.

"방주의 심계에야 감히 견줄 수 있겠습니까?"

"네가 지금 감히 나를 희롱하고자 하는 것이냐?"

추룡개가 이윽고 격한 분노를 드러내며 노려보는데, 중걸자는 조금도 움츠러들지 않았다. 어차피 한 치도 더 물러설 데가 없는 처지로서의 절박함이었다.

그때였다.

"아직 한 주먹이 남았소이다!"

풍검개였다.

추룡개의 표정이 잠깐 일그러졌다.

그러나 그로서는 결국 받아들이지 않을 수도 없었다. 애초부터 그가 바랐던 비무의 형태가 아니었거니와, 사전에 승부의 조건을 명확하게 규정해 놓지 못한 탓도 크다고 할 것이니, 계속 주장을 밀어붙이기에는 여러 가지로 무리가 있는 것이었다.

그리고 그는 조금도 의심치 않았다. 남은 한 주먹에서야말로 풍검개 대장로가 전력을 다하지 않을 수는 없을 것이고, 그런 이상에는 어떤 작은 여지도 없이 명확하게 승부가 갈리리라는 데 대해.

12

풍검개는 이윽고 작정을 바꾸지 않을 수 없었다.

이제 마지막 한 주먹만이 남았고, 더욱이 상대가 자신의 구성 내공이 담긴 주먹을 맞받고도 버텨낸 터에, 그가 처음의 작정대로 십이 성의 전력을 다 쏟아붓는다고 해서 십 할의 승리를 확신할 수는 없겠다는 일말의 불안감이 생기지 않을 수는 없는 노릇이었다.

건곤심의권(乾坤心意拳)을 써야 하리라고는 전혀 생각조차 해 보지 않았던 일이었다.

그러나 이제는 그 개인의 자존심이 문제가 아니었다. 걸방의 방도된 처지로서 자칫 방의 대사(大事)를 망쳐 놓을 지도 모를 순간이었다.

그렇더라도 풍검개는 도무지 마음이 편하지가 않았다.

건곤심의권을 쓴다는 것은 곧 초식을 운용한다는 것이니, 결국 그는 필요에 따라서는 한 주먹이 아니라 몇 주먹, 아니 몇 십 주먹으로 변형시켜 낼 수가 있는 것이었다.

상승의 초식에서 중중첩첩(重重疊疊)으로 펼쳐지는 허초(虛招)와 실초(實招)의 현란한 조화에 대해, 뉘라서 그것이 몇 주먹이라고 단정하여 명쾌하게 정의를 내릴 수가 있으랴?

그러나 처음에 정의했던 한 주먹의 정의와는 분명히 다르다는 점에 대해 그 스스로가 결코 부정할 수 없는 것이었다.

그때였다.

[대장로! 반드시 건곤심의권을 쓰십시오!]

추룡개의 전음이었다.

순간 풍검개는 내심으로부터 솟구치는 분노를 어쩔 수가 없었다. 혹여 대사를 망칠까 우려하는 추룡개의 심정이야 이해를 한다지만, 그렇더라도 이런 식의 간섭은 지나치다고 해야 했다.

그리고 두 사람만의 관계에서는 늘 사백이라 호칭하던 그가, 지금 전음을 보내면서도 굳이 대장로라 칭한 것은, 그럼으로써 자신의 말이 방주로서의 명령임을 강조하려는 의도일 것이기에 또한 불쾌한 심정을 금할 수가 없었다.

결국 풍검개는 건곤심의권을 쓰려던 생각을 거두었다. 처음의 작정대로 다만 십이 성의 전력을 다하는 것으로 이 마지막 대결에 임하기로 한 것이다.

그것이 꼭 추룡개에 대한 분노와 불쾌한 심정 때문은 아니었다.

정말로 이 한 주먹의 대결로 대개방(大丐幫)의 부활이 이루어지는 것이라면, 어찌 정당하지 못한 얕은 계산 따위로 그 위대한 장을 열 수가 있단 말인가?

오로지 진정을 다한 승부를 펼치는 것이야말로 개방 부활의 신성함에 어울리는 것이며, 만약에 그가 승리하지 못하여 대사가 다시금 늦추어지는 한이 있더라도, 그것 또한 그 나름의 의미는 있는 것이리라! 아니, 어쩌면 그런 것이야말로 오히려 모두를 위한 진정한 최선일 수도 있는 것이리라!

13

우~ 웅!

천천히 뻗어 나가는 풍검개의 주먹이 미세하게 떨리며 은은한 울림을 토해냈다.

그러자 주변의 대기가 온통 물결치듯이 일렁이는 듯하였다.

중걸자는 숨조차 제대로 쉬지 못하고 있는 중이었다. 더 이상의 기대는 감히 하지 못하였다. 다만, 마지막으로 특별한 예외가 한 번만 더 일어나 주기를 간절히 바랄 뿐이었다. 기적이 일어나 주가를.

추룡개는 애써 느긋하게 지켜보고 있는 중이었다. 풍검개가 끝내 자신의 고집대로 밀어붙이는 것에 대해서는 크게 불만스러웠으나, 그러나 지금 그가 전력을 끌어올리고 있는 모습에서 최소한의 안도는 가져 볼 수가 있었다.

쿠~ 웅!

그 격돌에서는 마치 메아리처럼 여운을 매단 충돌음이 일었다.

그리고 필괴가 그대로 튕겨 나고 있었다.

중걸자와 추룡개의 모습이 극명하게 엇갈렸다. 절망과 안도로!

그러나 다음 순간, 두 사람은 동시에 두 눈을 부릅떴다.

그대로 원 바깥으로 튕겨 나 내동댕이쳐지고 말 듯하더니 필괴가 돌연 허우적거렸다. 그는 한쪽 무릎으로 땅바닥을 찍듯이 하고, 두 손으로는 땅을 움켜잡듯이 하였는데, 그 바람에 땅바닥에 몇 가닥의 고랑이 깊게 패이면서 자욱한 먼지가 일어났다. 어떻게 해서든 몸을 멈춰 세우려는 절박한 몸짓이었다.

이윽고 필괴의 몸이 멈춰 섰다. 원의 테두리에 겨우 걸린 채였다.

"아~!"

"아아~!"

몇 마디의 탄식과 탄성들이 뒤섞여 나올 때였다.

"푸~ 악!"

필괴가 거칠게 한 모금의 피를 뿜어냈다.

"필 형!"

중걸자 참지 못하고 달려가려는 것을

"아서라!"

만걸자 급하게 제지했다.

중걸자의 눈과, 막 고개를 드는 필괴의 눈이 마주쳤다.

필괴가 소매로 입가의 피를 닦아 내며 희미하게 웃어 보였다.

중걸자는 움찔 고개를 숙이고 말았다. 갑자기 눈 속에 무언가 뜨거운 것이 고이고 있었기 때문이었다.

14

장내에 흐르던 잠시간의 정적을 먼저 깬 것은 풍검개였다.

자신이 그려 놓은 원을 천천히 벗어나 추룡개의 뒤쪽으로 물러나는 풍검개의 모습은 의외로 담담해 보였다.

지긋하게 두 눈을 감고 있는 추룡개의 가슴속에서는 잠시간 실망과 분노가 극렬하게 교차하고 있는 중이었다. 그러나 이미 뒤집을 수없는 결과라면, 빨리 인정하고 다음의 상황에 대해 대비하는 편이 현명하다고 할 것이었다.

상황이 명확히 종결되었음을 확신하는 순간, 중걸자는 새삼 격정을 참을 수가 없었다.

그는 그대로 달려나갔다.

"이겼소! 필 형! 우리가 이겼소!"

필괴를 얼싸안은 채로 외쳐 대는 제자의 모습에, 만걸자가 역시 격동을 금치 못하면서도 짐짓 질책하듯이 중얼거렸다.

"우리라니……? 제 녀석이 한 것이 무엇이 있다고……? 그리고… 참으로 무례하기가 짝이 없지 않은가? 감히 호법장로를 저리 함부로 대하다니……!"

第七章
일로방(一路幇)

1

"부활되는 개방에 호법장로직을 두는 조건만 받아들여진 다면, 비무에서 승리한 것을 빌미로 새로운 요구사항을 내놓 지는 않겠소이다!"

만걸자의 말에 추룡개는 언뜻 이채를 떠올렸다.

"그 말씀은… 통합 후에 호법장로직을 두되 그 직을 궁가 에 할낭하지 않아도 좋으니 궁가에서 지명만 하게 해달라 하 셨던 기존의 말씀과는 다소간 차이가 있는 것 같은데, 그렇다 면 가주의 지금 그 말씀을 어떻든 호법장로직을 두기만 하면 된다는 뜻으로 다시 받아들여도 되겠습니까?"

그에 만걸자가 가만히 미소를 떠올리며 고개를 끄덕였다.

"방주께서 한 가지에만 동의해주신다면, 노부의 뜻을 그렇게 받아들여도 무방하겠소이다!"

"한 가지라고 하시면……?"

"풍검개 대장로에게 한 사람을 지명하도록 하고, 그 한 사람이 누구이든지 간에, 어떠한 이의도 달지 않고 부활된 개방의 호법장로로 추대한다는 것이외다!"

"음……!"

추룡개가 설핏 당혹스러워 했고

"사부님!"

중걸자가 또한 당황을 금치 못하며 나직이 사부를 불렀다.

그에 만걸자가 중걸자에게 눈을 맞추며 가만히 고개를 끄덕여 보이고는 다시 추룡개를 향했다.

"물론 노부는 지명대상에서 제외된다는 전제를 둘 것이외다! 이 늙은 거지는 부활된 개방의 제자가 되는 것만으로도 더 이상 바라는 일이 없으니 말이외다!"

추룡개는 힐끗 풍검개를 살폈다. 그리고 풍검개가 또한 난색을 표하고 있는 중인 것을 보고는 곧바로 계산에 들어갔다. 만걸자 스스로 지명대상에서 제외된다는 전제를 둔 이상, 크게 우려할 일은 없어진 셈이었다. 그리고 풍검개가 아무리 주관적이라지만, 만걸자를 제외하고는 궁가에 딱히 친분이 있는 인물이 없다는 것을 알고 있으니, 굳이 호법장로를 지명하라면 걸방 내에서 대상자를 찾을 수밖에 없을 것이었다.

풍검개는 언뜻 만걸자와 시선을 부딪쳤다. 순간 만걸자가 희미하게 웃으며 시선을 옮겨갔기에, 그가 절로 그 시선을 따라가다가는 흠칫 놀라고 말았다. 만걸자의 시선이 옮겨간 곳에는 바로 그와 비무를 벌였던, 얼굴이 검은 젊은 거지가 있었다. 그런데 그때 만걸자는 다시 그에게로 시선을 맞추어 왔고, 막상 시선이 마주치자 다시금 희미하게 웃고는 곧바로 시선을 돌려 버리는 것이었다. 그러한 일련의 과정은 아주 잠깐이었다.

풍검개가 사뭇 당황스러운 중에 흘깃 추룡개를 보았을 때, 추룡개는 이제 막 생각을 정리한 듯이 시선을 들고 있는 중이었다.

"좋습니다. 그 무엇이 대개방의 부활이라는 대의보다 중하겠습니까? 본 방주는 대승적 차원에서 기꺼이 가주의 그 말씀을 수용하도록 하겠습니다!"

추룡개가 이어 시방을 둘러보며 상중하게 선언했다.

"이 시각부로 대개방이 부활했음을 천지신명과 개방의 역대조사신위와 만천하에 고하노라!"

추룡개의 목소리가 이윽고는 가늘게 떨려 나왔다.

"대개방 천세!"

"천세!"

"천세!"

장내의 모두가 우렁찬 함성으로 화답했다.

그럼으로써 이제는 궁가도 없고, 걸방도 없게 되었다. 오로지 부활된 개방만이 존재할 뿐이었다.

중걸자는 보았다, 사부의 눈가가 촉촉이 젖어 드는 것을.

그때 만걸자가 추룡개를 향해 깊숙이 허리를 숙이며 엄숙하게 외쳤다.

"개방제자 만걸자가 방주를 뵙습니다!"

풍검개가 뒤이어 외쳤다.

"개방제자 풍검개가 방주를 뵙습니다."

외침들이 뒤따랐다.

"방주를 뵙습니다!"

"방주를 뵙습니다!"

장내에 있는 모두가 추룡개를 향해 허리를 숙였다.

2

필괴는 크게 당혹스러웠다.

그러나 곁에 섰던 중걸자까지 허리를 숙이는 것을 보고는, 그 혼자만이 뻣뻣하게 허리를 펴고 있을 수는 없었다. 그가 강호의 법도에 어둡기는 하나, 은인이 절하는 상대에 대해 함께 절을 해서 나쁠 것은 없으리라는 생각이기도 했다.

그런데 그의 허리가 반쯤이나 숙여졌을 때였다.

갑작스럽게 한 가닥 부드러운 무형의 힘이 그의 몸을 휘감더니, 더 이상 허리를 숙이지 못하도록 하는 것이었다.

필괴는 크게 놀랐다.

그러나 와중에도 그는 억지로 허리를 마저 숙이려고 하였는데, 그 한 가닥 무형의 힘은 부드러우면서도 지극히 강인하여서 허리를 조금도 더 굽히지 못하였을 뿐더러, 오히려 조금씩 허리가 다시 펴지는 것이었다.

순간 필괴는 차라리 반발심이 생기기에 본격적으로 힘을 쓰기 시작했고, 그러자 그의 내부에서는 당장에 한 마리 작은 핏빛의 용이 꿈틀거리며 일어났다.

혈룡은 그 사이에 또 조금 더 몸집이 불어 있었고, 한결 또렷해진 두상(頭像)에서는 이제 제법 위엄까지 비치는 듯했다.

필괴는 이내 몰입하여 혈룡과 하나가 될 수 있었다.

이어 그를 억압하던 그 무형의 힘을 이기고 허리를 조금 더 굽힐 수 있었다.

그러나 그때 그 무형의 힘은 돌연히 크게 강해지며 다시금 그의 허리를 펴려고 하였다.

그리하여 그 두 종류의 힘은 그를 중심으로 팽팽한 대치에 들어갔다.

혈룡지기(血龍之氣)가 빠르게 증폭되면서 사뭇 맹렬하게 내부를 휘돌자 필괴는 무어라고 말할 수 없는 기이한 희열을 느꼈고, 한순간 자신도 모르게 나직한 탄성을 흘려내고 말았다.

"음!"

3

중걸자는 역사적인 개방 부활의 현장을 지켜보면서 나름의 깊은 감회에 빠져 있는 중이었다. 그런데 대기마저 엄숙하게 흐름을 멈추고 있는 중에 바로 옆에서 갑자기 나직한 탄성이 들렸기에 그제야 흠칫 필괴를 생각하고는 급히 옆을 돌아보았다.

그리고 필괴가 허리를 굽힌 것도 아니고, 편 것도 아닌 애매한 자세로 마치 혼자서 용을 쓰고 있는 것 같은 묘한 모습에서, 중걸자는 이내 짐작해 볼 수 있었다. 필괴가 지금 누군가가 보내고 있는 무형지기와 힘겨루기를 하고 있는 중이란 것을.

그런데 중걸자가 우선 의문을 가지지 않을 수 없는 것은, 그것이 필괴가 허리를 숙이려고 하는 것을 그 누군가의 무형지기가 말리고 있는 모양새란 점에 대해서였다.

중걸자가 눈동자만 굴려 가만히 주변을 살피다가는 움찔 놀라고 말았다.

'풍검개 대장로가?'

그랬다. 뜻밖에도 그 무형지기의 발원지는 바로 풍검개였다.

그런데 풍검개 대장로도 지금 놀라고 있는 기색이 역력하였고, 그것이 아마도 필괴의 저항이 그가 생각한 정도를 훨씬 능가하는 데 대한 놀라움일 것이라고 중걸자는 짐작해 보았다.

이어 중걸자는 재빨리 판단했다. 풍검개 대장로에게 전혀 악의는 없어 보였으니, 그렇다면 필시 무슨 뜻이 있어서 일 것이라고.

[필 형! 저항하지 마시오!]

중걸자의 전음을 듣는 즉시로 필괴는 혈룡지기를 거두어 들였다.

오히려 크게 당황한 것은 풍검개였다. 필괴가 그처럼 갑자기 힘을 거둘 줄은 몰랐던 터였다.

"헛?"

풍검개가 나직이 경호성을 발하며 황급히 내력을 거두어 들였으나, 기혈에 약간의 무리가 생기는 것은 어쩔 수가 없어서 그의 몸이 일시 부르르 진동을 일으켰다.

그러나 그때 필괴의 사정은 더욱 난감했다. 반쯤이나 숙이고 있던 몸이 누가 세게 잡아 일으키기라도 한 듯이 벌떡 세워졌으니, 모두가 추룡개를 향해 절하고 있는 중에 무슨 억하심정이라도 있어서 벌떡 허리를 세우는 모양새였다.

4

"그대는 궁가의 제자로서 이제 개방의 제자가 되었는데, 어찌 방주인 내게 예 표하기를 거부하는 것인가?"

추룡개의 호통은 나직했으나 몹시도 차가웠다.

중걸자가 크게 당황하며 급히 나섰다.

"그는 궁가의 일개제자 신분이다가 방금 전에 갑자기 호법 장로로 추대된 탓에, 아마도 약간의 혼란을 겪고 있는 것 같습니다."

"그것이 무슨 소리이냐?"

중걸자를 향한 추룡개의 반문에 더욱 날이 섰다.

"옛 개방의 법도를 본받아 궁가의 호법장로 역시 가주에게 예를 표하지 않아도 되는 지위이다 보니……!"

궁색할 수밖에 없는 중걸자의 대답을 추룡개가 단호하게 잘라 버렸다.

"당치 않다. 이미 새로운 개방이 출범하였거늘, 어찌 기존의 지위를 논한다는 말이냐? 과거 궁가와 걸방의 모든 직위와 직책은 이미 의미가 없어졌으니, 이제부터 모든 것은 새로이 정해질 것이다!"

그런데 그때였다.

"방주의 말씀이 지당하오! 그러나 한 가지만큼은 예외로 두어야 할 것이오!"

풍검개였다.

순간 추룡개가 적잖이 당혹스럽다는 기색이 되어 반문했다.

"대장로… 사백! 무슨 말씀을 하시려는 것입니까?"

추룡개의 그 호칭에 방금 전 그가 말한 대로 기존의 모든 직위와 직책을 무시하겠다는 의미가 내포되었음을 짐작하면서 풍검개가 담담히 웃으며 대답했다.

"방주께서는 만걸자… 전 궁가주가 제시한 조건 한 가지를 수용한 바가 있지 않소?"

"음……!"

깊은 침음성을 흘린 추룡개가 풍검개를 응시하며 무겁게 입을 열었다.

"사백! 호법장로를 추대하는 일이라면… 물론 본 방주가 대승적 차원에서 기꺼이 수용한 바 있으나, 호법장로라는 직책은 너무도 중요하니 지금 당장 이 자리에서 즉흥적으로 결정할 일은 아니지 않습니까? 시간을 두고 충분한 논의 과정을 거친 연후에 신중히 결정하여야만 할 것입니다."

풍검개의 두 눈에 번뜩하고 정광이 빛났다.

"개방의 전통과 율법에서 가장 경계하는 것이 바로 신의를 저버리는 행위임은 누구보다도 방주께서 잘 알 것이라고 믿소!"

풍검개의 말이 사뭇 준엄한데, 그에 추룡개가 또한 위엄을 세웠다.

"물론입니다. 다만 본 방주는 그 일이 자칫 방의 정체성과 기강을 크게 뒤흔들 수 있음을 염려하기에 신중을 기하여 시행하자는 뜻이지, 조금이라도 약속을 어기겠다는 의미는 결코 아닌 것입니다!"

"방주께서 약속하신 바를 다시 상기해보자면, '풍검개에게 한 사람을 지명하도록 하고, 그 한 사람이 누구이든지 간에, 어떠한 이의도 달지 않고 부활된 개방의 호법장로로 추대한다!'는 것이었소이다. 혹시 조금이라도 더하거나 덜한 것이 있소?"

"음⋯⋯!"

추룡개가 다시금 깊은 침음성을 흘리고 마는데, 풍검개는 단호한 투로 말을 이었다.

"그 약속을 집행할 의무를 맡은 처지로서 이 풍검개는 이제, 엄숙하게 한 사람을 지명하고자 하오!"

그에 추룡개가,

"사백!"

하고 무겁게 불렀다. 그러나 풍검개는 개의치 않고 곧바로 손을 들어 한 사람을 가리켰다.

순간 장내의 모두가 크게 놀라며 저마다 탄식과 경호성을 흘려냈다.

5

풍검개가 지목한 사람은 바로 필괴였다.

중걸개가 그제야 사부의 뜻이 처음부터 그런 데에 있었으며, 또한 사부와 풍검개 간에 진작부터 어떤 교감이 있었음을 짐작하고서 새삼 놀랍다는 눈으로 사부를 바라보았다.

추룡개는 잠시간 당황한 기색을 감추지 못하는 듯 보이더니, 이내 본래의 차분하고도 신중한 모습으로 돌아갔다. 그리고 만걸자와 풍검개를 차례로 돌아본 그가 모두를 향해 담담하게 입을 열었다.

"좋소! 본 방주는 풍검개 사백께서 지명한 인물을 개방의 호법장로로 추대하는 것에 대해 동의하겠소!"

순간 장내에 다시금 가벼운 놀람이 지나갔다.

"그러나 추대되었다고 해서 곧바로 호법장로로 대우할 수는 없는 일이오! 즉, 개방의 율법에는 호법장로로 추대되었다고 하더라도 소정의 절차와 과정을 거쳐야만 정식으로 호법장로에 임명되도록 분명히 규정되어 있으니, 그때까지는 호법장로서의 예우와 권리를 인정받을 수 없다는 것이오!"

만걸자와 풍검개 등의 안색이 딱딱하게 굳어지는 중에, 추룡개의 말이 이어졌다.

"물론 그렇더라도 이미 추대를 받은 이상에는 그 예비된 신분에 대한 배려를 하지 않을 수도 없는 일! 하여 이렇게 하도록 하겠소! 그가 정식으로 호법장로에 봉해지기 전까지 본 방주를 포함한 방 내의 누구도 그에 대해 간섭하지 않을 것이며, 반대로 그 역시도 방의 일에 일절 간섭할 수 없는 것으로 말이오!"

묘한 말이었다. 방주로서 그가 마음먹기에 따라 시간이야 얼마든지 끌 수 있는 것이니, 사실상 필괴를 개방과 격리시켜 공중에다 띄워 버린 셈이었다.

또한 과연 추룡개다운 면모였고, 그가 왜 강호에서 심계의 달인 중 하나로 꼽히는지 새삼 수긍이 되는 순간이었다.

"방주께서는 약속을 지킨다고 하시면서 막상은 교묘한 말로 약속의 본질을 비켜 나가시니, 그것이 어떻게 약속을 지키는 것이란 말입니까?"

중걸자가 참지 못하고 분통을 터뜨렸다.

그러자 만걸자가 급히 나서며 엄히 제자를 나무랐다.

"중걸자야! 네 어찌 감히 방주께 무례를 범하는 것이냐?"

그에 추룡개가 가벼운 손짓으로 만걸자를 제지하며 중걸자를 향해 말했다.

"본 방주가 약속의 본질을 비켜 나갔다고 하였느냐? 그러나 나는 분명 호법장로를 추대하는 데 동의하였고, 다만 그를 정식으로 임명하는 데 있어서는 개방의 율법으로 정해진 바를 충실히 따르자고 했을 뿐인데, 그것이 어떻게 본질을 비켜 나가는 것이 된다는 말이냐?"

중걸자가 곧바로 받아 치려는 것을 만걸자가 급히 전음을 보냈다.

[방주의 말씀이 그르지 않다. 그리고 무엇보다도 이제 개방의 역사가 새로 시작되는 이 시점에서, 우리 모두는 방주를 중심으로 합심단결해서 산적한 현안들을 해결해 나가는 것이 최우선의 사명이다. 하니, 이 문제는 일단 이런 정도로 매듭을 지어두도록 하자! 어쨌든 그가 개방의 호법장로로 추대되었다는 것은 누구도 부인 못할 분명한 사실이니, 향후 시간을 두고 방도들의 여론을 폭넓게 모아간다면 방주로서도 언제까지나 시간을 끌 수는 없을 것이다!]

그에 중걸자가 마지못해 입을 꽉 다물었다.

추룡개가 빙그레 웃으며 위엄스러운 시선을 만걸자에게로 향했다.

"시급한 현안들이 산적해 있으니, 우선의 급한 인사명령을 잠시라도 늦출 수는 없겠습니다! 하니 개방의 새로운 대장로 직은 만걸자께서 맡아주시기 바랍니다!"

만걸자가 당장에 크게 당혹스러워 하며 급하게 고했다.

"천부당만부당하오이다! 풍검개께서 계시거늘 어찌 이 쓸모없는 늙은이가 그런 중책을 맡을 수 있겠습니까?"

그러자 추룡개가 뭐라 하기 전에 풍검개가 얼른 나섰다.

"궁가와 걸방이 통합하여 개방이 부활되었으니, 만걸자께서 대장로의 직을 맡으시는 것은 실로 당연한 일입니다!"

추룡개가 곧장 받았다.

"고맙고도 합당한 말씀입니다! 그럼 그리하도록 하고… 더불어 기존 궁가의 장로들과 풍검개 사백을 위시한 걸방의 장로들을 모두 새롭게 개방의 장로직에 임명을 하는 바입니다!"

그러자 복명하는 소리가 일제히 나왔다.

"명을 받듭니다!"

"명을 받듭니다!"

추룡개가 다시,

"다른 제반의 직책과 직위에 대해서는 일단 총타로 돌아간 뒤, 장로들과 상의하여 정하도록 할 것입니다!"

하고 마무리를 짓자 모두가 허리를 숙였다.

일단 일을 시작하자 누구도 토를 달지 못하도록 그야말로 일사천리로 진행시켜 나가는 추룡개의 모습에서, 중결자는 과연 그에게 대개방의 방주다운 면모가 있음을 인정하지 않을 수 없었다.

위엄스럽게 장내를 굽어보며 담담한 미소를 떠올리고 있는 추룡개에 대해, 중결자는 그가 지금 이제부터 본격적으로 펼쳐 나갈 웅대한 포부를 그려보고 있을 것이라는 생각을 해보았다.

순간 중결자 자신의 가슴속에서도 무언지 모를 벅찬 울렁거림이 생겨나는 것이었다.

6

"서문세가의 가주가 뵙기를 청하고 있습니다!"

바깥에서 들어 온 보고에 추룡개가 힐끗 만걸자 쪽을 돌아보고 나서 곧바로 지시를 내렸다.

"안으로 들어오시도록 하라!"

중걸자는 슬며시 안색을 굳혔다. 아무래도 뭔가 안 좋은 느낌이었다.

잠시 후 서문건상을 비롯한 서문세가의 십여 명이 통문을 통해 안마당으로 들어섰다.

"우선 감축드립니다! 개방의 부활을 이처럼 가까이에서 지켜볼 수 있었으니 참으로 영광입니다!"

서문건상의 태도가 이전보다 한층 더 정중해졌음을 실감하며 추룡개가 빙그레한 미소와 함께 간단히만 답했다.

"고맙소!"

서문건상은 곧바로 용건으로 들어갔다.

"개방의 경사스러운 날에 성가심을 끼치게 되어 송구하나, 이미 말씀드렸듯이 저희 서문가의 입장에서는 엄중히 처리하지 않을 수 없는 사정인지라……."

"영식에게 위해를 가했다는 자에 관한 말씀이구려?"

"그렇습니다."

"음! 그래, 그자가 도대체 누구라는 것이오?"

"범인은 변용을 한 것 같습니다. 그러나 전후사정과 여러 가지 정황을 종합해 본 결과 범인은 바로 저자입니다!"

서문건상이 지체없이 지목한 사람을 보는 순간 추룡개는 설핏 묘한 표정으로 되고 말았다. 바로 필괴였기 때문이다.

그러나 추룡개가 이내 당혹스럽다는 기색으로 잔뜩 이맛살을 찡그릴 때였다.

"개방이 새로이 출범하는 엄숙한 자리에 와서 다짜고짜 범인 운운하다니……. 이는 서문세가에서 우리 개방을 우습게 여기는 처사가 아닙니까?"

날카로운 목소리로 말한 이는 중걸자였다.

서문건상은 곧바로 곤혹스러운 기색이 되고 말았다. 젊은 거지가 대뜸 따지고 대든 것도 그랬지만, 그것보다는 그 거지가 은근히 사방의 다른 거지들을 선동한다는 느낌이 들었기 때문이었다.

그때 마침 추룡개가 짐짓 엄한 기색으로 중걸자를 꾸짖고 나섰다.

"중걸자는 무례를 삼가라! 개방과 서문세가는 예로부터 정도무림맹의 맹방이었으니, 예에 어긋남이 있어서는 안 될 것이다!"

중걸자가 감히 소홀하지 못하고 허리를 숙이자, 추룡개가 이번에는 서문건상을 향하며 물었다.

"가주는 단정할 수 있으시오?"

"물론입니다. 범인의 얼굴에는 화상자국이 가득하니, 저자의 역용을 지우기만 하면 곧바로 확인이 될 일입니다."

"역용이라……?"

추룡개가 새삼 보니 필괴의 얼굴에는 과연 역용의 흔적이 뚜렷했다.

"알겠소! 그러나 본 방주로서도 전후사정의 확인이 필요하니 잠시간 기다려 주시겠소?"

서문건상이 가볍게 고개를 숙였고, 추룡개는 곧장 중걸자에게로 갔다.

"이미 이곳 분타주로부터 대강의 내용을 보고받은 바 있거니와, 또한 기왕에 상황이 이런 데까지 이르렀으니 너는 사실대로 고하거라! 서문세가에서 찾는 사람이 그가 맞느냐?"

"방주님! 그보다는 우선……."

중걸자가 급하게 앞뒤의 사정을 말하려는데, 추룡개의 얼굴이 대번에 삼엄해졌다.

"그가 맞느냐고 물었거늘, 너는 감히 본 방주의 말을 가볍게 여기는 것이냐?"

그에 중걸자가 움찔하고 마는데, 추룡개의 시선은 문득 필괴에게로 향했다.

"말해보라! 그대가 서문세가에서 찾는 사람이 맞는가?"

그 물음에 대해 필괴는 문득 약간의 혼란스러움이 생겼다. 결국 자신으로 인해 벌어지고 있는 사달이었으니, 자신이 나서서 책임을 지겠다는 각오야 진작부터 하고 있는 바이지만, 문득 '부딪쳐야 한다면 당당히 부딪치리라!' 는 약간의 오기 같은 것이 생긴다고 할까? 사실 지금까지 살아오면서 그에게 무슨 분명한 주관이나 자존심 같은 게 있었던 적은 딱히 없었던 것 같지만, 그러나 문득 이런 상황 정도를 헤쳐 나가지 못하여 뒤로 빠져 움츠리고 있거나 혹은 남에게 기대어만 있어서야 앞으로 어떻게 남은 원수들을 찾아 처단할 수 있겠는가 하는 심정으로 되는 것이었다.

"그렇습니다!"

필괴가 반사적이다시피 뱉었다. 그러나 그의 그 대답은 사뭇 분명하였다.

중걸자가 급하게 끼어들었다.

"그러나 그가 잘못한 것은 조금도 없습니다. 사건은 처음부터 서문공자의 오해로부터 비롯되었고, 오히려 억울한 일을 당한 것은 이쪽입니다. 또한 나중에 서문공자가 복수를 하겠다고 찾아와서 두 사람이 일대일로 붙었는데, 설마 그가 서문공자를 개구리 때려잡듯이 그처럼 간단히 때려눕힐 줄이야 누가 알았겠습니까?"

그때였다.

"훗!"

"큭!"

주변에서 몇 마디 희미한 소리가 새어 나왔다.

참다못해 새어 나오고 마는 웃음소리였는데, 바로 기관매복에서 철수하여 안마당의 한 구석에 들어와 있던 어린 거지들 사이에서였다.

만걸자가 황급히 얼굴빛을 굳히며 그들을 나무라는 시늉을 했다.

그러나 그때는 풍검개 외 몇몇의 장로들마저도 슬그머니 엷은 웃음기를 떠올리고 있는 모습들이었다.

돌아가는 상황을 지켜보고 있던 서문건상이 순간 노기를 참지 못하고 중걸자를 향해 호통쳤다.

"그대의 죄 또한 가볍지 않음을 모르고 있는 것이 아니다! 다만 개방의 체면을 생각해서 군이 일을 확대시키지 않으려 하고 있을 뿐이거늘, 그대는 지금 짧은 세치 혀로 감히 본가를 희롱하려 하는가?"

서문건상이 이어 추룡개를 향하며 강한 어조로 요구했다.

"이제 상황이 분명해졌으니, 저자를 넘겨주십시오!"

그러나 추룡개는 가만히 미간을 좁혔다.

"잠시 기다려 달라 말씀을 드렸거늘, 가주는 사람을 너무 재촉하는구려!"

그런 추룡개에게서 언뜻 언짢아하는 기색이 비쳤기에, 서문건상이 또한 설핏 얼굴을 굳혔으나 다시 입을 열지는 못했다.

그 틈을 타 중걸자가 다시 추룡개를 향해 말을 이어냈다.

"사정이 그리된 것으로 잘못은 오히려 서문세가에 있다고
할 것인데, 지금 서문세가에서는 오히려 우리 쪽에 죄를 물으
려 하고 있으니 그야말로 적반하장이 아니겠습니까?"

순간 추룡개가 차갑게 호통을 터뜨렸다.

"닥쳐라! 내 이미 누차 일렀거늘, 네 어찌 계속해서 이리도
방자하게 군단 말이냐? 네 눈에는 진정 본 방주가 가볍게 보
인단 말이더냐?"

그 시퍼런 서슬에 중걸자가 감히 대꾸할 엄두를 내지 못하
고 흠칫 고개를 떨구고 마는데, 추룡개가 이어서 만걸자와 풍
검개, 그리고 다른 장로들을 돌아보며 무겁게 입을 열었다.

"본 방주가 이미 선언하였거니와, 당분간 방 내의 누구도
그에 대해 간섭하지 않을 것이며, 그 역시도 방의 일에 일절
간섭할 수 없다고 하였소! 한데도 이를 어기는 경우가 있다
면, 그것은 곧 본 방주에 대한 항명이니, 누구를 막론하고 율
법에 준하여 삼엄하게 다스릴 것이오!"

만걸자와 풍검개 등의 안색이 확연히 무거워지는데, 추룡
개가 다시 덧붙였다.

"또한… 이런 정도의 사적(私的)인 문제조차도 스스로 해
결하지 못하여 방에 폐를 끼친다면, 나아가 그가 어찌 더 큰
소임을 감당할 수 있겠소?"

그런데 그때였다. 고개를 떨구고 있던 중걸자가 돌연히 성
큼 걸음을 옮겨서는 필괴의 앞을 막아서는 것이었다.

추룡개로서는 중걸자가 이미 한풀 꺾인 것으로 생각하고 있었기에 미처 제지를 못하고 있다가 뒤늦게 쩌렁한 노호를 터뜨려냈다.

"네 지금 무슨 행동이냐? 썩 물러나지 못할까?"

그러나 중걸자는 이번에 오히려 어깨를 펴더니, 개방의 장로들을 쭉 둘러보며 목소리를 높였다.

"방주께서 이미 명하신 바가 있다고 하더라도, 근본적으로 그가 개방의 방도가 아니게 된 것은 아니지 않습니까? 그렇다면, 그가 개방의 방도가 분명할진대, 오늘 개방이 재출범하는 이 역사적인 자리에서 개방의 방도 한 사람이 이처럼 억울한 일을 당하는 것을 우리 모두는 지켜보고만 있어야 하는 것입니까? 과연 그것이⋯ 이제부터 우리가 수호해 나가야 할 개방의 새로운 법도이며, 의리란 말입니까? 사정이야 어떻게 되었다고 하더라도 그가 일단 개방의 방도인 이상에는, 우리는 최소한 그가 억울한 경우를 당하지는 않도록 살펴주어야 하는 것이 당연한 도리가 아닙니까? 제 말이 틀린 것입니까?"

격동으로 가늘게 떨려 나오는 중걸자의 목소리는 대번에 개방의 모두에게 사뭇 벅찬 공감대를 불러일으키는 데가 있었다.

추룡개가 일순 당혹스러운 기색으로 되고 말았고, 더불어 서문건상을 위시한 서문세가의 인물들 또한 당황을 감추지 못하는 모습들이었다.

순간 추룡개는 내력을 돋구었다.

"이놈! 네가 정녕 본 방주에 대해 항명을 하려느냐?"

장내의 대기가 소스라치며 부르르 떨렸다.

풍검개는 만걸자가 문득 결연한 기색으로 되는 것을 보았다. 그리고 그것이 더는 두고 볼 수 없어서 나서려는 것이었기에, 그가 가만히 다가서며 만걸자의 소매를 잡았다.

[지금 대장로께서 나선다면 상황을 더욱 어렵게 만들 뿐이지 않겠소?]

"음……!"

만걸자가 멈칫하였다가 무거운 침음성을 뱉어냈다.

[노부에게 맡겨주시겠소?]

풍검개가 애써 담담한 얼굴로 다시 전음으로 말한 데 대해, 만걸자는 가만히 한숨을 불어 내쉬며 고개를 끄덕였다.

7

풍검개가 성큼 앞으로 나서며 고개를 숙여 보이는 것에 대해 추룡개는 잔뜩 미간을 찌푸리고 말았다.

그러나 풍검개가 지금의 상황을 원만히 추스르고 조정해 보겠다고 자청하여 나선 것을 굳이 마다할 수는 없었으니, 애써 얼굴을 펴고 가볍게 고개를 숙여 답례했다.

그에 풍검개는 곧장 서문건상을 향했다.

"개방의 풍검개요! 서문세가의 입장은 충분히 들었고, 또한 납득이 가지 않는 바가 아니외다. 그러나……."

풍검개가 말꼬리를 달며 흘깃 추룡개를 보고나서 다시 이었다.

"그러나 여기는 엄연히 개방의 땅이고 또한 개방의 방도가 관련된 일인데, 서문세가에서 이처럼 조급하게 일을 처리하려는 것은 다분히 지나친 데가 있다고 생각지 않으시오?"

그러자 주변의 개방 방도들 중에서 가볍게 고개를 끄덕이는 반응들이 있었고, 또 한쪽의 어린 거지들은 시늉으로나마 박수를 쳐서 호응을 표시하였다.

서문건상은 슬쩍 추룡개를 살폈다. 그러나 그가 당장에 풍검개의 말에 대해 이의를 제기하거나 혹은 끼어들 기색은 아닌 것을 보고는, 다시 시선을 풍검개에게로 향했다.

"풍검개 노선배께서는 강호동도들에게 두루 존경을 받고 계시니, 제가 감히 말씀을 새겨듣지 않을 수는 없습니다. 하면 제가 어찌하면 지나치지 않게끔 되겠는지요?"

"보잘 것 없는 늙은 거지를 그처럼 치켜주니 몸 둘 바를 모르겠소!"

풍검개가 포권하며 겸양을 보인 다음에 다시 말을 이었다.

"그 자세한 내막이야 어찌 되었든, 이 사건은 우리 개방의 방도 한 사람과 귀 서문세가의 가솔 한 사람간의 사적인 다툼으로부터 비롯된 것이라고 보는데……. 그에 대해 가주는 혹시 다른 견해가 있소?"

"좀 전에 방주께서도 맹방이라는 말씀을 하셨듯이, 개방과 서문세가가 간에 달리 어떤 분쟁이 있을 리는 없으니, 그런 측면에서는 이번 사건을 사적인 다툼이라고 할 수밖에 없을 것입니다. 다만……."

서문건상이 꼬리를 달며 말을 이어 가려는 것을, 풍검개가 담담히 웃으며 끊었다.

"미안하오만, 서로의 입장을 길게 얘기하자면 끝내 해결점을 찾기가 어려울 것이오! 하여 노부는 단도직입적으로 한 가지 제안을 하고자 하오!"

그에 서문건상이 가볍게 이마를 찡그리면서도 고개를 끄덕였다.

"일단 말씀해 보시지요!"

"이번 사건이 기왕에 사적인 다툼으로 시작되었으니만큼, 다른 방법으로 원만한 해결을 보기 어렵다면 차라리 양자간의 대결을 통해 깨끗하게 해결을 보자는 것이오!"

서문건상이 미처 짐작하지 못했든 듯이 언뜻 당황스러운 기색이 되고 말았다. 그러나 그는 이내 격한 분노를 떠올렸다.

"지금 그 말씀은… 개방에서 이미 한 번의 싸움에서 이겼다는 사실을 새삼 강조하시려는 것입니까? 그러니 그들 당사자들로 하여금 다시 싸움을 붙인다고 하더라도 마찬가지의 결과가 나오리라는 것입니까?"

그에 풍검개가 급히 손을 내저었다. 그러나 그의 얼굴은 여전히 차분하기만 했다.

"노부가 이처럼 굳이 나선 것은 양측에 공정한 중재를 하고자 함인데, 그런 속 좁은 제안을 낼 리야 있겠소?"

"……?"

"단적으로 말해, 서문세가에서는 이전의 패배를 능히 되갚을 수 있는 사람을 이번 대결에 세워도 좋소! 물론 우리 쪽에서는 사람을 바꾸지 않을 것이고!"

"음……!"

서문건상이 이윽고는 침음성을 흘리고 마는데, 풍검개는 담담히 말을 이어갔다.

"방금 전 우리 개방은 궁가와 걸방의 대표자간 비무를 통해서 마침내 오랜 염원을 성사시켜 낸 바도 있는 바, 지금 이런 정도의 상대적으로 경미한 사안에 대해서야 간단하고도 명쾌하게 결말을 이끌어내지 못할 이유가 무엇이겠소?"

말끝에 풍검개가 자신에게로 힐끗 시선을 준 데 대해, 추룡개는 애써 불편한 심기를 추슬러야 했다.

8

서문건상은 몹시 당황스러운 심정이었다.

그가 좀 전에 안가로부터의 환호와 외침 등으로 드디어 궁가와 결방이 통합되고 개방이 부활하였다는 것을 알 수 있었지만, 그들 양측 간에 비무를 통해 대사를 성사시켰다는 사실은 이제야 알게 된 것이었다.

어쨌거나 그런 사실을 굳이 밝히면서까지 같은 방식으로 문제를 해결하자고 하니, 과연 그 안에 어떤 계산이 숨어 있을지 참으로 당혹스럽지 않을 수 없는 노릇이었다.

그러나 상황은 이미 그가 달리 방향을 틀 수 있는 단계를 지나 버린 것 같았다.

그때였다.

"하하하하! 마치 서문세가에 인물이 없는 듯이 말씀을 하시는구려! 좋소! 서문세가를 대표하여 이 서문극상이 기꺼이 대결에 응하겠소이다!"

거칠게 외치며 단숨에 마당 가운데로 달려나온 이는 거구에다 부리부리한 두 눈, 뺨과 턱 전체에 고슴도치같은 수염이 난 모습이었다.

그리고 방금의 외침에서 그는 굳이 내력을 돋우지도 않은 것 같은 데도 주변의 공기가 흔들리는 듯한 여운을 남겼으니, 그의 용력이 참으로 대단함을 짐작해 볼 수 있었다.

중걸자는 와락 인상을 찌푸리고 말았다. 서문극상이 누구인 줄 잘 아는 까닭이었다.

당금의 서문세가를 대표하는 고수들인 서문삼걸은 가주

서문건상과 그의 두 형제들을 칭하는 것이었다. 그중에서도 무공만 놓고 본다면 단연 셋째인 서문극상이 최강이었다. 비록 그가 강호활동을 활발히 하지는 않는 편이었지만, 그의 무공이 절정의 경지에 올랐다는 것은 제법 널리 알려진 사실이었다.

"삼제! 물러나게!"

서문건상이 나직이 호통을 쳤다.

그러자 서문극상이 불만스럽다는 표정을 감추지 못하면서도, 감히 가주의 명령을 어기지 못하는 듯이 성큼성큼 원래의 자리로 돌아갔다.

서문건상의 안색은 무거웠다.

풍검개의 심중을 제대로 파악하지도 못한 상황에서 가볍게 대응을 할 수는 없는 일이지만, 그렇다고 대뜸 세가의 제일고수를 내세우는 것은 참으로 궁색한 노릇이었다. 더욱이 만약의 경우를 대비한 여지로써 마지막 수단을 남겨둘 필요도 있는 것이었다.

그때였다.

"가주님! 제가 나가도록 하겠습니다!"

서문건상이 돌아보니 둘째 서문언상이었다.

사실은 그래야 하리라고 작정을 하고 있는 중이기도 하여서, 서문건상은 가만히 고개를 끄덕였다. 안도가 되기도 하였다. 서문언상이 무공으로도 능히 세가의 두 번째를 차지하는 고수이거니와, 타고난 성정이 신중하고 사려가 깊으니, 어떤 상황에서도 크게 낭패를 당할 일은 없을 것이었다.

9

"나는 서문세가의 형당 당주 서문언상이다!"

서문언상이 외치고는 잠시 기다렸다. 자신이 누구인지 말하였으니, 상대 또한 그 신분과 성명을 밝히라는 뜻이었다.

필괴가 서문언상을 보니 그 무겁고 진중한 기세만으로도 대단한 고수임을 알 것 같았다.

"내 이름은. 필괴요!"

필괴가 특유의 투로 대답한 데 대해 서문언상이 불쾌하다는 표시를 그대로 드러낼 때, 잔뜩 긴장한 채로 두 사람의 대치를 지켜보던 중걸자는 문득 가슴속에서 뿌듯한 무엇이 올라오는 것만 같았다. 그때 서문세가의 소가주 서문창을 쓰러뜨리고 난 다음에 어둑한 사위를 울리던 필괴의 나직한 외침이 새삼 선명하게 떠오른 때문이었다.

"나는 검을 쓸 것이다!"

서문언상이 짧게 선언하고,

스릉!

검을 뽑아 든 후 검집을 뒤로 던지면서 다시 외쳤다.

"무기를 들어라!"

순간 필괴는 당황하고 말았다. 지금 무기로 쓸 만한 것을 지니고 있지 않았던 것이다.

그때였다.

"잠깐 기다리시오!"

중걸자가 외치고 나서 재빨리 뒷편의 집 안쪽으로 달려갔다. 그리고 이내 다시 달려 나오는 그의 손에는 두 자루의 칼이 들려 있었다. 아니, 각 한 자루씩의 검과 도였다.

중걸자가 물을 것도 없이 불쑥 내미는 그 두 자루 중에서 필괴는 곧장 검을 잡았다.

필괴가 검을 뽑기를 기다린 중걸자가 검집을 받아 들고는 곧장 뒤로 물러났다.

대치라고 할 것은 없었다.

"간다!"

짧게 외친 서문언상이 그대로 공간을 좁혀 들었다.

파라랏!

서문언상이 검을 펼치자 대번에 현란한 검화(劍花)가 일어나며 일시에 필괴를 덮쳐들었다.

순간 필괴가 설핏 당황하다가는 그대로 펄쩍 뛰듯이 다급하게 뒤로 물러섰다.

그러나 서문언상은 일 검을 펼친 후 연이어 핍박해 들지는 않았고, 그런 덕분으로 필괴는 짧은 안도의 한숨을 내쉴 수 있었다. 하지만 그때 그의 몸에서는 점점이 혈화(血花)가 피어오르고 있었는데, 어느 틈에 당했는지 몇 군데를 베이고 만 것이다. 피는 옷을 적시며 금세 번져 나가고 있었다.

서문언상은 차라리 의아한 심정이었다. 방금의 일합을 통해 상대의 실력을 가늠해 보았거니와, 풍검개가 과연 무슨 계산을 하고 있는지 새삼 의혹이 커지는 것이었다.

사실은 풍검개 또한 사뭇 당황스러워 하고 있는 중이었다. 그렇더라도 그가 가지고 있던 믿음이 흔들린 것은 아니었다. 그가 필괴와 세 주먹의 대결을 펼쳤을 때, 그는 정말로 전력을 다했었고, 특히 마지막에 그가 십이 성의 전력을 다한 권(拳)을 필괴는 능히 받아냈었다. 그러니 좀 더 지켜봐야 하는 것이다.

그리고 그때 풍검개는 '번뜩!' 하고 두 눈에 안광을 떠올렸다.

필괴가 갑자기 뛰기 시작하고 있었다.

다시 시작된 서문언상의 공세에 대해 필괴는 마치 고삐 풀린 망아지처럼 이리저리로 펄쩍펄쩍 뛰어다니며 피해 다니고 있는 것이었다. 그렇다고 아예 도망을 다니고 있는 것은 또 아니었다. 마구 뛰어다니는 중에도 그의 검은 빠르게 움직이고 있었다.

챙!

채~앵!

소리가 나고 있었다.

검끼리 부딪치는 소리였다.

그리고 처음에는 나지 않던 소리였다.

채~ 챙!

채채~ 챙!

소리는 점차로 더 빈번하게, 그리고 이윽고는 격렬하게 변하고 있었다.

풍검개는 놀람을 금치 못하며 필괴의 검 놀림을 지켜보고 있는 중이었다.

나름의 형과 식이 없지는 않았으니 초식이라 할 만도 하였지만, 그것이 지극히 단순한 데다 다분히 불규칙하게 임의로 반복되고 있다는 점에서 그의 검은 차라리, 그때그때의 상황에 대해 반응해 내는 임기응변에 가깝다고 해야 했다.

10

필괴는 극도의 초긴장 상태였다. 감히 잠시도 집중을 흩뜨릴 수 없었다.

동시에 온몸의 피가 전신의 혈맥을 마구 휘도는 듯한 극도의 흥분상태였다.

그러나 긴장하고 흥분했더라도 그의 마음은 한편으로 오히려 차분하게 가라앉고 있었다.

그것은 그의 믿음이었고, 또한 의지였다.

그리고 그러한 믿음과 의지는 지금 그의 내부를 환히 밝히고 있는 한 무리의 빛으로부터 나왔고, 다시 그 빛의 근원지는 바로 그의 내부에 존재하는 한 자루의 검이었다.

작고 희미하기만 했던 그 검은 이제 한층 더 뚜렷해지고 선명해져 있었다.

심검(心劍)이었다.

그의 마음 속에 씨앗처럼 태동하여 조금씩 자라고 있는 한 자루 마음의 검!

그동안 혈룡이 조금씩 크기를 키웠던 것과 마찬가지로, 심검 또한 보다 선명하고 뚜렷한 형체로 성장을 하고 있는 것이었다.

분명 그 때문일 것이었다, 지금 그에게 스스로도 이해할 수 없는 기이한 현상이 생기고 있는 것은.

지금 그의 모든 감각은 마치 역동하는 물고기처럼 펄떡이는 활력으로 가득한 것만 같았다.

특히 눈이 몹시도 밝아진 느낌이었다.

일전에 서문창과의 격돌에서 상대가 펼쳐 내는 주먹의 궤적과 변화가 한눈에 들어왔던 것과는 또 다른 차원이었다.

서문언상의 검은 실로 쾌속다변(快速多變)하여 처음에 그는 그것의 번뜩이는 잔영(殘影)조차도 쫓기 힘들 정도였다.

그러나 처음에는 도저히 볼 수 없었던 것들이, 지금은 점차로 보이고 있는 중이었다.

비록 그 현란한 변화들이 속속들이 꿰뚫어지는 건 아닐지라도, 대강의 흐름으로나마 짐작이 되고 예측이 되는 것이었다.

어쩌면 그런 것은 눈으로 보이는 것이 아닌, 그냥 느낌 자체로 읽혀지는 것인지도 몰랐다.

혹은 마치 어떤 기이한 작용으로 인해 상대의 검과 그것이 일으키는 변화가 조금씩 느려짐으로써 그 실체를 알 수 있도록 되는 것 같기도 했다.

그리하여 그는 보다 적극적으로 되고 있는 중이었다.

비록 그가 펼쳐 낼 수 있는 것이라야 종횡검과 십팔자법에 불과했지만, 그는 정말로 마음껏 휘두르고 있었다.

찌르고, 베고, 치고……. 아무런 구애 없이 하고 싶은 대로.

그것은 마치 예전 대도성 적색지대에서 그가 절박한 심정으로 던져 냈던 한 자루 철검이, 그의 마음속 심검에 그대로 연결되어 있는 듯하다고 느꼈던 경우와도 비슷했다.

어쨌든 느낌대로 마음껏 검을 휘두를 수 있다는 것!

그는 점차로 기이한 희열에 빠져 들고 있는 중이었다.

11

"음……!"

돌연 묵직한 신음을 뱉더니 서문언상이 비틀비틀 뒤로 물러나고 있었다. 그러더니 그는 이윽고 한쪽 무릎을 꿇으며 바닥에 주저앉고 마는 것이었다. 옆구리를 움켜잡은 그의 손아귀 사이로 붉은 피가 뭉클거리며 흘러나오고 있었다.

지켜보던 이들은 소리조차 내지 못하고, 차라리 침묵으로만 경악을 표시했다. 더욱이 서문세가의 인물들은 도저히 인정하지 못하여, 마치 돌발적으로 일어난 사고라도 목격하고 있는 듯한 모습들이었다.

12

필괴는 여전히 서문언상을 향해 검을 겨눈 채였다.

그는 아직까지 격동의 여운에서 빠져 나오지 못하고 있는 중이었다.

혈룡에 대해!

심검에 대해!

그리고 스스로도 놀라지 않을 수 없을 만큼 변화된 자신의 힘과 능력에 대해!

더하여 아쉬웠다.

그가 그처럼 마음껏 자유롭게 검을 펼칠 수 있었던 것에는 상대인 서문언상의 뛰어난 검술 실력 덕분이 있었음을 모르지 않으니, 그의 쓰러짐이 차라리 아쉬웠다.

13

"멈춰라!"

벼락같은 호통이었다.

필괴가 흠칫 정신을 추스르며 보자, 한 인물이 질풍처럼 그를 향해 달려 나오고 있었다.

바로 서문극상이었다.

챙!

필괴의 앞에서 거칠게 멈춰 서며 서문극상은 곧장 검을 뽑아 들었다.

그리고 그 즉시 서문극상의 검에서는 그대로 한 줄기 무형의 예기가 서리서리 뿜어져 나왔다.

"승부가 났음에도 여전히 검을 거두지 않고 있으니, 너는 혹시 본 가의 도전을 다시 받아들일 용의가 있느냐?"

서문극상의 쩌렁한 외침에서 필괴는 순간 식어가던 전신의 피가 다시금 뜨겁게 끓어오르는 것만 같았다. 그것은 강렬한 욕구였다. 더욱 강한 상대와 검을 맞대보고 싶다는.

"있소!"

필괴가 가슴속에서 치미는 뜨거운 무엇을 토해내듯이 반사적으로 그 소리를 뱉고 나서는 그만 제풀에 흠칫 놀라고 말때,

"으하하하하!

서문극상이 돌연 대소를 터뜨리더니, 이어 우렁찬 목소리로 외쳤다.

"비록 악연으로 얽히긴 하였지만, 제법 호방한 기상이로구나! 좋다! 이 서문극상이 기꺼이 너의 상대가 되어 한판 승부를 겨루어주마!"

다시금 돌발적인 방향으로 흘러가는 상황에 대해 장내의 양측이 다 크게 당혹스러워 하는 모습들인데, 그때 한 사람이 쾌속하게 신형을 날려 두 사람의 옆으로 섰다.

풍검개였다.

"필요한 승부는 이미 끝났으니, 두 사람은 검을 거두시게!"

풍검개의 위엄 서린 말에 필괴가 감히 거역하지 못하고 즉시 검을 거두었다.

다만 서문극상은 여전히 검을 거두지 않은 채로 버티고 서 있었는데, 그런 그를 향해 풍검개가 다시 말했다.

"노부가 보기에 당장 급한 것은 부상자에 대한 조치인 것 같소만?"

순간 서문극상이 그제야 상기한 듯이 퍼뜩 뒤를 돌아보고는 나직한 탄식을 토해냈다.

"형님……!"

옆구리의 상처에서 흘러내린 피가 어느새 바닥을 흥건하도록 적시고 있는 중에 서문언상은 얼굴이 몹시 창백하게 변해 있었다.

"모두 보았다시피 승부는 끝이 났고, 따라서 더 이상 남은 문제는 없소!"

풍검개가 사방을 둘러보며 선언하듯이 외쳤다.

14

"좀 전에 하셨던 말씀을 기억해 보건대, 방주께서는 당분간 개방의 누구도 저자에 대해 간섭을 해서는 안 된다고 분명히 하셨는데… 그 말씀은 여전히 유효한 것입니까?"

추룡개를 향해 무겁게 던진 서문건상의 그 물음에 장내에는 다시금 퍼뜩 긴장이 감돌았다.

당장에 풍검개가 노호를 터뜨려 냈다.

"가주는 어찌하여 개방의 내정에 대해 함부로 언급을 하는가?"

추룡개가 눈짓으로 풍검개를 만류하였다.

그러나 천천히 서문건상을 향하는 추룡개의 눈빛에서도 언뜻 분노가 비치고 있었다.

"개방의 방주는 한 입으로 두말을 하는 자리가 아니오!"

순간 서문건상의 얼굴이 한층 더 무거워졌다. 그러나 그는 다시 추룡개를 향해 물었다.

"저자는 자신의 입으로 본 가의 도전을 다시 받아들일 용의가 있다고 분명히 말하였으니, 그렇다면 그것에 대해서도

개방이 개입할 까닭은 없는 것이라고 여겨도 되겠습니까?'

풍검개가 참지 못하고서 다시 불같이 호통을 터뜨렸다.

"기어이 기왕의 승부에 불복하여 다시 승부를 치러야겠다는 것인가? 그리하여 욕심대로 승리를 거둔다고 해서, 그것이 과연 자랑스럽겠는가? 그것이 과연 서문세가에 진정으로 득이 될 것 같은가? 그 정도로 명분을 만들어주었으면 적당히 물러날 줄도 알아야 하거늘, 일가의 가주쯤 되는 인물이 어찌 이리도 꽉 막혔단 말인가."

"장로! 그만 진정하십시오!"

추룡개가 나직하게 외쳤다. 이어 서문건상에게로 향하는 그의 두 눈은 은은한 위엄과 노기로 번뜩이고 있었다.

"좋소! 가주가 그렇게까지 명확히 지적을 해주니, 오늘 이 자리에서 개방은 더 이상 서문세가의 일에 간섭할 수가 없겠구려! 그러나 가주는 분명히 알아두시오! 지금 우리가 간섭하지 않는 것은, 다만 개방의 율법에서 정하는 특정한 절차 때문이지, 그가 우리 개방에서 중요하지 않기 때문이 결코 아니란 것을! 곧, 우리 개방은 언제라도 오늘 서문세가에서 그를 핍박한 만큼 반드시 그 책임을 추궁하게 될 것이오! 반드시 말이오!"

사뭇 엄중한 경고였다.

그러나 서문건상은 표정을 굳힌 채 묵묵히만 있었고, 그럼으로써 자신의 생각에 변함이 없음을 표시했다.

추룡개가 잠시 차갑게 서문건상을 쏘아보다가, 문득 사방을 돌아보며 단호하게 외쳤다.

"모두 총타로 돌아간다!"

풍검개와 만걸자 등이 크게 당혹스러워 하는 중에, 추룡개가 다시 외쳤다.

"중걸자는 들어라!"

중걸자가 잔뜩 굳은 얼굴인 중에도 허리를 숙여 명을 기다리는데,

"너는 이곳에 남아 일이 어떻게 진행되는지 세세히 지켜본 다음에, 총타로 와서 내게 그 상세한 내용을 보고하라!"

하는 명을 받고는 대번에 얼굴이 밝아졌다.

"존명!"

중걸자의 사뭇 힘찬 복명 소리에 추룡개의 얼굴에 더욱 삼엄한 위엄이 드리워졌다.

"그러나 너는 명심하여라! 오늘 네가 저지른 몇 가지의 방자한 언행에 대해서는 관대히 넘겨 다시 언급하지 않을 것이로되, 만약에 다만 지켜보라고만 한 지금의 명령을 어긴다면 그때는 결단코 용서하지 않을 것이다. 무슨 뜻인지 알겠느냐?"

그에 중걸자가 새삼 몸가짐을 바로하며 진중하게 대답했다.

"명심하여 추호도 어김없이 명을 이행하겠습니다!"

추룡개가 그제야 만족스러운 표정으로 고개를 끄덕여 보였다. 그러나 그는 이내 차가운 표정으로 돌아가며 서문건상 등 서문세가 인물들의 면면을 차례로 훑어보았다.

그에 서문건상이 정중하게 포권의 예를 취했으나, 추룡개는 못 본 체하며 그대로 성큼 걸음을 옮겼다.

방주의 뒤를 이어 개방의 인물들이 빠르게 안가의 안마당을 빠져나가는 동안, 서문건상은 무거운 얼굴인 채로 굳은 듯이 서 있었다.

15

"개방이 모두 물러갔습니다!"

바깥에서 보고가 있고 나서야 서문건상은 나직이 한숨을 내쉬었다. 이어 그는 힐끗 중걸자를 한 번 본 다음에, 다시 필괴를 향하며 나직이 외쳤다.

"이번 승부에서도 패한다면 우리 가문의 역량이 부족함을 인정하고 깨끗이 물러날 것이며, 너와의 은원 또한 더 이상 따지지 않을 것이다!"

곧바로 서문극상이 성큼 앞으로 나섰다.

필괴는 한 손에 든 검을 축 늘어뜨린 채로 묵묵히 서 있기만 했다.

그러나 그런 필괴의 모습에서 중걸자는 오히려 강한 투지

같은 것을 느꼈다. 담담히 앞을 응시하는 필괴의 모습이 마치 싸울 순간만을 기다리고 있는 듯이 보이는 것이었다.

"간다!"

서문극상이 짧게 외쳤다. 그러나 막상 그는 검을 아래로 늘어뜨려 검 끝을 땅바닥에 끌 듯이 하면서 아주 천천히 필괴와의 거리를 좁혀갔다.

두 사람간의 거리가 한 걸음씩 좁혀지면서, 사방의 대기가 마치 살얼음이 이는 것처럼 얼어붙어 가고 있었다.

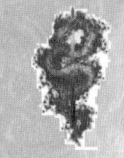

第八章
재회(再會) 장삼(張三)

1

"멈추시오!"

그 외침은 마치 벼락이 치는 것처럼 '우르릉!' 대기를 뒤흔들었다.

바깥대문쯤이지 싶었건만 그 외침에 담긴 내력은 실로 놀라울 정노였나. 뒤이어,

땅!

따~당!

따다다~ 당!

마치 무쇠 솥에다 콩을 볶는 듯한 격렬한 쇳소리들이 잇달아 터져 나왔다. 그런 가운데 바깥마당을 지켜서 있던 서문세

가 무사들의 검이 부러지고 혹은 허공으로 튕겨 오르고 있었다.

그리고 무사들의 사이를 백삼을 걸친 한 사람이 바람처럼 헤집으며 마당을 가로지르고 있었다.

그 사람은 허리에 검 한 자루를 차고 있었지만, 막상 검을 뽑아 들지도 않은 채였다. 놀랍게도 그는 맨손이었다. 손바닥으로, 손 날로, 혹은 손가락으로 무사들의 검을 치고 튕겨 내고 있는 것이었다. 실로 놀라운 광경이었다.

서문건상 역시도 부릅뜬 눈으로 그 백삼인의 움직임을 쫓고 있었다. 가히 무인지경으로 바깥마당을 통과한 백삼인은 통문을 지나는 순간에 그대로 허공으로 도약해 오르더니 순식간에 허공을 가로질러서는 필괴의 곁으로 내려섰다.

"우리 일로방(一路幇)은 그 어떤 도전에 대해서도 결코 피하지 않는다! 그러나 문파 간의 싸움이란 그 시작이 분명해야 하는 법! 그대들 서문세가는 진정으로 우리 일로방과의 전쟁을 원하는가?"

백삼인의 그 외침은 실로 웅혼하여 내력이 약한 사람은 귀가 먹먹해질 정도였다. 사자후였다.

더욱이 백삼인이 기껏 이십대의 청년에 불과하다는 데 대한 경악으로 장내는 차라리 일시의 정적에 빠져 버렸다.

"총당 당주 장삼이 방주를 뵈오!"

그 한 가닥 맑은 목소리는 이번에 굳이 사자후로 외치지 않왔으나, 다시금 모두를 경악에 빠뜨리기에 충분했다.

장삼의 허리가 정중히 숙여져 있었다, 필괴를 향해.

필괴는 아무 말도 할 수가 없었다. 가장 놀란 사람은 바로 그였다.

2

"자세한 사정은 모르더라도, 아마도 우리 방주께서 여러분들을 대하는 데 있어서 다소간의 결례와 실수가 있었음은 짐작할 수 있겠소! 사실은… 우리 방주께서 어릴 때부터 폐관수련에만 전념하다가 불과 얼마 전에야 강호에 나오신 까닭에 강호의 제반규범이나 예절에 익숙하지 못한 연유이니, 제위께서는 부디 넓은 아량으로 관대히 보아주시기를 바랍니다!"

장삼은 방금 보였던 위용과는 또 사뭇 다른 모습을 연출하고 있었는데, 그것이 느닷없기도 하고 묘하기도 했다. 곧, 좀 전에는 그처럼 정중하게 예를 갖추더니, 지금은 또 휘하의 당주로서는 방주에 대해 감히 하기 어려운 표현들을 쉽게도 쏟아내고 있는 것이었다.

어쨌든 서문세가의 계산이 복잡해지지 않을 수는 없는 노릇이었다. 비록 일로방이란 이름에 대해서는 처음으로 들어보는 것이나 장삼과 같은 절정고수가 일개 당주로 있다는 사실만으로도 결코 무시할 수는 없음인데, 필괴가 졸지에 그 일로방의 지존 신분으로 탈바꿈을 하였으니 말이다.

그때 장삼이 서문건상을 향해 새삼스럽게 포권을 취했다.

"잠시만 여유를 주신다면 저희 방주께 그간의 자세한 사정을 여쭈어보고, 또 서로 간에 오해가 있는 것이라면 좋게 풀 방도를 강구해 보도록 하겠습니다!"

서문건상은 가만히 미간을 좁혔다. 참으로 종잡기 어려운 자였다. 주변의 상황에는 전혀 신경 쓰지 않고 제 할 일만 하겠다는 식이 아닌가?

그러나 서문건상으로서도 그런 정도의 편의를 군이 봐주지 않을 이유는 딱히 없었다. 사실은 그로서도 급변한 상황에 대해 일단 생각을 정리할 여유가 필요하기도 했으니 말이다. 무엇보다도 지금 바깥마당에서 치료를 받고 있는 서문언상에게 의견을 구해보아야만 했다.

서문건상이 가볍게 고개를 끄덕여 보이자, 장삼이 곧장 주위를 둘러보며 짐짓 기세 좋게 외쳤다.

"이곳의 주인이 뉘시오?"

중걸자가 그제야 나서며 재빨리 대답했다.

"소생이오!"

"우리 방주님과 잠시 말씀을 좀 나누고자 하는데, 어디 마땅한 장소가 없겠소?"

중걸자가 영문을 알 수 없긴 하였으되, 또한 얼른 장단을 맞추었다.

"그러시다면… 이쪽으로!"

3

"지금까지의 곡절과 특히 개방 방주 추룡개가 마지막에 남긴 경고만 보더라도 저 필괴라는 자의 내력과 개방에서의 신분은 아무래도 꺼림칙한 데가 있었는데, 이제 또 난데없이 일로방이라는 방파의 지존 신분이라고 하니……. 나로서는 솔직히 혼란스러운 면이 있다!"

서문건상이 자신의 솔직한 심정을 토로하는 동안, 옆구리에 두텁게 흰 천을 감고서 바닥에 정좌한 서문언상은 내내 지긋하니 두 눈을 감고 있었다.

"가주님! 아니, 큰형님! 이제 와서 혼란스러울 것이 무엇이란 말씀입니까? 설마 하니 지금 저따위 이름도 없는 자들이 두려워서 이 일을 처음부터 없었던 것으로 하겠다는 말씀은 아니시겠지요?"

시문극상이 격한 반응을 토해낼 때였다.

"아우는 말을 삼가라!"

서문언상이 문득 눈을 뜨며 나직이 질책했다. 그리고 고통이 밀려드는지 설핏 미간을 찌푸린 그가 서문건상을 향해 차분히 말을 이었다.

"어쨌든 일단 은원이 맺어진 이상, 상황이 곤란해졌다고 해서 대강 수습하고 말 수는 없는 일입니다. 만약 합당한 명분도 없이 그리 처리한다면, 당장의 곤란은 어떻게 피할 수 있다고 하더라도, 결국에는 가문의 체면, 나아가 정기를 크게 훼손하는 결과를 불러올 것입니다. 힘에 부친다고 하더라도, 설령 위험에 처하게 된다고 하더라도, 차라리 부서질 것을 각오하고 결코 굽히지 않는 기개를 보여주는 것이 천번 만번 옳습니다. 그리고 만약의 경우라고 해도, 후일 우리의 사정이 널리 알려진다면, 강호의 정도(正道)가 결코 모른 체하지는 않을 것입니다. 그럼으로써 당장의 타격을 입는다고 하더라도 가문의 기상은 여전히 굳건할 것이며, 가문의 명예는 더욱 빛날 것입니다!"

서문건상이 잠시 침묵을 지키고 있더니 천천히 고개를 끄덕였다.

"부끄럽구나! 아우의 말을 듣고 나니 우형이 비로소 머리가 맑아지는 듯하구나!"

"아닙니다! 형님의 노심초사에 비하면 저희들의 생각이야 어찌 만분지일이라도 미치겠습니까?"

서문언상의 목소리가 사뭇 침통하였다.

4

"의뢰로 간단히 풀 수도 있겠군요!"

전후사정에 관해 다 듣고 난 장삼이 불쑥 꺼내는 얘기에 중걸자는 짐짓 눈을 크게 떴다.

장삼이 희미하게 웃고 나서 다시 말했다.

"어쨌든 우리 방주가 그들이 찾는 사람이 아니란 것을 증명하기만 하면, 결국 모든 문제는 다 해결되는 것이 아니겠소?"

"그야 그렇지만… 그러나 필 형이 바로 그들이 찾는 사람이라는 사실은 이미 공공연하게 다 밝혀진 뒤인데……?"

"하하하! 세상사에는 늘 오해란 게 존재하는 법 아니겠소? 우리 쪽에서는 이런 뜻으로 말을 한 것인데, 저쪽에서는 전혀 다른 뜻으로 받아들였더라! 이런 것인 줄로 알았는데, 알고 보니 이런 게 아니라 저런 거였더라! 뭐 그런 거 말이오!"

"……?"

"어쨌든 우리 방주가 그들이 찾던, 그러니까 얼굴에 온통 화상자국이 가득한 그 인물이 아니란 사실을 확인시켜 수기만 하면 되는 것 아니겠소?"

"하지만……."

"음……!"

"물 한 바가지만 부탁드리겠소!"

장삼의 그 말에 대해 중걸자는 대번에 그것이 필괴의 역용을 지우려고 하는 것인 줄 짐작할 수 있었다.

그러나 '도대체 어떻게 하려는 것인지?'에 대해 중걸자가 다시 묻지는 않았다. 그가 장삼을 잠시 지켜본 결과, 결코 허술하거나 만만히 일을 처리할 인물은 아니란 결론에 이미 도달했기 때문이었다.

5

우물에서 떠온 물바가지를 필괴의 앞으로 밀어 놓은 중걸자가 소매 속에서 작은 자기병 하나를 꺼내 물바가지 위에다 대고 '톡톡!' 두드렸다.

그러자 자기병에서는 하얀색의 분말 약간이 물 위로 떨어지며 금세 녹아들었다. 개방비전의 역용액(易容液)을 용해하는 약재였다.

장삼이 가볍게 고개를 끄덕였고, 필괴는 순순히 손에 물을 적셔 얼굴에다 문질렀다.

장삼이 보고 있자니 금세 필괴의 본래 얼굴이 드러나는데 영 홀쭉해준 것만 같았고, 그런 때문인지 얼굴의 화상 흉터마저도 조금은 엷어진 것 같아 보였다.

필괴가 역용을 완전히 지우기를 기다렸다가 장삼이 천천히 한 손을 내밀었는데, 그의 손바닥 위에는 곱게 접혀진 무언가가 놓여 있었다.

필괴가 받아 들고 조심스럽게 펼쳐 보니 그것은 지극히 얇고 촉촉한 느낌이 드는 두 장의 가죽이었는데, 놀랍게도 사람의 얼굴 형상을 하고 있었다.

"이것은… 인피면구가 아니오?"

참고 있었다는 듯이 불쑥 뱉어낸 것은 중걸자였다. 이어 그는 크게 실망했다는 기색을 감추지 못하며 덧붙였다.

"기껏 인피면구 정도로 저들의 눈을 속이려 했단 말이오?"

장삼이 엷게 웃으며 간단히 받았다.

"보통의 인피면구와는 조금 다른 물건이오!"

"……?"

중걸자가 의아하고 궁금하다는 기색이 역력해졌으나, 장삼은 인피면구에 대해서는 더 말하지 않고 필괴를 향했다.

"진작부터 준비해 둔 것인데, 네가 어떻게 생각할지 몰라 꺼내 놓지 못했었다. 아니, 사실은… 네가 이런 것 따위를 필요로 하지 않기를, 그냥 네 본래의 얼굴로도 당당하기를 바랐었다!"

필괴가 묵묵히 듣고 있는데, 중걸자는 더욱 크게 의아해지고 말았다. 진작부터도 당주가 방주를 대하는 예의와 격식이 사뭇 이상하더니, 이제는 숫제 '너'라니? 도대체 두 사람의 관계는 어떤 것이란 말인가?

장삼이 다시 말을 이어갔다.

"그러나 이제는 네게 이 물건이 정말로 필요하게 된 것 같다. 지금 당장의 상황에서 벗어나기 위해서도 그렇지만, 향후 강호를 행도하는 데 있어서도 네 본래의 얼굴보다는 새로운 얼굴로 활동하는 것이 여러모로 나을 것이니 말이다!"

필괴가 여전히 묵묵히만 있었기에 장삼이 빙그레 미소를 떠올리며 덧붙였다.

"사실 이 물건들은 아주 희귀한 것들이다. 장담하건대 일단 착용하고 나면 네가 변용하였다는 것을 알아볼 사람은 강호를 통틀어서도 거의 없을 것이다."

그에 중걸자가 새삼 호기심이 크게 동하여 슬쩍 필괴 쪽으로 다가앉으며 그 두 장의 면구들을 자세히 살펴보았다. 상당히 얇고 정교하게 보이기는 했다. 그러나 비록 그가 인피면구에 대해 전문적인 안목이 있다고 할 수는 없지만, 그렇더라도 '아주 희귀한' 물건이라거나 '알아볼 사람이 강호를 통 털어서도 거의 없을' 정도로 대단한 물건이라는 믿음은 딱히 들지 않는 것이었다.

어쨌든 지금 펼쳐진 상태로도 면구가 얼굴에 쓰인 뒤에 어떤 모습일지 대강의 짐작은 해볼 수가 있었는데, 하나는 상당히 준수한 이십 대 청년의 얼굴이었고, 나머지 하나는 또한 이십대 청년의 것이되 상대적으로 평범하고 투박한 얼굴이었다.

필괴가 망설임없이 선뜻 선택을 하였는데, 평범하고 투박한 얼굴이었다.

장삼은 빙그레 웃음을 떠올렸다. 사실 그는 필괴가 그 얼굴을 선택하기를 바랐었다. 비록 평범한 얼굴이었으나, 그가 그 얼굴에 나름대로의 애착을 가지고 있었던 때문이었다.

장삼은 필괴가 선택한 면구를 집어 들고 조심스럽게 필괴의 얼굴에 덮어씌웠다.

얼굴에 와 닿는 차가운 느낌에 이어 꼼꼼하고도 섬세하게 얼굴을 문지르는 장삼의 손길에 필괴는 괜스레 어깨를 한번 움찔거려 보았다.

이윽고 장삼이 손을 뗐을 때 필괴는 면구에 대한 이물감을 전혀 느끼지 못하였다. 정말로 얼굴에 면구를 쓴 게 맞나 싶어서 손으로 얼굴을 만져 보았지만, 그냥 맨 얼굴을 만지는 느낌이기만 했다.

장삼은 빙그레 미소를 떠올렸다. 필괴는 전혀 다른 얼굴이 되어 있었는데, 평범하고도 투박한 그 얼굴이 필괴에게 아주 잘 어울려 보였다.

다만 중걸자는 내내 미간을 펴지 못하고 있었다.

6

전혀 달라진 모습으로 나타난 필괴에 대해 서문건상이 무겁게 얼굴을 굳혔다.

"지금 무엇을 하자는 것이오?"

"사정을 듣고 보니, 서문세가에서 우리 방주님의 얼굴을 확인하고자 하셨다기에 역용을 지운 것입니다!"

장삼이 담담하게 받았고, 그에 서문건상이 안광을 번뜩이며 물었다.

"지금 그 얼굴이 귀 방주의 본 모습이란 말이오?"

"물론입니다!"

장삼이 사뭇 태연했고, 필괴 또한 별 동요가 없는 기색인데 대해 중걸자는 차라리 화가 치밀 지경이었다. 그 혼자만 전전긍긍하고 있지 않은가? 게다가 그래도 뭔가 감추어진 한 수가 있겠거니 하고 마지막까지 한 가닥의 기대는 놓지 않고 있었더니, 기껏 이런 뻔한 억지를 부리는데 불과하다니……

"직접 확인해 봐도 되겠소?"

서문건상이 차갑게 물었다.

그에 대해 장삼이 또한 딱딱하게 표정을 굳히며 반문했다.

"우리 방주께서는 일파지존의 신분이시거늘, 다른 사람에게 얼굴을 확인하도록 맡기는 수모를 감당하라는 말씀이오?"

"지금까지의 정황상 우리가 믿지 못하는 것은 당연하다 할 것이니, 직접 확인해 볼 수밖에는!"

서문건상이 단호하게 받았다.

그에 장삼이 날카로운 안광으로 서문세가의 인물들을 일별하고는 차갑게 외쳤다.

"좋소! 그렇다면 어디 한번 확인해 보시오!"

그러더니 장삼은 곧장 허리에 차고 있던 검을 뽑아 들었다.

스릉!

장삼이 좀 전 안가로 들어올 때도 굳이 뽑지 않았던 검이었는데, 일단 발검하여 가볍게 한번 허공을 겨누자 대번에 한 무더기 무형의 검기가 대기 중으로 퍼지면서 보는 이들의 눈을 시리게 만드는 것만 같았다.

서문세가의 인물들이 흠칫 경계할 때였다.

가슴에 품듯이 검을 당겨 안으며 장삼이 사뭇 비장한 기세로 외쳤다.

"그러나 우리 방주께서 그같은 수모를 감당하시는데 대한 대가는 분명 치러야 할 일! 본 당주가 먼저 목을 걸겠소! 만약 우리 방주님의 지금 얼굴이 진짜가 아니라면 본 당주는 스스로 목을 베어 바치겠소! 하면… 우리 방주님의 얼굴이 어김없이 진짜라면, 그때 가주께서는 무엇으로 그 대가를 치르실 것이오?"

장삼의 말이 결코 가볍지 않았기에, 서문건상이 설핏 안색을 굳히고 말 때였다.

"하하하하!"

우렁찬 대소를 터뜨리며 한 사람이 성큼 앞으로 나섰는데, 바로 서문극상이었다.

"그대가 감히 목을 걸겠다고 하니, 본 가에서는 이 서문극상이 또한 목을 걸겠다. 이 서문극상이 직접 얼굴을 확인하고, 만약 지금의 저 얼굴이 가짜가 아닌 진짜라면 그 즉시 내목을 베어 바칠 것이다!"

"삼제!"

서문건상이 놀라 외쳤다. 그러나 이미 밖으로 뱉어진 말이었다.

그런데 다시 그때였다.

"하하하하!"

장삼이 또한 낭랑하게 웃음을 터뜨리더니 서문극상을 향해 고개를 끄덕여 보이며 감탄했다는 듯이 말했다.

"대단한 담력에, 능히 영웅호걸의 기개라 할 만하오!"

그러더니 장삼은 다시 가볍게 고개를 가로저었다.

"그러나 목을 거는 것은 소생 하나로도 족하니, 서문세가에서는 다른 것을 거는 게 어떻겠습니까?"

그에 서문건상이 지체없이 반문했다.

"본 가에서 무엇을 걸기를 원하오?"

장삼이 또한 지체없이 대답했다.

"이 일의 명쾌한 종결입니다!"

순간 서문건상은 크게 뜻밖이었는지 곧바로 반응을 내놓지 못했다.

놀란 것은 중걸자도 마찬가지였다. 더불어 놓아버렸던 마지막 한 가닥의 기대가 슬그머니 다시금 살아나는 것이었다. 장삼이 저렇게나 자신만만하다면 역시 뭔가 믿는 구석이 있음에 틀림없으리라는.

중걸자의 그런 기대는 필괴가 여전히 조금도 동요하지 않고 있는 모습에서도 새삼 더해지는 것이었다.

그때 서문건상이 짧게 대답했다.

"좋소!"

7

서문건상으로부터 지침을 받은 게 있던지 서문극상은 필괴의 얼굴에 직접 손을 대지는 않고, 다만 눈을 가까이 대고 날카롭게 살피기 시작했다. 그는 특히 필괴의 이마와 머리카락이 시작되는 부분, 또 턱의 윤곽선과 목선에 대해 세심하게 살폈다.

아무리 정교한 역용이나 혹은 인피면구를 착용했다고 하더라도, 그러한 경계 부위에서는 본래의 피부와 구분되는 흔적이 필경은 있게 마련이었다.

그런데 얼마 지나지 않아 서문극상은 몹시도 당황스러운 기색이 되고 말았다. 없었다. 필괴가 역용을 했거나 인피면구를 착용했다는 그 어떤 흔적도 찾을 수가 없었던 것이다.

힐끗 뒤를 돌아보는 서문극상의 표정만으로도 서문건상은 어떻게 된 상황인지를 대번에 읽어낼 수가 있었다.

반사적이다시피 서문건상은 장삼과 필괴를 살폈다. 그들은 여전히 차분하고 담담하기만 했다. 불안이나 동요하는 기색은 조금도 보이지 않았다.

서문건상은 이윽고 서문극상을 향해 가만히 고개를 저어 보였다. 더 이상은 무리였다. 이제는 수습을 해야 할 때였다. 그리고 세가로서도 이제 적당히 물러날 명분을 부족하지 않게 확보했다고 보아도 좋았다. 그리고 그 명분을 상대가 만들어주고 있다는 점에 대해서도 이쯤에서는 화답이 있어야만 했다.

서문건상은 필괴를 향해 정중히 포권했다.

"아무래도 무언가 커다란 오해가 있었던 모양이오! 여러모로 큰 결례를 범한데 대해 깊이 사과를 드리는 바이니, 부디 관용을 베풀어주시기 바라오!"

8

'대체 어떻게 된 일인가?'

서로가 좋게 마무리를 하고 나서 서문세가가 안가를 떠나고 나자, 중걸자는 안도의 한숨을 내쉬기도 전에 그때까지 애써 눌러 두고 있던 한 가지 의문이 곧장 불쑥하고 튀어나오는 것이었다.

그러나 이제는 그도 떠나야만 할 때였다.

"필 방주… 필 형! 우리는 다시 만나게 될 것이오. 그리고 필 형이 우리 개방의 호법장로직에 추대되었다는 사실을 잊지 말아주시오!"

중걸자의 말에 장삼이 언뜻 이채를 띠었으나 끼어들지는 않고 묵묵히 지켜만 보았다.

중걸자가 작별을 고하자, 필괴는 다시 한 번 자신이 어려울 때 구해준 것과, 서문세가의 위협에 대해서도 끝까지 도와준 것에 대해 깊이 감사했다.

그런데 중걸자가 작별의 인사를 마치고 서둘러서 안가를 나가려더니, 문득 장삼에게 정중히 포권을 하는 것이었다.

"거지들이 본래 호기심이 강한 법이지만, 이 중걸자는 특히 궁금한 게 있으면 몇날 며칠 물도 삼키지 못하는 성미인지라……."

장삼 빙그레 웃으며 부드럽게 받아 주었다.

"무엇이 그리도 궁금하시오?"

그러자 중걸자가 짐짓 주변을 한번 살핀 다음에 나직이 말했다.

"그러니까 필 형의 얼굴 말입니다. 그게 대체 어떻게……."

그러자 장삼이 가볍게 손을 들어 중걸자의 말을 멈추게 하고는, 흉내라도 내듯이 또한 주변을 한번 살피는 시늉을 한 다음에 나직하게 속삭였다.

"흡용면구(吸容面具)라고 들어보았소?"

그에 중걸자가,

"아!"

하고 깜짝 놀란 탄성을 뱉더니, 다시 꾸벅 고개를 숙이며

"감사하오!"

외치고는 그대로 바깥을 향해 달음질을 쳤다.

9

필괴와 장삼은 안가를 나와 천천히 대로를 걷고 있었다.

할 말은 산처럼 쌓였더라도 두 사람이 다 말없이 걷기만 하다가 결국 먼저 말을 꺼낸 필괴였다.

"흡용면구. 그게 뭐지?"

그에 장삼이 피식 웃기부터 했다.

"한동안 거지노릇을 했다고 하더니, 너도 궁금한 게 있으면 참지 못하게 된 모양이로구나?"

필괴가 괜히 무안해지고 마는데, 장삼이 다시금 피식 웃고는 천천히 대답을 해주었다.

"흡용면구란, 일단 착용하면 글자 그대로 얼굴에 흡수된 듯이 누구도 그 착용 여부를 알아보기 어렵게 되는 진귀한 형태의 면구를 말하는 것이다. 그러나 그것을 만드는 데 소용되는 재료 자체가 워낙 희귀한 데다, 어렵게 재료를 구했다고 하더라도 그것을 면구로 제작하는 데는 물론, 사람의 얼굴에 착용하고 제거하는 데까지도 독특한 과정과 비법들이 필요하니, 당금 강호에 흡용면구는 지금 네가 착용하고 있는 것과

내가 가지고 있는 하나를 합쳐, 단 두 개만이 존재한다고 해도 좋을 것이다."

그런데 일단 말문을 트고 나자 필괴는 이런저런 의문이 많아졌다. 우선은 장삼이 선보였던 그 놀라운 무공에 대해서였다. 지금의 장삼은 그가 알고 있던 예전의 장삼이 아니었으니, 정황상 예전의 장삼이 그를 속였던 것이 분명했다.

그러나 필괴는 그런 의문들에 대해서는 굳이 묻지 않기로 했다. 장삼에게 무슨 사정이 있었으리라고 여기면 그만이었다. 사람에겐 누구나 말 못할 사정 한두 가지쯤은 있는 법일 테니까. 그리고 어쨌든 그는 여전히 장삼이었다. 다시 만난 그가 이처럼 반가운 이상에는.

사실은 장삼이 결코 평범한 인물이 아니리란 것에 대해서는, 필괴가 이미 예전부터 짐작해 보곤 했던 바였다.

그리고 이제쯤에 필괴는 장삼에 대해, 그가 얼마나 대단한 인물이든지 간에 그냥 장삼으로 받아들일 수 있겠다는 마음으로 되어 있었다. 그럴 만큼 그 스스로에 대한 여유, 혹은 자신감 같은 게 생겼다고도 할 수 있었다.

그리하여 필괴가 막상으로 물은 것은 다른 데 대해서였다.

"어떻게. 날 알아보았나?"

얼굴에 검게 칠하고 완전히 거지의 모습으로 화한 그를 장삼은 어떻게 단박에 알아보았는지에 대한 궁금증이었다.

"그러게?"

장삼이 정작 자신도 신기하다는 듯이 반문을 하더니, 이내 무엇을 생각해 낸 듯이 덧붙였다.

"네가 네 원수들에 대해 다만 느낌만으로도 알아볼 수 있다고 했듯이, 아마도 나 또한 너에 대해 그런 것이 아닐까?"

그 말에 필괴가 피식 웃고 말았는데, 무언지 모르게 괜스레 오글거리는 느낌이 들기도 하는 것이었다.

장삼이 또한 피식거리며 웃더니, 갑자기 무슨 생각이 났는지 문득 정색으로 되었다.

"아, 참! 그때 네 손에 죽은 그자가 알고 보니 풍뢰문의 대공자였다더라!"

"이미 알고 있다!"

필괴가 덤덤히 대답한 데 대해 장삼이 오히려 놀라워했다.

"알고 있었어? 그런데 이렇게 태평해? 풍뢰문이 어떤 곳인지 알기는 해?"

잇따른 질문에 대해 필괴가 묵묵히 듣고만 있다가 천천히 반문했다.

"그런데. 그걸 어떻게 알았나?"

그러자 장삼은 짐짓 시큰둥하게 대답했다.

"장주에게 들었지!"

"장주님이?"

"서량 장주가 내게 사람을 보냈더라. 그때 너를 그렇게 내보내고 나서 걱정을 많이 했다면서, 아무런 대비도 없이 험한 강호로 나갔으니 강호에 적응할 때까지만이라도 누군가가 좀 보살펴 주었으면 그나마 안심이 되겠는데, 용호장의 사람을 내보내자니 이런저런 이목들이 신경 쓰이지 않을 수 없는 입장이고, 생각 끝에 나한테 부탁을 좀 해보기로 했다고 하더군!"

장삼이 서량 장주에 대해 사뭇 쉽게 호칭을 쓰고 말을 하는 데 대해 필괴는 처음에 약간의 불편함을 느꼈다. 그러나 그는 곧 인정하기로 했다. 사실은 장삼이 서량 장주에 대해 그가 가지고 있는 것과 같은 정도의 존경심을 가져야 한다는 법은 없는 것이고, 더욱이 장삼이 이제 용호장의 일개 식솔로 있을 때의 그 장삼이 아닌 다음에야.

장삼의 말이 이어지고 있었다.

"마침 내가 처리하려던 일이 생각보다 빨리 마무리된 터라 안 그래도 너를 찾아 나설까 생각하던 중이었는데, 장주가 제법 두둑이 은자까지 보냈더라고!"

장삼이 문득 싱긋 웃어 보이곤 덧붙였다.

"아, 물론 나 혼자 챙기지는 않아! 적어도 앞으로 술은 언제라도 내가 책임지고 사도록 하지!"

"일로방은……?"

필괴가 다음의 의문을 말하려는데, 장삼이 냉큼 말머리를 잘라먹었다.

"그냥 내가 임시로 주워섬긴 거야! 그러면 좀 있어 보일 것 같아서! 본래 강호란 바닥이 허세를 좀 부릴 필요가 있는 곳이거든? 그렇지만… 기왕에 시작을 한 거니까, 제대로 한번 해 보는 것도 괜찮지 않겠어? 너나 나나, 어디 가서 '나 누구요!' 하고 내세울 만한 게 없잖아? 그럴 바엔 '나 일로방주 필 아무개요!' 그리고 '난 일로방 총당 당주 장 아무개요!' 하는 게 훨씬 더 그럴 듯하고, 또 뭔가 좀 있어 보이지 않겠느냐는 말이야! 안 그래?"

장삼이 재담이라도 풀듯이 그럴 듯하게 말을 주워섬기는 데도 필괴가 별다른 반응이 없기에, 장삼이 흘깃 보니 그는 또 다시 자기 혼자만의 생각에 빠지기라도 한 모양이었다.

그러나 장삼은 군이 필괴를 일깨우지 않고 담담히 바라보기만 했다.

사실은 필괴의 변한 모습에 대해 장삼도 놀라움이 없을 수는 없었다.

잠시간 안본 것뿐인데도, 필괴는 우선 눈빛이 한층 깊어진 느낌이었다. 뭐랄까, 한층 차분해졌다고 할까? 혹은 신중해졌다고 할까?

'많이 힘들었던 모양이구나!'

장삼은 그런 생각이 절로 드는 한편으로, 대견한 생각이 들었다. 필괴가 그런 쪽으로 변화되기를, 누구보다도 기대해 온 그였으니 말이다.

그러나 다른 한편으로 장삼은 다시 묘한 심정이 되기도 했다. 그런 묘함이란… 그 스스로에게도 익숙하지 않은… 사뭇 낯설기만 한 감정이었다.

　그때 문득 필괴와 눈이 마주쳤기에 장삼은 나직이 소리내어 웃으며 짐짓 능청스럽게 말을 건넸다.

　"하하하! 그런데 너는 그새 무언지 모르게 좀 변한 것만 같다! 어디, 그동안 네게 무슨 파란만장한 일들이 있었는지 자세히 한번 들어보자!"

　필괴는 그저 피식 웃고 말았다. 장삼의 말대로 그는 전에 비해 많이 변한 모습일지 몰랐다. 아니, 필경은 그럴 것이라는 생각이 그 스스로도 드는 것이었다.

　장삼이 그를 마주보며 빙그레 웃고 있었다.

第九章
오대불세지연(五大不世之緣)

1

장삼이 시간이 이미 늦었고 급한 일도 없으니 일단 유주성
에서 하룻밤을 묵기로 하자고 하여, 두 사람은 꽤나 번듯해
보이는 객잔 한 곳의 별관에다 숙소를 잡았다. 장삼이 제 품
속을 툭툭 쳐 보였으니, 필괴로서도 은자 걱정을 할 필요는
없는 일이었다.

두 사람이 대강 씻고 저녁을 먹으려 객잔에 딸린 주루로 막
나가려는 참인데, 네 명의 젊은 남녀들이 별관으로 들어섰다.
그리고 그들의 앞장을 선 인물은 바로 서문창이었다.

"일로방의 두 분이십니까?"

다소간 애매한 듯도 한 서문창의 물음에 장삼이 덤덤하게 반문했다.

"그렇소만……?"

그러자 서문창은 사뭇 정중하게 포권을 취했다.

"서문가의 서문창이라고 합니다!"

장삼이 힐끗 필괴를 보고나서 가볍게 답례했다.

"아……! 서문 공자였구려! 한데 이곳에는 무슨 일로……?"

"두 분께서 우리 성내에 숙소를 정하셨다는 말씀을 듣고 오늘을 놓치면 두 분과 같은 강호고인을 다시 뵐 기회가 없을 것 같기에……. 또한 실례의 말씀이겠습니다만, 같은 나이대의 젊은이로서 교류를 좀 해볼 수 있을까 하는 기대로, 평소 뜻이 통하는 친우들과 함께 찾아왔습니다. 이렇게 갑작스럽게 방문하여 커다란 결례가 되는 줄은 알고 있으나, 그렇더라도 부디 저희에게 간소한 술자리라도 만들 수 있는 기회를 허락하여 주시기를 바랄 뿐입니다!"

장삼이 대강 보아하니 서문창이 정중한 중에 짐짓 호방한 체를 하고 있지만, 한편으로는 사뭇 어색해하고 내켜하지 않는 기색이 보였다. 하니, 그가 필경은 제 의사로 찾아온 것은 아니고, 아마도 서문건상 가주가 필괴와 장삼에 대해, 혹은 일로방에 대해 다시 한 번 성의를 표시하고자 보낸 것이기 쉬웠다.

또한 장삼이 보니, 필괴가 역시 껄끄럽다는 기색이었다. 그런데 와중에도 묘한 것은 이전에는 그의 얼굴을 뒤덮은 화상 자국들 덕분에 좀처럼 표정 변화가 드러나지 않더니, 흡용면구를 착용하고부터는 사뭇 섬세하게 표정의 변화가 드러나고 있다는 점이었다. 어쨌거나 필괴가 서문창에 대해서 껄끄러운 심정이 되는 것이야 십분 이해가 되었지만, 그렇다고 일부러 찾아온 손님들을 매정하게 문전박대 하여 내치기는 또 궁색한 노릇이었다.

2

부친에게 등을 떼밀리다시피 하여 오긴 했지만, 서문창은 처음에 영 꺼림칙하고 찜찜한 심정이었다.

필괴란 이름 때문이었다.

그 사건이 있고 나중에 들은 얘기지만, 자신과 악연으로 얽힌 그 거지가 스스로를 필괴라고 했다지 않던가?

그러나 일단 일로방주 필괴와 얼굴을 마주하고 보자, 그는 적잖이 안도가 되는 것이었다. 완전히 다른 사람이었다. 더욱이 숙부인 서문극상이 직접 확인을 했다고 했으니만큼, 그 얼굴이 진짜란 것도 분명했다.

'필경은 그 거지 놈이 얕은 수작을 부려 사칭을 한 것이리라!'

일로방주에 대해서 그로서는 처음으로 듣는 것이지만, 그들이 보였다는 재주로 보아 강호의 어느 방면에서는 제법 알려진 이름이기 쉬웠다. 그런 터에 그 거지 놈이 어디선가 필괴라는 이름을 주워듣고는 겁없이 사칭을 한 것임에 분명했다.

그렇게 정리를 하고 보자 서문창은 문득 실망스럽다는 심정으로 되기도 하는 것이었다.

사실 그는 일로방주 필괴에 대해 한편으로는 많이 기대를 하고 있기도 했던 것이다. 물론 그 거지 놈과 다른 인물일 것이라는 전제하에서였지만.

숙부 서문언상을 검으로 패배시켰다고 하지 않던가? 그런데 그 무공이야 어떻든 간에 지금 전혀 고수다운 풍모가 엿보이지 않는, 필괴의 평범하기 짝이 없는 모습에 대해서는 일단 실망스럽지 않을 수가 없었다.

물론 그렇더라도 서문창이 감히 조금이라도 내색할 엄두를 내지는 못하였다.

그때였다.

"공자님 오셨습니까?"

잰 걸음으로 별관에 들어서면서 서문창을 향해 허리를 숙이는 자는 객잔의 총관인 동천(董薦)이었다.

세가에서 운영하는 객잔이니만큼 이미 연락이 닿아 있을 것이지만, 서문창은 짐짓 위엄을 잡았다.

"동 총관!"

"예! 공자님!"

"오늘 귀한 손님들을 모시고자 하는데, 주루의 이 층을 비울 수 있겠소?"

동천이 즉시 대답했다.

"공자님의 분부이신데 여부가 있겠습니까? 즉시 준비를 시키도록 하겠습니다!"

3

필괴와 장삼, 그리고 서문창 등이 서로 인사를 나누는 동안, 급하게 탁자와 의자들이 새롭게 배치되었다.

이어 차와 술, 그리고 갖가지 음식들이 분주히 차려지는 동안에 서문창이 선 채로 함께 온 일행들을 소개했다.

유주성 제일부가(第一富家) 금성상가(金星商家)의 여식 전희령(錢嬉鈴)!

정진무가(精進武家)의 이공자(二公子) 천이걸(阡珥傑)!

유주성주도 허리를 숙인다는 재상가(宰相家)의 여식 소러려(蘇麗儷)!

모두가 유주성에서는 내로라 하는 명문가의 자제들이었고, 꼭 그러한 배경이 아니더라도 각각이 빼어난 용모와 재기가 돋보이는 영재(英才)들이었다.

특히 두 여인은 능히 사람들의 눈을 끌 만한 대단한 미인들로 제각기 독특한 매력들을 지니고 있었으니, 전희령이 밝고 화사하여 명랑한 느낌의 미녀라면, 소려려는 사뭇 도도하고 차가운 기품을 지닌 미인이었다.

그런데 필괴는 그때, 그처럼 뛰어난 미모와 기품을 지닌 여인들을 바로 가까이에서 대하고 있으면서도 사뭇 담담한 심정을 유지하고 있는 자신을 문득 발견하고는 오히려 당혹스러워지고 말았다. 그러나 그럴 수 있는 이유에 대해서는 그 스스로 비교적 분명했다. 바로 그의 가슴속에 각인되어 있는 하나의 환상 때문이었다. 비록 그가 일방적으로 가지고 있는 환상일망정, 어쨌든 그가 품고 있는 환상 속의 그녀는 세상에서 가장 신비롭고 아름다워서 그 어떤 찬사로도 도저히 묘사할 수 없는 그런 존재인 것이다.

커다란 사각탁자에 의자 다섯 개가 배치되었는데, 벽 쪽의 병풍을 등 뒤로 두는 상석에 하나가 놓였고, 나머지 네 개는 한쪽으로 두 개씩, 서로 마주보도록 놓여졌다.

"먼저 좌정하시지요!"

서문창이 상석을 가리키며 필괴에게 말한 데 대해, 필괴가 당황할 틈을 주지 않고 장삼이 곧장 받았다.

"흠! 이렇게 성의를 보이시니… 아무래도 오늘의 이 자리는 우리 방주께서 여러분을 접대하는 자리로 정하는 것이 좋겠소!"

서문창이 짐짓 곤란하다는 기색을 잠시 지어 보였으나, 장삼이 담담히 웃는 중에도 뜻을 꺾지 않을 기색이자, 이내 거스르지 못하겠다는 듯이 가볍게 고개를 숙여 보였다.

이어 천이걸과 두 여인이 박수를 치며 호응했고, 장삼이 슬쩍 이끌었기에 필괴는 얼떨결에 상석에 앉게 되었다.

필괴로서는 영 어색하고 불편한 노릇이거니와, 한편으로는 언뜻 걱정이 되기도 하는 것이었다. 그가 언제 이런 '통 큰 접대'를 해본 일이 있으랴? 이층 전체를 독차지하고, 한눈에도 명주에 귀한 요리들이 이미 탁자를 가득 채우고도 여차하면 다시 줄줄이 들어올 태세이니, 나중에 얼마나 많은 은자가 들지, 어림짐작으로도 계산이 되지 않는 것이었다.

그러나 그때 장삼이 그를 향해 가볍게 고개를 숙여 보였기에, 필괴는 역시 모든 것을 장삼에게 맡긴다는 심정이 되고 말았다. 당연히 그럴 수밖에 없는 노릇이기도 했지만.

서문창이 재빠르게 나머지 사람들의 자리배치에 나섰다.

우선 전희령에게는 필괴의 왼쪽 앞자리에 앉기를 권했는데, 그녀는 마음에 들었는지 생글거리며 자리에 앉았다.

"당주께서도 앉으시지요!"

서문창이 다음으로 장삼에게 필괴의 오른쪽 앞자리를 권한 데 대해, 장삼은 가볍게 고개를 가로저었다.

"아니오! 우리 일로방의 규율은 실로 엄격하여서 방주와 한 자리에 앉기는 어려우니… 그 자리에는 서문 공자가 앉도록 하시오! 나는 그 옆자리에 앉겠소!"

그리고 장삼이 자신이 정한 자리에 앉는데

"저는 여기에 앉겠어요!"

사뭇 도도한 기색으로 서 있던 소려려가 얼른 장삼의 맞은편 자리를 차지하고 앉았다.

서문창이 언뜻 애매한 표정이 되고 마는데,

"하하하! 그럼 제 자리는 선택할 여지도 없이 여기로 정해졌군요!"

천이걸이 짐짓 걸걸하게 말하며 서문창의 맞은편 자리를 차지하고 앉았다.

마지막으로 서문창이 자리에 앉았다.

그런데 상석에 앉은 필괴가 아무 말 없이 묵묵히 앉아만 있었기에 분위기가 금세 서먹서먹해지는 것을, 장삼이 모두에게 술잔 채우기를 청하고 이어 권했다.

"자자! 일단 모두 한 잔씩 비웁시다!"

그것을 시작으로 서문창과 천이걸이 잇달아 술을 권하면서 두어 순배(巡杯)가 빠르게 돌았다. 어색함을 없애는 데는 역시 술이 들어가야 하는 법이던가?

4

빈속에 술 몇 잔이 급하게 들어가서인지 전희령은 이내 약간의 취기가 느껴졌다.

그런 때문일까?

그녀는 괜스레 불만스럽기도 하고, 실망스럽기도 한 심정으로 되는 것이었다.

도도한 체는 혼자서 다 하더니 볼썽사납게도 자청하여 장삼의 맞은편 자리를 차지하고 앉은 소려려의 경박한 행동이 새삼 불쾌했다.

그리고 필괴에 대해서는 특히나 실망이 커져 가고 있는 중이었다. 그가 일방의 방주라고 하고 또 그 무공이 그처럼 대단하다고 하여 사뭇 관심을 가졌더니, 막상 지금 가까이에서 보니 그 얼굴이나 풍모는 그저 평범할 뿐이고, 상석을 차지하고 앉아서도 도무지 좌중을 이끌어 가지 못하는 모습이라니……. 도무지 어느 한 구석도 뛰어나 보이는 데가 없는 것이었다.

"방주님의 무공이 대단하시다고 하던데……. 이번 기회에 아주 간단한 시범이라도 한번 보여주십사 하고 청을 드려도 될까요? 호호호! 제 청을 들어주신다면 기꺼이 술 한 잔을 따르도록 하지요!"

전희령이 화사하게 웃으며 하는 말에 필괴가 당장에 당황하고 마는데, 천이걸이 곧바로 환호하며 짐짓 농(弄)조로 재차 청했다.

"와~! 지금까지 어떤 사내도 전 소저에게 술잔을 받아보았다는 소리를 듣지 못했으니……. 방주께서 간단히 한 수를 보여주신 다음에, 술잔은 소생에게 양보해 주신다면 그 은혜 백골난망이겠습니다!"

"저 또한 크게 안목을 넓힐 기회를 베풀어 주시기를 청하는 바입니다!"

서문창까지 거들고 보니 필괴가 실로 난감한 지경이 되고 마는데, 그때 장삼이 담담하게 웃으며 대신 나섰다.

"하하하! 전 소저로 인해 오늘 뜻하지 않게도 우리 일로방의 기밀한 내부사정 한 가지를 밝히지 않을 수 없게 되었구려!"

하고는 싱긋 날리는 장삼의 미소에 전희령의 얼굴에는 단박에 불그스름한 홍조가 떠올랐다.

그리고 그런 그녀를 보며 소려려의 눈꼬리가 잠깐 샐쭉하니 치켜졌다가 내려왔다.

"우리 일로방의 독문무공은 지극히 실전위주인 데다 지나치게 파괴적이어서, 적을 맞아 생사를 가름 짓는 승부가 아니고서는 단순한 시범으로 펼치기는 몹시 곤란한 종류의 것이오. 그런데 우리 방주께서는 오랜 폐관을 통해 오로지 그 독문무공만을 수련하셨기에, 전 소저와 청과 다른 분들의 기대에 부응하기란 실로 어렵소이다!"

장삼이 말끝에 다시금 슬쩍 전희령에게 시선을 주었고, 그에 전희령이 얼른 고개를 끄덕이며 호응을 표했다.

그런 전희령에 대해 소려려가 다시금 눈총을 주듯이 힐끗 쏘아 볼 때였다.

"음!"

천이걸이 나직한 헛기침으로 목을 가다듬으며 말을 꺼냈다.

"제가 배우기로 무의 올바른 도리는 남을 공격하고 제압하는 데 있는 것이 아니라, 심신수련을 통해 정기신(精氣神)을 합일함으로써 스스로 높은 경지에 도달하는데 그 본래의 목적이 있다고 했는데……. 그런 측면에서 보자면 귀 일로방의 독문무공이란 것은 다소간 편격(偏格)으로 기우는 측면이 있다고 해야만 하겠군요?"

벌써 취하고 만 것인지 천이걸의 어조에서 약간의 공격성까지 느껴졌기에, 서문창은 얼른 만류를 하려고 하였다. 그러나 다음 순간 그는 문득 천이걸의 물음에 대해 장삼이 어떻게 대답할지에 대해 궁금해졌고, 결국 일단은 지켜보자는 쪽으로 마음을 돌렸다.

"무의 도리라……! 하면, 나는 오히려 묻고 싶소! 사람에 따라 무를 도(道)라 하기도 하고, 예(芸)라 하기도 하고, 술(術)이라 하기도 하니, 과연 무예와 무술은 무도와 같은 것이오? 또 같지 않다면 무예와 무술과 무도가 각각 목적하는 바는 서로 어떻게 다르다고 하겠소?"

장삼이 담담하게 웃으며 되물었다.

그러자 천이걸이 그런 질문을 되받으리라는 생각은 미처

하지 못했는지 사뭇 당황하는 기색이다가는, 급히 생각을 다듬은 다음에야 겨우 대답을 내놓았다.

"그것은… 결국 무의 단계를 가름하는 한 방편이 아닐까요? 즉, 무도가 무의 가장 높은 경지를 말한다면, 무예는 그보다는 한 단계 낮은 경지를 이름이요, 다시 무술은 가장 낮은 경지를 말하는 것이 아닐지…….."

"흠! 그럴 수도 있겠소! 그러나 혹자는 이런 견해를 말하기도 하오. 무도이든 무예이든 무술이든 다같은 무(武)일 뿐인데, 다만 그 용(用)에 따라 도(道)가 될 수 있고, 예(藝)가 될 수 있으며, 술(術)도 될 수 있다고 말이오. 이를테면, 자기 자신을 닦는 수행의 방편이나 세상의 정의(正義)를 수호하기 위해 쓰인다면 무도(武道)라고 할 것이요, 남에게 보이고 공연하는 데 쓰인다면 무예(武藝)라고 할 것이요, 적으로부터 자기를 방어하고 또한 공격하여 제압하는 데 쓰인다면 무술(武術)이라고 할 수 있다는 것이오! 결국 무란 것은 그것을 어떻게 사용하는가에 따라서 그 도리와 가치가 갈리는 것이니, 누구도 무 자체를 두고 쉽게 그 도리를 단정하여 말하기는 어렵다는 것인데… 이것에 대한 천 공자의 견해는 또 어떠하오?"

천이걸이 더욱 당황스러운 모습으로 되고 말 때, 서문창이 이번에야말로 재빨리 끼어들었다.

"장 당주님의 고명한 견해에 꽉 막혔던 귀가 단번에 뚫리는 듯이 시원해지는 것 같습니다!"

"하하하! 강호를 돌아다니며 주워들은 몇 마디 풍월을 옮긴 것을 가지고 어찌 견해라고까지 하겠소?"

장삼이 가볍게 웃으며 받았다.

서문창은 내심 쓴웃음을 지을 수밖에 없었다. 화사하게 붉어진 얼굴들의 전희령과 소려려가 장삼을 주시하며 연신 고개를 끄덕이는 모습을 보고서였다.

5

다시 술이 몇 순배 돌자 그들 남녀들은 보다 격식에서 벗어났다. 사실 그들 모두는 같은 또래의 젊은이들이었으니, 취기가 돌면서 서로간의 대화가 훨씬 자유로워지고, 또한 흥겨워지는 것은 당연하였다.

"정말 본명이 장삼이세요?"

내내 조용하고 새침하더니 일단 술기운이 돌자 소려려는 자꾸 장삼에게 말을 걸고 있었다.

"물론이오!"

장삼이 신경은 줄곧 필괴 쪽에 가 있으면서도 묻는 말에 대해서는 간단히만 대답을 해주고 있는 중이었다.

필괴는 여전히 좌중의 분위기에 거의 어울리지를 못하고 있었다. 마치 혼자만 멀찍이 옆으로 비켜나 있는 듯이 계속 겉돌고만 있었다.

장삼은 사뭇 곤혹스러웠다. 애써 무심한 체하고 있었으나, 필괴는 지금 몹시도 곤란하고 불편한 심정일 것이었다.

장삼이 애초에 이런 자리를 흔쾌히 받아들인 것에는 사실, 필괴에게 또래의 소위 명문가 자제들과 한 번쯤 어울려 보는 경험을 만들어 주어서 나쁠 것은 없으리라는 작은 배려에서였다. 그런데 지금의 분위기는 처음의 그런 의도와는 사뭇 다른 쪽으로 흘러가고 있는 것이었다.

"호호호! 정말로 장삼이사(張三李四) 할 때 그 장삼이란 말씀인가요?"

소려려가 사뭇 고혹적인 웃음을 지으며 다시금 말을 건네 왔는데, 장삼은 언뜻 쓴웃음을 짓고 말았다. 전희령이 흘깃 이쪽을 돌아보고 있었다. 그러나 그녀는 이내 다시 눈길을 돌렸는데, 그녀의 눈길이 향하는 곳은 바로 필괴에게로였다.

또 무어라고 묻는 소려려의 말을 귓등으로 흘리며 장삼은 사뭇 흥미로운 시선을 돌리지 못하였다. 전희령이 또한 내내 그에게 깊은 관심을 보였었는데, 이제 보니 그녀의 관심은 필괴에게로 옮겨간 듯하였다.

6

전희령은 살짝살짝 훔쳐보듯이 필괴에게 곁눈질을 주고 있는 중이었다.

그것은 참으로 이상한 일이었다.

그는 처음에 그저 평범하게만 보였고, 모든 점에 있어서 좌중의 누구보다도 못해 보였었다.

그런데 그랬던 그에게 어느 순간부터인가 문득 새로운 면모가 보이는 것 같았다.

지금까지는 보이지 않던, 마치 일부러 숨겨 놓았던 것 같은 면모가 말이다.

그처럼 새로운 면모란 묘하게도, 참으로 묘하게도 사람으로 하여금 모르는 사이에 슬며시 끌려들게 만드는 어떤 기이한 개성 같은 것이었다. 평범함 속에 묻혀 있다가 생각없이 지켜보고 있다 보면 자신도 모르게 언뜻 끌려들어 있는 그런 것 말이다.

물론 아직 확실한 것은 아니었다.

아마도, 얼큰해진 취기 때문일 수도 있었다.

취하여 잔뜩 들뜬 기분은 때때로 엉뚱한 왜곡이나 환상을 일으키곤 하니까 말이다.

그렇더라도 그녀는 지금 이 순간만큼은 그저 마음이 가는 대로, 느껴지는 대로 흠씬 빠져 보고 싶은 그런 기분으로 되는 것이었다.

7

"오늘 이렇게 가까이에서 두 분을 보니, 못난 제가 아무리 열심히 노력을 한다고 해도 언제나 강호에 나가 작은 이름이라도 떨쳐 볼 수 있을지……. 아아! 참으로 요원하기만 하고……. 에이! 차라리 지금이라도 강호로 뛰쳐나가 화정검(火精劍)이나 한번 차지해 볼까 싶은 생각이 듭니다! 하하하!"

서문창이 적당히 취기가 돈다는 듯한 투로 그렇게 말을 꺼냈을 때, 장삼은 적잖이 안도가 되는 심정으로 되었다. 필괴가 관심있어 할 만한 화제가 나온 데 대해서였다. 검에 관한 얘기이고, 더욱이 조금 더 화제가 넓혀진다면 필시 필괴도 알고 있는 얘기로 연결될 것도 같았다.

"호! 바로 그 화괴(火怪)의 화정검 말이오? 흠……! 그런데 혹시 서문 형의 속마음은 정작 다른 데 있는 것 아니오?"

천이걸이 불쾌해진 얼굴로 받았다.

장삼은 슬쩍 미소를 떠올렸다. 필괴의 눈빛에 언뜻 이채가 스치고 있는 때문이었다.

"내 속마음이 다른 데 있다니? 그게 무슨 말이오?"

서문창이 짐짓 정색을 하며 반문했고, 천이걸이 또한 능청스럽게 웃으며 받았다.

"하하하! 기꺼이 한 마리 불나방이 되어서 불을 향해 덮쳐들리라! 서문형의 진짜 관심은 검이 아니라, 천하절색이라는 화괴에게 있지 않느냐 그 말이오!"

"어허! 그 무슨 생사람 잡을 소리요?"

서문창이 버럭 소리를 지르는 시늉을 했지만, 이내,

"하하하하!"

하고 흥겹게 대소했다. 그러자,

"흥!"

전희령이 차갑게 코웃음부터 치고 나서 쏘아 부쳤다.

"기왕에 욕심을 부릴 것이면, 아주 염괴(艶怪)까지 해서 신주이대요녀(神州二大妖女)를 한꺼번에 노려보지그래요? 그게 차라리 사내다운 배짱이지 않겠어요?"

그러자 서문창이 절레절레 고개를 저어 보이며 받았다.

"말씀은 고맙지만, 소생의 몸이 그리 단단하지를 못한데 그렇게까지 했다가는 자칫 뼈까지 허물허물 녹아버리고 말 것이니, 참으로 안타깝긴 하나 그 말씀은 사양할 수밖에 없겠소!"

그 말에는 다들 다시 한바탕의 크게 웃음을 터뜨리고 말았다.

그때 장삼이 힐끗 필괴를 보고 나서 다시 좌중을 향하며 슬쩍 물었다.

"그런데 화정검이 대체 어떤 물건이기에 다들 그러시오?"

8

필괴는 잠시 일련의 대화를 추억해 보고 있었다.

"강호는 무한히 넓어서 협성괴걸과 기인이사가 바닷가의 모래알처럼 많다고 하지! 하하하! 그런데 재미있는 것은 강호의 인물들 중에서, 이름이나 별호에 괴자(怪字)를 쓰는 이들이 적지 않다는 것이야!"

"괴자?"

"그래! 너처럼 말이지! 그리고 괴자를 쓰는 이들 중에는 특히 유명한, 적어도 한 가지 분야에서는 강호를 통 털어서도 가장 특별하다는 이들이 최소한 넷은 있지! 바로 사괴(射怪), 화괴(火怪), 비괴(非怪)… 그리고 염괴(艶怪)와 같은 이들이다!"

"사괴. 화괴. 비괴. 염괴?"

"내가 이런 얘기를 하는 것은, 이름에 괴자가 붙었다고 해서 꼭 나쁠 것은 아니라는 얘기를 해주고 싶어서이다! 물론 그렇더라도 추괴라는 이름은 나도 마음에 들지 않는다! 그래서… 사실은 내가 꽤 괜찮다 싶은 이름 하나를 생각해 봤는데… 음! 필괴(必怪)! 어떠냐?"

"필괴?"

"그래! 필괴! 아까 말한 강호의 인물들처럼 너도 당당하게 네게 주어진 삶을 살아 보라는 의미이다. 아니, 그들보다도 더욱 유명한, 하하하! 아니지! 기왕에 꿈을 말할 것 같으면, 언젠가는 천하에서 가장 특별한 사람이 되어 보리라는 것도 괜찮겠다! 너는 아직 창창하고 앞날의 일은 어느 누구도 모르는 것이니, 네가 그리 되지 못하란 법은 또 없는 것이다!"

9

"설마 오대불세지연(五大不世之緣)에 대해 아직까지 들어보지 못했단 말씀입니까?"

서문창이 짐짓 어깨를 으쓱해 보이며 물은 데 대해, 장삼이 정색을 흩트리지 않은 채로 가볍게 대답했다.

"오대불세지연이라……! 글쎄 말이오! 그처럼 대단한 명칭이라면 의당 들어보았어야 할 것 같은데… 어째서 들어보지 못했을까 싶소!"

서문창이 짐짓 고개를 갸웃해 보이더니 짐짓 목소리를 가다듬었다.

"흠! 그럼 제가 간단하게나마 설명을 해드리지 않을 수 없겠군요!"

그렇게 서문창이 본격적으로 얘기를 시작하려 하자, 천이걸은 별 흥미가 없다는 듯이 시큰둥한 표정을 지어 보였고, 소려려와 전희령은 마치 처음 듣는 얘기라는 듯이 짐짓 눈빛을 빛내며 귀를 세우는 모습들을 연출하였다.

"그러니까… 오대불세지연이란 글자 그대로 세상에 존재할 수는 없는 다섯 가지의 대기연(大奇緣)을 한데 묶어서 말하는 것이지요. 우선 그중 제일의 기연은 불세지령(不世之靈)이라는 것으로, 그것을 얻는 자는 능히 금강불괴의 불사지체가 된다고 합니다. 그러나 막상은 그것이 무엇이며 어떻게 생겼는지 등에 대해서 전혀 알려진 바가 없지요. 그래서 고래로 위대한 제왕들을 비롯해 최고의 권좌에 올라 더 이상 오를 데가 없어진 이들이 마지막 유희 삼아서 그것을 찾아다녔다고 하는 얘기도 전해지고 있지요!"

그리고 서문창이 말끝에 잠시 숨을 고르는 중인데, 천이걸이 불쑥 나서며 가로채듯이 말을 잇고 나섰다.

"두 번째 기연은 불세지공(不世之功)이라는 것인데, 곧 심검지경(心劍之境)을 말하는 것입니다. 무인이라면 누구나 꿈꾸는 무의 궁극이지요. 그러나 고금의 어느 누구도 도달해 보지 못한 미지의 경지이니, 사실은 말 그대로 다만 꿈이요, 염원일 뿐인 게지요!"

마치 자신의 식견이 조금도 못하지 않다는 것을 보여주려는 듯한 천이걸의 모습에 대해 서문창이 내심 실소할 때였다.

"비록 강호에 대해서는 문외한이지만, 오대불세지연에 대해서라면 저도 알고 있죠. 그 세 번째 기연은 불세지력(不世之力)이라는 것으로, 인간의 한계를 넘어 천년내공을 얻을 수 있는 비법이라고 하더군요!"

전희령이었다.

그러자 소려려의 눈매가 대번에 샐쭉해졌다.

그에 서문창이 소려려에게로 눈길을 주며 잠시 기다려 주었으나, 그녀는 다시 뾰로통한 기색으로 될 뿐이었다.

하여 서문창이 담담하게 말을 연결시켰다.

"네 번째 기연은 불세지병(不世之兵)이라는 것으로, 바로 조금 전에 얘기가 나왔던 화정검(火精劍)에 관한 것입니다. 화정검은 불의 신통한 영성(靈性)을 지녀 주인과 의지가 통한다는 절세의 신검으로, 화정검의 주인 되는 자가 평범한 자질이라도 대번에 절정고수의 반열에 오르게 해주며, 만약 비범한 주인이라면 능히 한 시대를 굽어보는 절대자로 만들어 준다고 합니다. 그러니 누구라도 한 번쯤은 그 주인이 되기를 소망해 보지 않을 수는 없는 것이지요! 그런데……."

그때 서문창이 미처 말끝을 맺지도 않았는데 천이걸이 다시 불쑥 나섰다.

"마지막 다섯 번째 기연은 불세지살(不世之殺)이라는 것입니다!"

천이걸이 마치 순서를 놓칠까 보아 조바심이라도 치듯이 재빠르게 말을 뱉고 나더니, 그제야 자신이 서문창의 말을 자른 결과가 되었다는 것을 깨달았는지 조금은 어색한 얼굴이 되고 말았다.

그러나 서문창이 웃으며 고개를 끄덕여 주었고, 그에 천이걸이 다시금 자신의 말을 이었다.

"불세지살은 무형살(無形殺)이라고도 하는데, 살수로서 더 이상 오를 곳이 없는 최고의 단계라고만 전해질 뿐, 그 자세한 내용에 대해서는 역시 알려진 바가 없습니다!"

그때 내내 불만스러운 기색이던 소려려가 사뭇 냉랭한 목소리로 툭 뱉었다.

"참으로 엉뚱하고도 허황되기 짝이 없는 얘기들이로군요!"

싸잡아서 핀잔을 주는 소리였다.

"뭐… 실은 그렇소! 강호에 오래 동안 회자되고 있는 전설일 뿐이니, 그저 재미 삼아서 얘기를 해보는 것이지요!"

서문창이 짐짓 머쓱한 체를 하며 가볍게 받아 주었다.

그러자 전희령이 슬쩍 말을 보탰다.

"그러나 화정검 같은 경우에는 지금도 실제로 존재하고 있지 않나요?"

그녀의 말이 소려려에 대해 슬쩍 딴지를 거는 듯하자, 이번에는 천이걸이 짐짓 크게 웃으며 받았다.

"하하하! 전 소저도 참! 지금 강호에 나돌고 있는 화정검이란 것이, 정말로 전설에서 말하는 그 화정검이라는 보장이 어디에 있겠소? 이를테면 누군가 사람들의 이목을 끌어보려고 꾸며낸 황당한 수작일 수도 있는 일이 아니오?"

그러자 전희령이 토라진 듯이 천이걸에게 눈총을 주었고, 이번에는 서문창이 슬쩍 그녀의 편을 들듯이 거들었다.

"화괴의 화정검은 실제로 제법 대단한 위력을 지니고 있다

고 들었소! 하니, 전 형의 말처럼 아주 가볍게만 치부할 일은
또 아닌 것 같소!"

그러자 천이걸이 가볍게 웃으며 받았다.

"그렇다면… 역시 서문 형이 화괴를 한번 만나긴 만나야겠
소! 그래야 그 화정검이 과연 전설에서 말하는 화정검인지,
아니면 형편없는 가짜인지에 대해 전 소저에게 설명을 해줄
수 있지 않겠소?"

전희령이 대번에 손사래를 쳤다.

"어머, 어머! 서문 공자나 천 공자가 그 요녀에게 관심있어
하는 거야 결코 제 소관이 아니지만, 어쨌든 농담이라도 저는
끌어넣지 마세요. 소문에 화정검을 얻으려고 그 요녀를 만나
러 간 사내들치고 결국 폐인이 되지 않은 자가 없다고 하니,
만약 서문 공자마저 그렇게 되어서, 혹시 서문세가의 원망이
제게로 쏟아지기라도 한다면, 제가 어떻게 감당하라고요?"

그 말에 좌중이 함께 한바탕 웃음을 디뜨렸다. 그리고 웃음
이 잦아들고 난 다음에 서문창이 문득 생각이 났다는 듯이 장
삼을 향해 말했다.

"아, 참! 신주이대요녀 중 다른 하나인 염괴에 대해서는 들
어보셨습니까?"

장삼이 싱겁게 웃으며 고개를 가로저었다.

"흘러 다니는 풍문으로 조금은……."

그때 천이걸이 짐짓 푸념조로 끼어들었다.

"무릇 영웅은 난세에 난다고 하였는데… 요즘의 강호는 너무도 따분하니 우리같이 이름없는 청춘들이야 어디 영웅이 되어볼 꿈이라도 꾸겠습니까? 그것이 다 무종계(武宗界)와 단심회(丹心會)에 의해 강호천하가 아예 철옹성처럼 고착화되어 버린 때문이니… 휴우!"

짐짓 한숨으로 말을 맺는 천이걸의 의중이 이제 그만 화제를 다른 쪽으로 돌리자는 뜻 같았기에, 서문창이 술잔을 쭉 비워내며 받았다.

"그러나 본래 천하의 풍운은 보이지 않는 곳에서도 결코 멈추는 법이 없다고 하였으니, 그 두 곳의 영화도 언제까지나 영원하지는 못할 것이오! 또한 강호는 넓고 넓어서 당장에 드러나지 않더라도 실로 수많은 협성괴걸들이 숨어 있다고 했으니, 언젠가 어두운 암천(暗天)을 뚫고 찬란한 신성(新星)이 빛을 발하듯이 새로운 영웅들이 나타나지 않겠소?"

말끝에 스스로 격정이 치밀어 오르는지 서문창은 잠시 틈을 두었다가 다시 말을 이었다.

"우선 이 자리에 계신 일로방의 두 분만 해도 실로 대단한 강호고인들이신데도, 우리는 얼마 전까지 두 분에 대해 전혀 알지 못했던 것이 아니오?"

그러자 천이걸이 술잔을 들어 쭉 들이켜더니,

"크으!"

하고 잔뜩 인상을 쓰는데, 그 눈길이 슬쩍 필괴 쪽을 훑는 것이었다.

장삼이 그 모습을 보았으되, 다만 엷게 웃었을 뿐 못 본 체 넘어갔다.

스스로 잔을 채운 천이걸이 거나한 모습으로 입을 열었다.

"그러나 강호가 어디 그리 쉬운 곳이겠소? 지난 백 년간만 보더라도 그렇지 않소? 그 두 곳 외에는, 그저 희미하게 빛을 내는 듯 마는 듯하다가는 어느 순간 자취도 없이 사라져 버린 예는 가끔 있었어도, 진정 신성처럼 찬란하게 빛을 발한 영웅은 없지 않았소?"

그때 전희령이 슬쩍 핀잔을 주듯이 말했다.

"이제 보니 천 공자는 취한 모양이군요. 그처럼 자신없는 얘기나 하는 걸 보니 말이에요?"

그에 천이걸이 버럭 외치듯이 받았다.

"취해요? 다른 걸로는 몰라도 술로는 감히 천하의 주당을 자처하는 이 천이걸이, 기껏 술 몇 잔에 말이오?"

그러자 서문창이 얼른 천이걸을 향해 엄지손가락을 치켜 들며 외쳤다.

"자자! 천하제일의 주당을 위하여! 건배!"

"호호호! 천하제일의 주당을 위하여!"

"하하하! 건배!"

그렇게 술자리의 분위기가 흠씬 무르익어 갔다.

第十章
재회(再會) 종서이(宗瑞怡)

1

　장삼이 보기에 이제 필괴의 소외는 다시 확연해 보였다.

　불콰하게 취기가 돌고 나자 모두는 이제 각자의 관심사에
만 열중하고 있는 모습들이었다.

　서문창과 천이걸은 아까부터 둘이서만 귓속말을 주고받고
있었는데, 아마도 무슨 심각한 얘기라도 나누는 것 같았다.

　소려려는 이제 숫제 사람을 곤혹스럽게 만들고 있었다. 그
의 옆에 착 달라붙듯이 하여서는 끊임없이 말을 걸고 있는데,
대답을 해주어도 그만, 안 해주어도 그만인, 다만 여인네의
수다에 불과한 말들이었다.

　전희령의 경우는 술자리의 분위기와는 사뭇 동떨어진 모

습이었다. 그녀의 시선은 내내 필괴에게 머물러 있는 중이었
는데, 마치 취한 듯이 멍해 보이기도 했고, 혹은 무엇에 빠져
버린 듯이 골똘해 보이기도 했다.

그런 전희령에 대해 필괴는 처음에 몹시 어색해하고 불편
해하는 기색이더니, 이제는 숫제 무시하기로 하였거나, 혹은
아예 신경을 쓰지 않는 듯이 보였다. 어찌 보자니, 어느 순간
부터 필괴는 아예 스스로를 좌중으로부터 소외시켜서 혼자만
의 세계로 몰입해 있는 것 같기도 했다.

장삼은 이윽고 더 이상 술자리를 계속할 필요를 느끼지 못
하였다.

그런데 그가 막 술자리를 그만 끝내자는 얘기를 꺼내려는
때였다.

이층으로 통하는 계단으로 누군가 성큼성큼 걸어 올라오
고 있었다.

건장한 체구에 대략 삼십대 중반쯤으로 보이는 그 장한은,
흑의무복을 입었다는 이유만으로도 객잔의 점원은 아니었
다.

"여기 일로방주께서 계십니까?"

이층바닥으로 올라서서 우뚝 버티고 선 흑의장한이 굵은
목소리로 외치듯이 물었기에, 좌중의 시선이 일시에 장한에
게로 향했다.

2

"당신은 누구요? 누구인데 남의 술자리 흥을 함부로 깨는 것이오?"

천이걸이 대뜸 노기를 드러냈다.

그런데 그때 서문창이 놀란 듯이 벌떡 일어나더니 흑의장한을 보고 말했다.

"종(宗) 문주(門主)가 아닙니까? 한데… 여긴 어쩐 일로?"

서문창이 사뭇 곤혹스러운 기색이라는데 대해, 순간 천이걸이 또한 애매한 기색이 되고 말았다.

"소생은 종서이(宗瑞怡)라고 하는데 일로방주께 간곡히 청할 말씀이 있어 왔소이다!"

흑의장한, 종서이가 서문창에게는 눈길조차 주지 않고 곧장 상석의 필괴를 향해 우렁우렁한 목소리로 다시 외쳤다.

그때 필괴는 기왕에 주변에 대해서는 관심을 두지 않고 있던 중이었으므로 돌연한 소란에도 굳이 시선을 주지 않았고, 그런 바람에 종서이라는 이름도 미처 제대로 듣지를 못하였다.

서문창이 재빨리 종서이의 앞을 가로막아 섰다. 그러나 차마 밀어내지는 못하겠는지 곤란한 기색인 채로 달래듯이 말했다.

"귀한 손님을 모신 자리인데, 제 입장을 보아서라도 이러시면 곤란합니다! 만약 무슨 긴요한 일이 있다면 먼저 가친과 논의를 해보시는 것이 순서가 아니겠습니까?"

종서이가 버티고 선 채로 차갑게 대답했다.

"서문세가의 가주께서 나와는 친척지간이 되시기는 하나, 내 이미 사흘 전부터 본문의 위급한 사정에 대해 도움을 주십사 성의를 다해 간청을 드리고 있음에도 아직껏 아무런 언질조차 주지 않고 계신다는 사실은 자네도 익히 알고 있지 않나? 물론 세가의 여러 가지 급하고 바쁜 일들로 인해, 이 종서이의 간청에까지 귀를 기울이실 형편은 되지 못하신 것으로 이해를 하고 있네만!"

순간 서문창은 설핏 당황을 감추지 못하는 기색으로 되었다. 이어 그는 가볍게 고개를 가로젓더니 문득 종서이의 앞에서 비켜서는 것이었다. 마치 자신의 입장에서는 종서이를 더 이상 말리기 어렵다는 듯한 모양새였다.

그럼에도 종서이는 더 이상의 말이나 행동을 하지는 않고 다만 그 자리에 버티고 서서 형형한 눈빛으로 필괴를 바라보고만 있었다.

필괴가 여전히 종서이에게는 시선조차 주지 않고 있는 중에 장삼이 흥미가 일어 가만히 보고 있자니, 종서이가 비록 무슨 곤궁한 사정이 있어 부탁을 하러 온 처지일망정 몸에 배인 풍모랄까, 최소한의 체면과 위엄만큼은 잃지 않으려고 애쓰는 모습을 엿볼 수가 있었다. 그에 그가 천천히 자리에서 일어서며 종서이를 향해 물었다.

"귀하는 무슨 일로 우리 방주님을 찾으시오?"

그러자 종서이는 자신에게 말을 걸어주는 것만으로도 황감하다는 듯이 얼른 장삼을 향해 포권하며 답했다.

"소생은 광주(廣州) 태정문(太正門)의 문주 종서이(宗瑞怡)라고 합니다!"

그때 필괴는 그제야 그 소리를 분명히 들을 수 있었고, 순간 급하게 시선을 들며 종서이의 모습을 확인했다.

"대협!"

필괴가 외치며 자리를 박차다시피 벌떡 일어서자, 좌중의 모두가 크게 의아해했다.

종서이 역시도 크게 놀란 기색으로 필괴의 모습을 새삼 자세히 살피는 모습이었다. 그러나 전혀 알지 못하는 얼굴이었기에 다시 한 번 필괴를 향해 정중하게 허리를 숙여 보였다.

필괴가 곧장 종서이에게 다가가려 하는 것을 장삼이 슬쩍 옷자락을 잡아당기며 제지했다.

[네가 지금 다른 모습이라는 걸 잊었느냐?]

급하게 울리는 장삼의 진음에 필괴가 그제야 퍼뜩 생각이 돌아서 어정쩡하게 멈춰 섰다. 장삼의 지적은 백번 옳은 것이었다. 그가 종서이에 대해 아는 체를 하려면 그의 모습이 바뀌었다는 것에 대해서도 얘기를 해야만 할 터인데, 서문창이 함께 있는 자리이니 자칫 곤란한 경우를 초래할 수도 있는 일이었다. 더욱이 서문창은 종서이와 친척 관계라지 않는가?

필괴의 돌발적인 행동으로 인해 좌중에 일시 어색한 기운이 감돌았기에 장삼이 얼른 종서이를 향해 말을 주워섬겼다.

"아! 태정문의 종 문주셨군요?"

종서이가 대번에 얼굴이 밝아지며 받았다.

"이렇게나마 일로방의 총당 당주이신 장삼 대협을 뵙게 되니 크나큰 영광입니다!"

시종 정중한 모습에다 대협 소리까지 듣고 보니 장삼이 종서이에 대해 없던 호감이라도 생길 판이지만, 아무래도 필괴와 종서이, 그리고 종서이와 서문창 간에 서로 얽힌 관계들이 찜찜하지 않을 수는 없어서 일단 적당히 이 자리를 무마하고 보자는 생각이 앞서는 것이었다.

"우리 방주님께 어떤 용무가 있어 오셨겠으나, 보시다시피 지금은 다른 손님들과 술자리가 한창 무르익고 있는 중이니… 종 문주께서는 나중의 다른 시간을 택하여 다시 한 번 발걸음을 해주시는 것이 어떻겠소?"

그러자 종서이가 다시금 허리를 숙이며 대답했다.

"소생이 커다란 무례를 범하고 있음은 잘 압니다. 그러나 소생에게는 그만큼 급한 사정이 있는 것이니, 기왕에 무례를 범한 김에 염치불구하고 간청 드리건대, 단지 몇 말씀만 올릴 수 있도록 해주십시오!"

장삼이 가볍게 미간을 찌푸렸다. 그러나 역시 필괴와 모종의 인연이 있는 것이 분명해 보이는 이상, 모질게 내칠 수는 없는 일이었다.

장삼이 보인 잠깐의 틈을 허락으로 여겼던지 종서이가 재빨리 말을 이었다.

"저희 태정문은 비록 작고 빈약한 문파에 불과하나 광주 땅에 터전을 잡은 이래로 수백 성상 동안이나 꿋꿋하게 대를 이어오고 있는 중입니다. 그런데 사십여 년 전에 다급한 형편에 처한 문파 하나가 저희의 관할영역 내에 임시로 터를 잡을 수 있도록 허락을 구해왔기에 저희가 동정심으로 은혜를 베풀었더니, 이후 성세를 이루고 나자 그자들이 이제에 와서는 참으로 배은망덕하게도 저희 태정문을 집어삼키려는 야욕을 부리고 있습니다. 그러나 놈들의 세가 워낙 거세고 강하니 저희 태정문은 지금 백척간두의 위급에 처하고 말았습니다. 하여 부끄럽게도 문주라는 자가 강호로 나와 의협(義俠)들께 도움을 청하고 다니는 중입니다. 그러나… 아아! 작금의 강호는 대의와 정의를 찾아보기 어렵게 되었고, 믿었던 친척에게까지도 외면을 당하는 처지가 되고 보니 하늘이 무너지는 듯이 눈앞이 깜깜하기만 한데, 마침 일로방의 두 분께서 서문세가를 상대로 크게 기개를 떨치셨다는 얘기를 들었기에, 마지막으로 한 가닥의 희망을 품고 여기까지 오게 된 것입니다. 방주님! 그리고 당주님! 간청하오니 부디 저희 태정문을 도와주십시오!"

다시금 깊이 허리를 숙이는 종서이의 모습이 사뭇 간절하거니와, 흘깃 서문창을 보니 그의 얼굴에 당혹스러운 빛이 역력하다는 점에서, 장삼은 종서이의 말이 거짓이 아님을 짐작해 볼 수 있었다. 물론 그렇더라도 그가 종서이에 대해 마뜩하니 공감이 되는 것은 아니었다.

"흠! 그러니까 종 문주의 말씀은 결국… 태정문의 싸움에 우리 일로방을 끌어들이겠다는 것이오?"

장삼의 그 말에 대해 종서이의 눈빛이 언뜻 강해졌다.

"무도한 자들에 의해 저질러지는 배은망덕의 만행을 응징하여 강호정의를 세워주십사 하는 간절한 호소이지, 단순히 저희의 싸움에 다른 누구를 개입시키고자 하는 뜻은 결코 아닌 것입니다!"

장삼이 슬쩍 입매를 비틀었다.

"그러나 작금의 강호에서 정의를 찾아보기 어렵다는 것은 종 문주도 이미 인정하지 않았소? 그리하여 종 문주는 소위 의협이라 불리는 자들에게는 물론이고, 믿었던 친척에게까지도 외면을 당하였는데, 지금 이렇게 생면부지의 우리를 찾아와서 막무가내로 도움을 청하고 있으니… 우리 또한 매정하게 거절한다고 해도 그것을 두고 딱히 잘못되었다고 할 사항은 아니지를 않겠소?"

장삼이 그렇게까지 몰고 가자, 종서이는 이윽고 말문이 막히고 만 듯했다. 그러더니 그는 사뭇 비장한 기색으로 되었다.

"그렇습니다. 매정하게 거절하신다고 하여도 조금도 원망할 일은 아닐 것입니다! 그러나… 저희 태정문은 결코 굴복하지 않을 것입니다! 태정문의 마지막 한 사람이 쓰러질 때까지 끝까지 그들과 싸울 것입니다!"

"종 문주의 그러한 각오야말로 과연 일문의 문주로서 어울린다고 할 것이오!"

장삼이 차라리 담담하게 받았고, 그에 종서이가 이윽고는 얼굴을 벌겋게 물들이고 말 때였다.

"좋습니다! 우리 일로방은. 종 문주의 요청에. 기꺼이 응하겠습니다!"

필괴였다. 그가 더 이상은 두고 보지 못하여 급하게 토해낸 소리였다.

좌중의 모두가 새삼 크게 놀라고 의아해하는 중에, 장삼이 급하게 전음을 보냈다.

[지금 무슨 소리야?]

그에 대해 필괴가 나직이, 그러나 무겁게 뱉었다.

"은혜는. 중하다!"

장삼이 더는 이의를 달 생각을 하지 못했다.

필괴가 누군가에게 은혜를 입었다고 여기는 이상에는, 그의 고집을 어떻게 바꿔 볼 수는 없다는 것에 대해서는 장삼이 이미 충분히 인정하고 있는 바인 것이다. 그리고 어쨌든 방주 신분인 필괴가 이미 공개적으로 결정해 버린 일을, 일개 당주가 다시 뒤집을 수도 없게 된 노릇이기도 했다. 지켜보는 눈들이 있는데 말이다.

"아아! 고맙습니다! 참으로 고맙습니다!"

종서이가 격한 감격을 이지지 못하고 성큼성큼 다가서서는 와락 필괴의 두 손을 움켜잡았다.

장삼은 그런 종서이를 제지하지 않고 묵묵히 지켜보기만 했다.

3

필괴가 기꺼이 종서이를 돕겠다고 한 데 대해 사뭇 곤란한 입장이 되어버렸는지, 서문창이 서둘러 인사를 치르는 바람에 술자리는 그대로 파장을 맞고 말았다.

천이걸이야 별다른 불만이 없어 보였지만, 소려려와 전희령은 사뭇 아쉽다는 얼굴들이었다.

소려려가 자리를 떠나면서도 어떻게 장삼과 한 번이라도 더 눈길을 나누고 싶어 하는 모습인 것을 장삼이 애써 못 본 체하며 피했다.

소려려에 비하면 전희령은 사뭇 착잡해 보였다. 서로 간단히 작별의 인사를 나누는 중에도 뒤로 빠져 있으면서 은근하게 필괴에게 시선을 주는 듯하였는데, 그러면서도 딱히 필괴에 대해 인사를 건네지는 않았고 끝내 조용히 자리를 떠났다.

4

서문창 등이 돌아갔을 때, 시각은 이미 자시가 가까워 있었
다.

그러나 필괴가 종서이와 더불어 몇 잔의 술을 나누고 싶다
고 하였기에, 기왕의 술상을 치우고 다시 차리기에는 번거롭
고 시간이 걸릴 것이니 차라리 일 층으로 자리를 옮기는 것이
났겠다 싶어서 장삼이 점원을 불러 새로이 자리를 정해 술과
안주를 준비하라고 주문했다.

일층 안쪽의 조용한 곳에 간단하게 술상이 차려졌고 술이
한 순배 돌았지만, 종서이는 필괴나 장삼과 쉽게 눈을 마주치
지 못했다.

그런 종서이에 대해 장삼이 짐짓 빙그레 웃으며 슬쩍 말을
던졌다.

"우리 일로방이 방주와 총당 당주, 단 두 사람만으로 이루
어진 이인방(二人幇)이란 사실은 이미 얘기를 하였고… 흠! 이
를테면 우리 두 사람은 지금 태정문의 용병이 되었다고 해도
크게 틀린 말은 아닌 셈인데… 그렇다면 용병으로서 얼마간
이라도 보수라도 받아야 하는 것 아닌지 모르겠소?"

"제가 감히 어떻게 두 분에 대해 용병 취급을 하겠습니까?
그렇더라도… 두 분의 막중한 은혜에 대해서는 저의 모든 성

의를 다하여 보답을 할 것입니다. 저와 태정문의 능력이 되는한 무엇으로라도 보답을 할 것이며, 태정문이 위급에서 벗어난다면 저의 목숨이라도 바쳐서 기필코 보은을 하겠습니다!'

종서이가 사뭇 진지하게 받은 데 대해, 장삼이 짐짓 손사래를 쳤다.

"이런……! 종 문주는 매사에 대해 어떻게 그처럼 딱딱하기만 하시오?"

"예? 제가 무슨 잘못이라도……?"

"허허! 농담과 진담을 구분하지 못하니 하는 말 아니오? 아니, 우리 방주께서 이미 돕겠다고 말씀을 하신 마당에, 내가 어떻게 정말로 보수로 달라고 할 리야 있겠소? 그리고… 목숨을 바치겠다고 하니 해 보는 말이지만, 하하하! 우리가 종 문주의 목숨을 가진다고 한들, 대체 그걸 어디에다 써먹는다는 말이오?"

그러나 종서이는 여전히 정색을 풀지 않았다.

"아닙니다. 이처럼 큰 은혜를 입고서도 갚지 않는다면 그것이 어떻게 사람의 도리이겠습니까?"

그리고 종서이는 벌떡 자리에서 일어나더니 돌연히 허리에 차고 있던 검을 풀어냈다.

장삼이 놀라는 시늉을 했지만, 두고 볼 요량으로 굳이 말리지는 않았다.

종서이가 검을 두 손으로 받쳐 들고 내미는 통에, 정작으로 크게 당황한 필괴가 장삼에게로 눈총을 주었다.

그에 장삼이 억울하다는 듯이 차라리 하소연을 했다.

"어허, 참! 농담 한 마디 잘못 했다가 졸지에 욕심 사납다는 소리를 면치 못하게 되었으니, 어허! 이거야 원……!"

그리고 필괴가 극구 사양하고, 또 장삼이

"얼른 검을 거두지 않고 뭣하시오?"

하며 닥달을 하다시피 하고 나서야 종서이는 검을 거두었다. 그러나 그는 여전히 정색으로 아예 못을 박듯이 말했다.

"남아일언중천금이라 했으니, 이 검은 이미 방주님의 것입니다. 다만 지금당장은 내켜 하지 않으시는 것 같으니 당분간은 제가 맡아 있는 것으로 하겠습니다."

"아니오! 아니오!"

필괴가 다시금 손사래를 치는 동안, 장삼은 언뜻 묘한 빛으로 종서이를 보았다. 남아일언중천금이라! 그 말이 마치 필괴와 그러러 태정문을 돕겠다는 말을 번복하지 못하도록 못을 박는 듯 이 들리기도 하는 것이었다.

"검에 이름이 있소?"

장삼이 슬쩍 물은 데 대해 필괴가 힐끗 눈총을 주었지만, 장삼은 모른 체했다.

"청운(青雲)입니다!"

"청운검이라! 음……! 좋은 이름이군!"

종서이의 대답에 장삼이 새삼스레 검을 훑어보며 고개를

끄덕였다. 사실 검은 예사롭지 않아 보이는 데가 있었다.

　그때 필괴가 다시금 미안해졌는지 종서이에게 고개를 가로저으며 급하게 말했다.

　"그는 농담을. 하는 것이니. 신경 쓰지 마시오!"

　종서이가 아직은 필괴와 몇 마디도 제대로 대화를 나누어 보지 못한지라, 사뭇 독특한 그의 말투에 대해 다만 어색한 웃음으로 고개를 숙여 보일 뿐이었다.

第十一章
태정문행(太正門行)

1

장삼 등은 새벽같이 유주성을 벗어났다.

그런데는 괜한 번거로움이 생길 것을 저어한 까닭이 있었다.

이를테면, 날이 밝으면 서문세가에서 와서 종서이에 대해 이런저런 궁색한 해명 따위를 늘어놓을 공산이 컸고, 그리되면 자칫 서로 간에 얼굴 붉힐 일이나 혹은 계면쩍어질 경우가 생길 수도 있는 일이었다.

광주까지는 칠백 리 거리였다.

전날 장삼이 자시를 넘긴 시간임에도 객잔의 총관을 불러 특별한 부탁을 했으니, 바로 마차 한 대를 구해 달라는 것이었다. 그것도 새벽에 떠날 수 있도록 급하게 구해 달라는 것이었으니, 총관이 곧바로 곤란하다는 반응을 보인 것은 당연했다.

그러나 '은자는 얼마가 들어도 좋소!'라고 한 장삼의 한마디에 총관은 즉시 점원들을 동원하여 유주성 내의 모든 마방으로 달려가게 했고, 이윽고 새벽이 되었을 때 별채 마당에는 말 두 필이 끄는 제법 괜찮은 마차 한 대가 들어서 있었던 것이다.

하지만 장삼은 막상 그 이두마차에 얼마의 은자가 들었는지에 관해서는 알지 못했다.

계산을 종서이가 한 때문이었다.

물론 장삼이 종서이에게 그 계산에 대해 조금이라도 강요를 한 것은 아니었다. 다만 그가 계산을 치르기도 전에 종서이가 먼저 계산을 하겠다고 나선 것뿐이었다.

2

종서이가 자청하여 바깥의 마부석에 앉았고, 마차 안에는 장삼과 필괴가 마주 앉아 작은 창을 통해 스쳐 지나가는 바깥 풍경에 시선을 주고 있는 중이었다.

"그 염괴라는 여인 말이야……."

지루했던지 장삼이 뜬금없이 말문을 열었다.

"응?"

필괴가 무엇인가의 생각에 젖어 있던 중이라 시늉으로만 받았다.

"전에 내가 강호에 괴자(怪字)를 이름 자로 쓰는 자들 중에 아주 특별한 자들 넷에 관해 얘기한 적이 있었지?"

"음!"

장삼의 어조가 아무래도 그저 흘려버릴 만큼 가볍지는 않았기에, 필괴가 그제야 시선을 맞추며 고개를 끄덕여 주었다.

"그렇다면 사괴(射怪), 화괴(火怪), 비괴(非怪), 염괴(艶怪)……. 그들 넷 중에서 다시 가장 특별한 자는 누구일 것 같나?"

필괴가 그저 가벼운 실소로 받을 수밖에 없었다. 그가 대답을 하기 어렵다는 것은 장삼도 잘 알고 있을 것이므로.

장삼이 덩달아서 피식 웃으며 말을 이었다.

"내 생각에는 바로 염괴일세! 그녀는 다른 셋과 비교도 되지 않을 정도로 수많은 소문과 일화를 달고 있지! 우선 그녀의 나이는 아무리 작게 잡아도 한 삼사백 살은 될걸?"

"……?"

"강호에 그녀의 이름이 회자된 것만도 최소한 그 정도는 되었으니 말이야!"

필괴가 사뭇 애매한 표정이 되어 있는 것을 보고, 장삼이 다시금 피식 웃고 나서 덧붙였다.

"그녀는 변신술에 능해서 어떤 모습으로도 변할 수가 있다고 하지! 심지어는 동물로도, 그리고 나무나 바위 등의 사물로도 변할 수 있다고 하고, 이매망량(魑魅魍魎)과 정령들을 다룬다는 얘기까지 있지! 그리고 더욱 흥미로운 얘기는 말야……!"

장삼이 슬쩍 말꼬리를 끌면서 필괴의 반응을 한번 살피고는 다시 말을 이어 갔다.

"그녀가 사실은 비녀비남(非女非男), 즉 여자도 아니고 남자도 아닌 존재, 혹은 여자일 수도 있고 남자일 수도 있는 존재라는 설(說)이지! 그리하여 그녀는 때로 여자가 되어 남자를 유혹하고, 또 때로는 남자가 되어 여자를 유혹한다는 거야! 그러면서 상대의 정혈을 흡취하는데, 그런 까닭에 그녀는 수백 년을 살 수 있는 것이고, 더욱이 그 미태가 세월이 갈수록 절염해져서, 이윽고는 미태만으로도 능히 사람을 죽음으로 몰고 가는 경지인 사염(死艶)에 이르렀다고 하지!"

장삼이 문득,

"흐흐흐!"

하고 짐짓 의뭉스럽게 웃고는 다시 이었다.

"그녀가 신주이대요녀의 하나로 꼽히는 것에 대해 몹시 억울해한다는 얘기도 있어! 기껏 화괴 정도와 함께 언급된다는 사실에 대해서 말이야! 어때? 웃기지 않아? 하하하!"

장삼이 유쾌하다는 듯이 웃어젖혔다.

그러나 필괴는 장삼의 그런 유쾌함이 왠지 변덕스럽게까지 느껴져서 쉽게 공감해 주지 못했다.

그에 장삼은 영 재미가 없어졌는지, 갑자기 바깥바람을 쐬러 마부석으로 나가겠다고 했다.

필괴가 머쓱해지고 말았으나, 수긍이 안 되는 바는 아니었다. 내내 장삼 혼자만 떠들다시피 한데다, 그가 또 듣는 것마저도 재미있게 들어주지 못했으니 말이다.

3

마차 안이 답답하다며 마부석으로 나온 장삼에게 옆자리를 내어주면서, 종서이는 문득 장삼에 대해 한결 친근해진 느낌을 가질 수 있었다. 일파지존의 신분인데다 거의 말수가 없는 필괴에 비해서 상대적으로 서글서글한 성격이어서 그럴 것이었다.

어쨌든 유주성을 벗어난 이후로 도중에 한 번도 쉬지 않고 줄곧 달리기만 했으니, 자신의 다급한 심정만 앞세운 것 같아 종서이는 새삼 고맙고도 미안한 마음으로 되었다.

"곧 위창(暐昌)이라는 읍성에 당도하게 되는데, 날도 곧 저물고 하니 오늘은 거기에서 하룻밤을 묵고 가야겠습니다. 그리고 오늘 저녁에는 객고도 풀 겸, 제가 술 한잔 대접하도록 하겠습니다!"

종서이의 말에 장삼이 싱긋 웃으며 화답했다.

"좋지요! 그러나 마차를 구하느라 종 문주의 지출이 이미 만만치 않을 것이니, 오늘 저녁 술은 내가 사도록 하겠소!"

그러자 종서이가 펄쩍 뛰다시피 하였다.

"그럴 수는 없습니다. 두 분께서 저의 무리한 청을 수락해 주시고 기꺼이 이 먼 길을 함께 가주시는 마당에, 나중의 결과가 어찌 되더라도 이미 그 은혜는 제 평생에 다 갚을 수 없는 것입니다. 그러니 다시 사소한 일에까지 폐를 끼칠 수는 없는 일입니다!"

그에 장삼이 다시 싱긋 웃으며 말했다.

"종 문주도 이제쯤에는 짐작되는 바가 있겠지만, 우리 방주님과 나는 사사로이는 막역한 친구지간이오!"

"예……! 이미 짐작하고 있었습니다!"

"한데, 우리 방주님과 나 사이에 그럴 만한 사정이 있어서 내가 한턱을 내야만 하는 건수가 있는데, 이미 시간이 좀 지나 버린 터라 계속 미루어 두었다가는 자칫 실없다는 소리를 듣게 되었지 뭐요! 그래서 오늘 저녁 술은 내가 사겠다고 하는 것이오!"

"아……! 그런 사정이 있으시다면야……!"

그제야 종서이가 마지못한 듯이 고개를 주억거렸다.

4

종서이 등이 위창에 도착했을 때는 이미 사방에 어둠이 깔리기 시작하고 있었다.

 위창에 하나뿐인 객잔에 들어 말과 마차를 점원들에게 맡기고, 또 별채에다 방 두 개를 잡아 여장을 푼 다음, 세 사람은 곧장 객잔에 딸린 주루로 나갔다.

 주루 안쪽의 좋은 자리를 잡고, 점원을 불러 술과 안주를 조목조목 주문하는 모습 등에서 종서이가 보기에 장삼의 일처리는 사뭇 능숙하고도 노련해 보이는 데가 있었고, 그런 중에도 다시 무언지 모르게 몸에 밴 듯한 은연중의 품격 같은 것이 엿보이는 듯도 했다.

 세 사람은 일단 몇 가지 요리로 가볍게 식사를 하고 난 다음에, 느긋하게 술을 마시기 시작하였다.

 그런데 종서이는 언뜻 놀라지 않을 수 없었다. 필괴에 대해서였다. 그는 어제 밤 함께 간단히 술 한 잔을 나누던 모습과는 또 사뭇 다른 모습이었다.

 이 고장 특산주인 분주(焚酒)는 이름 그대로 몸을 불사를 듯이 화끈하여 인근지방까지 소문이 난 독주(毒酒)였다.

 그런데 필괴는 지금 그 분주를 비록 천천히 마시기는 하나, 마치 물을 마시듯이 계속해서 마셔대고 있었으니, 잠깐 사이에 이미 탁자 위에는 빈 술병이 세 개나 늘어서 있었다.

 그러고도 필괴는 조금도 흐트러진 기색없이 마치 음미라

도 하는 듯이 잔을 비워 내고 있었고, 장삼 또한 그런 필괴에
대해 익숙한 듯이 술잔이 비는대로 계속 다시 채워주고 있는
중이었다.

넋을 놓다시피 하고 필괴의 술 마시는 모습을 구경하던 중
에 종서이가 자신도 모르는 사이에 서너 잔을 마셔 버린지라,
벌써 화끈한 취기가 온몸을 타고 오르기 시작하고 있었다.

그럴 즈음에 주루는 어느새 초저녁 손님들로 꽉 찬 광경이
되어 있었는데, 취기를 떨칠 겸 주루의 전경을 한번 둘러보던
종서이는 문득 한곳에서 눈길을 멈추었다. 아니, 숫제 눈길을
붙잡히고 말았다.

조금 떨어진 곳에 여인 하나가 홀로 탁자를 차지하고 앉아
있었는데, 그녀가 언제부터 그 자리에 앉아 있었는지에 대해
서는 종서이로서도 미처 알지 못했다. 아마도 그들보다도 먼
저 온 손님인데, 워낙 그림처럼 고요히 앉아 있었던 까닭에
미처 그 존재를 알아차리지 못했을 수도 있었다.

그런데 옆모습의 윤곽만으로도 여인은 참으로 아름다웠
다. 몸에 꽉 맞춘 듯한 그녀의 비취색 저고리와 흰색 바지는,
늘씬한 체형과 은밀한 몸의 굴곡들마저도 은은하게 드러내는
것만 같았다. 그것이 다만 미세하게 흔들리는 등잔 불빛이 만
들어내는 미묘한 음영의 조화 때문일 뿐이라고 여기면서도,
종서이는 괜스레 얼굴이 화끈 달아올랐다.

낯선 사내의 시선이 자신에게 고정되어 있다는 것을 아는

지 모르는지, 여인은 내내 혼자만의 시름에 잠긴 듯이 있다가 이따금씩 술잔을 홀짝였다. 여인의 그런 모습은 기묘한 매력을 풍겼다. 뭐랄까. 요염함과 고고함이 절묘한 조화를 이룬다고 할까?

그러나 종서이는 이내 당황에 빠지고 말았다.

'아아! 이상하다! 참으로 이상한 일이다!'

여인을 보고 있을수록, 그는 점점 스스로를 주체할 수 없게 되어가고 있었다. 얼굴이 화끈거리는 것은 진작부터였고, 급기야는 가슴이 터질 듯이 두근거리기 시작하고 있었다.

그러던 한순간 당황스럽고 부끄러운 마음이 치솟았고, 그 덕분에 종서이는 겨우 여인에게서 눈길을 돌릴 수 있었다. 이어 그는 반사적이다시피 필괴와 장삼을 보았다.

필괴는 아예 눈길을 들지 못하고 내리깐 채 술잔만 비워내고 있는 중이었는데, 그런 모습에 대해 종서이는 언뜻 짧은 안도 같은 것을 느껴볼 수 있었다. 필괴가 여인의 자태에 대해 자신보다 더한 홍역을 치르고 있는 중이리라고 지레 짐작해 보는 데서 오는 안도였다.

장삼은 아무렇지도 않은 듯이 보였다. 때로 눈길을 들어 여인 쪽을 바라보면서도 그는 조금도 동요하는 모습이 아니었다. 그런 모습은 차라리 당당해 보였고, 그런 장삼의 당당함에 대해 종서이는 새삼 스스로가 부끄러워지는 것이었다.

그러나 종서이는 곧바로 참기 어려운 질투를 느껴야만 했다. 그때, 여인의 은근한 시선이 장삼을 향하고 있는 것을 보았기 때문이다. 딱히 꼬집을 수는 없지만, 종서이는 여인이 장삼에게 집중하고 있음을 느꼈다. 여인이 마치 눈에 보이지 않는 은밀한 교태로 장삼을 유혹하고 있는 듯이 느껴지는 것이었다.

그리고 종서이는 이윽고 절망스러운 심정에 이르고 말았다. 끝내 무심함을 흩트리지 않고 있는 장삼의 모습 때문이었다.

'아아!'

내심 길게 탄식하면서 종서이는 참으로 비참하기 그지없는 심정으로 되었다. 저처럼 뇌쇄적인 여인의 교태 앞에서도 무심할 수 있는 장삼의 당당함에 대해 존경과 부끄러움을 동시에 느끼는 한편으로는, 자신이 아닌 장삼에게로만 관심이 향해 있는 여인을 향해 그의 가슴은 점점 더 견디기 어려울 정도로 진탕되어 가고 있었으니…….

'아아! 이래서는 안 되는데……! 안 되는데……!'

그러나 아무리 자책하고, 마음을 다잡으려 안간힘을 써보았지만, 종서이는 이윽고 더 이상은 스스로를 통제하기 어려운 한계에 다다르고 말았다.

종서이는 벌떡 자리를 박차고 일어났다. 그리고 순간 그에게로 쏠리는 장삼과 필괴의 시선에 흠칫 놀라며 억눌린 목소리를 겨우 뱉어 냈다.

"저는… 술이 좀 과한 것 같아서… 먼저 숙소로 돌아갈까 합니다!'

얼떨결에 뱉어놓고 보니 그만 두 사람의 흥취를 깨버리고 만 것 같아서 종서이가 크게 송구한 심정이 되고 마는데, 필괴가 고개를 끄덕이더니 곧장 자리에서 일어섰고, 뒤이어 장삼이 또한 선선히 몸을 일으키는 것이었다.

그에 종서이가 얼른 앞장을 섰는데, 그 순간에도 마지막으로 한 번만 더 여인의 모습을 보고 싶다는 강렬한 욕구가 불끈거리며 솟구치는 것이었다. 그러나 그가 감히 여인 쪽을 돌아볼 엄두를 내보지는 못했다.

第十二章
우은소(宇闇韶)

1

그녀는 강호의 변방에서는 제법 유명했다.

숱한 사내들이 그녀의 치맛자락 아래서 죽기를 소원했다.

그러나 변방에도 사내는 많았건만, 그녀는 점점 취향에 맞는 사내를 구하기가 어려워졌다.

그녀가 변방을 떠나 강호로 나온 것은 그런 이유 때문이었다.

과연 강호는 넓고, 준수하고 걸출한 사내들 또한 많은 모양이었다. 강호로 나온 지 얼마 되지도 않아, 더욱이 이처럼 작은 읍의 주루에서 기대하지도 않았던 기남아(奇男兒)를 발견하였으니 말이다.

사실 그 사내의 얼굴만을 두고는 기남아라고까지 할 것은 아니었다.

그러나 사내들을 웬만큼, 아니, 누구보다 다양하게 많이 거쳐 본 그녀의 기준에서 그 사내는 그야말로 매력남이었다. 보면 볼수록 더욱 짙어지는 매력의 덩어리였다.

처음 그 사내를 보았을 때, 그녀는 차라리 신기할 정도였다. 스쳐 짓는 희미한 미소 한 가닥만으로도 그녀를 후끈 달아오르게 만드는 사내가 천하에 존재한다는 사실에 대해.

2

실로 오랜만이었다. 채양(採陽)의 목적이 아닌, 다만 춘정만으로 사내를 탐해볼 마음으로 된 것은.

이미 파악해 둔 별채의 두 개 방 중에서, 그녀는 우선 하나의 방부터 살폈다.

어슴푸레 보이는 방 안의 풍경에서는 사내 하나가 깊이 잠든 모습으로 누워 있었다. 만약 그 기남아가 아니었다면, 그런 대로 오늘밤 그녀의 객고를 달래줄 겸 채양의 대상이 되었을 사내였다.

아까운 마음까지는 아니더라도 약간의 아쉬움을 즐기며 그녀는 가만히 방 안의 기척을 살폈다.

취한 채로 잠든 듯이 사내의 호흡 소리는 사뭇 거칠었다.

하긴 저녁 무렵 주루에서 그녀가 지켜본 바로도, 사내는 술을 크게 즐겨 하는 것 같지 않으면서도 그 독한 분주를 몇 잔이나 잇달아 마시는 모습이 무리해 보이기는 했었다.

잠든 사내를 향해 찡긋 눈웃음을 보낸 뒤, 그녀는 건너편의 방으로 향했다.

3

그녀는 소매 속에서 푸른색의 작은 자기병 하나를 꺼냈다.

자기병의 마개를 열고 문틈에 대고 가만히 입김을 불자 무색의 엷은 향이 일며 방 안으로 스며들었다.

"되었다! 이 정도면 늙은 황소라도 몸부림치게 만들 정도다!"

만족스럽게 중얼거리며 그녀는 자기병을 다시 소매 속으로 챙겨 넣었다.

이제 잠시만 기다리면 될 일이었다.

극락향(極樂香)!

그 이름처럼 극락의 즐거움을 선사해 주는 묘약이었다.

그러나 즐기지 못한다면, 반대로 지옥의 유황불에 빠진 듯한 지독한 괴로움을 선사하리라!

이제 방 안의 두 사내 중 선택받는 한 사내는 극락을, 선택받지 못한 다른 사내는 지옥을 맛보게 될지니, 음욕에 몸부림

치는 자를 곁에 두고서 벌이는 정사란, 참으로 특별한 흥취를 더해주리라!

잠시 후, 그녀는 천천히 문을 열고 느긋하게 안으로 들어섰다.

그러나 다음순간 그녀는 흠칫 놀라고 말았다.

방바닥에는 한 명의 사내만이 잠들어 있었다.

문틈으로 스며들어 오는 희미한 달빛에 급하게 사내의 얼굴을 확인해 본 그녀는 짧은 탄식을 흘리고 말았다.

"이런!"

별다른 특징을 찾아볼 수 없는 그저 평범하기만 한 얼굴이었다. 그녀의 기남아가 아닌 다른 한 명의 사내였던 것이다.

너무 조급했었다. 방 안의 기척부터 확인해 보는 것이 순서였거늘, 아무래도 오늘 그녀는 오랜만의 춘정에 너무 흥분하고 만 것이리라!

그러나 이제 와서 되돌아 나갈 수는 없었다. 그녀 또한 약간의 극락향을 일부러 흡입하였기에, 이미 온몸으로 뜨거운 욕정이 번지고 있는 중이었다.

그리고 눈앞의 사내를 굳이 마다할 까닭은 없었다. 비록 평범하다고는 해도 혈기왕성한 이십대의 청년이니, 지금 그녀의 절실한 욕구를 푸는 데는 그리 부족함이 없을 것이었다.

4

필괴는 누군가가 방 밖에 왔을 때부터 그 기척을 느꼈고, 그것이 장삼이 아니라는 것까지 파악을 했었다.

그러나 그 자가 방 안으로 침입해 들어오지 않는 이상에는, 그가 지레 어떤 조치를 취할 필요는 없다는 생각이었다.

그러던 중에 그는 희미한 향을 맡았고, 이내 사뭇 이상한 상태에 빠지고 말았다.

갑자기 머릿속이 몽롱해지면서, 당황스럽게도 몸이 뜨거워진 것이다.

그가 소년기 이후로 청소년기를 거쳐 지금까지 오는 동안 그야말로 참으로 암담한 암흑기를 거쳤고, 그런 중에 정상적으로 거쳤어야 할 성장의 과정을 제대로 거치지 못하였다고 하더라도, 그것이 욕정인 줄 모를 리는 없었다.

그럼에도 그가 당장에 크게 당황하고 만 것은, 이처럼 강렬하게 그리고 노골적으로 욕정을 느껴보는 것은 처음이기 때문이었다.

당혹스러움 다음에는, 부끄러움이 엄습했다. 불결하고 치욕스럽다는 느낌이었다.

그러나 어떻게 가라앉혀 보려 했으나, 그 곤혹스러운 욕정은 점점 더 커져만 갔다.

더 이상은 견디기 어렵게 된 그는 밖으로 나가 찬물이라도 한 바가지 뒤집어 쓸 작정을 했다.

그런데 그가 막 이부자리를 박차고 일어서려는 때였다.

갑자기 허리어림이 뜨끔해지더니, 이어 온몸이 찌릿하니 저리며 그대로 마비가 되고 마는 것이었다.

그리고 그는 보았다, 그를 내려다보고 있는 여인의 모습을.

여인을 보는 순간 온몸 터럭 하나하나에서까지 맹렬히 솟구치는 욕정에 그는 곧바로 정신을 차릴 수 없게 되었다.

삽시간에 본능이 그의 모든 것을 잠식해 버렸다.

그의 몸 한곳에서 뜨겁고 거대한 불기둥이 솟고 있었다.

와중에도 그가 다급하게 외쳤다.

"가시오!"

5

"가시오!"

외마디 비명 같은 사내의 외침에 그녀는 순간 차라리 의아했기에, 그녀 자신의 핏속에서도 이미 세차게 들끓고 있는 욕정을 잠시 억누르고서 새삼 가만히 사내의 얼굴을 응시하였다.

사내의 얼굴에는 이미 굵은 핏줄들이 돋아나 지렁이처럼 꿈틀거리고 있었다.

사내의 눈빛은 화염에 휩싸인 듯이 이글거렸다.

그러나 사내의 눈빛이 또한 강렬한 의지를 담고 있다는 사실은 참으로 이채로웠다.

"누군지 모르겠으나. 여기 있으면. 위험하니. 어서 나가시오!"

악 다문 잇 사이로 힘겹게 뱉어 내는 그 외침은 차라리 신음이었다.

그녀는 살포시 미소 지으며 사내의 귓가에다 입을 가져다 대고 가만히 속삭였다.

"괜찮아요! 버티지 않아도 좋아요! 그냥 몸이 시키는 대로, 본능이 시키는 대로 따르세요!"

그녀의 촉촉한 입김에 사내의 얼굴은 형편없이 일그러지고 말았고, 그녀는 짜릿한 쾌감을 느꼈다.

'네가 이제는 차마 버티지 못하리라!'

그러나 사내는 이를 악물고 있었다.

"이러면. 아니 되오! 썩 나가시오!"

힘겨웠지만 그것이 호통이었기에, 그녀는 새삼 어이없는 심정이 되고 말았다. 그리고 슬며시 오기가 발동했다.

"호호호! 그럼, 어디 얼마나 더 버틸 수 있는지 볼까요? 날 봐요! 아름답지 않나요?"

그녀의 몸에서 옷가지들이 벗겨지며 나풀거리며 바닥으로 떨어졌다.

이어 그녀는 사뿐사뿐 바닥을 밟아 나가며, 너울너울 춤사위를 만들어내기 시작했다.

들창 틈으로 새어 들어오는 희뿌연 달빛 속에서 그녀의 옥체가 그대로 환상으로 화하고 있었다.

환희무(歡喜舞)였다. 사내라면 빠져 들지 않을 수 없는 색공(色功)이었다.

사내의 얼굴이 숫제 검붉은 대춧빛으로 변해가고 있었다.

그러나 얼굴에 이어 목에까지 지렁이 같은 힘줄이 툭툭 불거져 나오고 있는 중에도, 사내의 잔뜩 충혈된 두 눈에서는 한 가닥 강고한 의지의 빛이 여전히 사라지지 않고 있었다.

그녀는 결국 환희무를 멈추었다. 더 이상은 흥이 나지 않을 뿐더러, 수치스럽기까지 한 기분이었다.

"이 먹통아! 이대로 가면 넌 전신의 혈맥이 모조리 터진 채 처참한 꼴로 죽게 돼! 그리고 특별히 잘난 것도 없는 주제에 나 같은 절세미인을 공짜로 안게 해주겠다면 감지덕지할 일이지, 도대체 왜 이리 미련을 떠는 것이냐?"

그녀는 분노하다 못해 차라리 억울한 심정으로까지 되는 것이었다.

그러나 온통 시퍼런 핏줄로 뒤 덮인 얼굴이 마치 악귀의 형상처럼 흉하게 변해 있으면서도, 사내는 질끈 눈을 감고 말았다.

순간 그녀는 차라리 질리는 느낌으로 되었고, 이내 그것은 더한 분노로 화했다.

"네놈이 감히……?"

내력이 실린 그녀의 냉갈(冷喝)에 사내가 감고 있던 두 눈을 부릅떴는데, 그 두 눈에 활활 불타오르는 욕정이 가득했다.

그에 그녀가 마지막으로 한 번 더 벌거벗은 몸을 한껏 벌려 보여주며 화사한 눈웃음을 만들 때였다.

"꺼져라! 요녀!"

사내가 발악처럼 외쳤다.

마지막 안간힘을 다한 듯이 힘겨웠지만, 그 호통에는 차가운 경멸이 담겨 있었다.

"이 무지한 놈이 기어코 죽음을 자초하는구나!"

순간 그녀의 손에 비수 한 자루가 쥐어졌고, 그대로 사내의 심장을 찔러갔다.

6

그때 필괴는 보았다, 방 안으로 마치 환상과 같이 한 사람이 나타나는 것을.

그랬다. 그 광경은 진정으로 환상이었다.

감정의 극한상황에서 필괴는, 그녀의 등장이 현실인지, 아니면 그의 잠재의식 속에 그도 모르게 화인처럼 남아 있던 어떤 갈망 같은 것이, 참을 수없이 분출된 욕정을 빌어 잠시 환상처럼 도출된 것인지 몹시도 혼란스러웠다.

그러나 그 신비의 여인이 이런 곳에, 더욱이 이런 상황에서 그의 앞에 나타날 일은 없을 것이란 점에서 그는 이내 그것이 역시 환상일 뿐이리라고 단정 지었다. 그러나,

쫘악!

날카로운 소리가 격렬하게 그를 일깨웠다.

신비여인이 그대로 요녀의 따귀를 후려친 것이었다.

탱!

뒤이어 그 한 자루 비수가 바닥으로 떨어지며 날카로운 소리를 낼 때에야 요녀가 대경실색하며 화들짝 뒤로 물러났다.

그러나 신비여인은 그림자처럼 요녀를 따라붙었다.

짝!

짜자~ 작!

신비여인의 손이 마치 물결처럼 일렁이며 잇달아 십수 대에 달하는 따귀를 갈겨 댔다.

요녀로서는 속수무책이었고, 그 하얀 얼굴은 순식간에 피투성이로 화하고 말았다.

신비여인이 따귀 때리기를 멈추고 나서야 요녀는 비틀비틀 물러나 벽에 등을 부닥치며 겨우 몸을 세웠다.

그런 요녀는 완전히 공포에 사로잡힌 모습이었다.

신비여인이 얼음처럼 차갑게 뱉었다.

"더러운 계집! 내 너를 아예 요절내고 싶으나, 한 가닥 불쌍한 마음이 있어 놓아주려고 하니, 내 마음이 변하기 전에 눈

앞에서 사라지거라! 그리고 다시는 내 눈에 띄지 마라! 그 때는 오늘과 같은 자비는 결코 없을 테니 말이다!"

그 말에 요녀는 멈칫거릴 여지도 없이 즉시로 방을 뛰쳐나갔다.

그리고 이내 방 바깥에서,

"으드득!"

이를 갈아붙이는 소리와 함께 차갑게 부르짖는 소리가 들려왔다.

"이년! 내 언젠가는 반드시 네년을 갈기갈기 찢어 죽이고야 말 것이다!"

그러나 그 목소리는 순식간에 멀어졌다.

"흥!"

신비여인은 가볍게 코웃음을 쳤을 뿐, 조금도 동요하는 기색이 아니었다.

그리고 그녀는 천천히 필괴에게로 다가섰다.

필괴는 얼른 두 눈을 감고 말았다. 그녀에게만큼은 본능에 휘둘리는 자신의 모습을 보여줄 수 없다는 각오였다.

"물러나시오!"

그는 차라리 으르렁거렸다. 그리고 다시금 눈을 떴다. 비록 잔뜩 충혈되어 있을 눈일망정, 그녀에게 자신의 의지와 각오를 분명하게 보여주고 싶었다.

순간 그녀는 움찔하는 듯하더니, 이내 환상의 미소를 지으며, 또 꿈결 같은 목소리로 속삭이듯이 말했다.

"이로써 우리는 세 번째 만났군요."

필괴는 아무 대답도 할 수가 없었다. 한마디라도 더 입을 열면, 더 이상 팽창할 공간을 찾지 못한 그의 내부 욕망이 그대로 폭발할 것만 같았다.

더 이상은 그녀를 보고 있을 수조차 없었기에 그는 다시 눈을 감고자 했다. 그러나 이어진 한마디에 그는 오히려 두 눈을 더욱 부릅뜨고 말았다.

"내 이름은 우은소(宇闇韶)예요!"

그리고 그 꿈결처럼 감미로운 목소리가 계속 속삭였다.

"세상에서 이 이름을 아는 사람은 단 두 사람뿐이죠. 당신은 바로 그 두 번째 사람이에요!"

순간 필괴는 치열한 욕망 중에서도 어떤 묘한 벅참 같은 것을 느꼈다.

묘한 일은 또 있었다. 바로 그 순간에 그는 아마도 그녀의 몸에서 발산되었을 신비롭고도 청량한 한 가닥의 향기를 맡은 듯했는데, 그 때문이었을까? 그의 온몸에 가득 찼던 그 뜨거운 욕망의 기운들이 문득 덜해지는 것 같은 느낌이 드는 것이었다.

동시에 그는 사뭇 엉뚱한 궁금증이 일었다.

'내가 두 번째 사람이라면, 첫 번째 사람은 누구일까?'

그러나 그는 곧바로 몹시도 어색해지고 말았다.

그녀가 기이하게 반짝이는 눈빛으로 그를 바라보고 있었다.

7

그녀, 우은소는 올 때처럼 갈 때도 간다는 말도 없이 다만 한 무리의 은은한 향기만 남기고 홀연히 사라져 버렸다.

그녀가 남긴 향기 덕분인지 필괴의 몸은 빠르게 본래의 상태로 돌아왔다.

잠깐 볼일이 있다고 나갔던 장삼은 자시를 훌쩍 넘기고 나서야 조용히 방문을 열고 들어왔다.

필괴는 깨어 있었으나 가만히 호흡을 고르고 깊이 잠든 체를 했다. 아무 일도 없었다는 듯이 멀쩡한 모습으로 장삼을 대할 자신이 없어서였다.

장삼은 자리에 눕자마자 가늘게 코까지 골며 곧바로 깊은 잠에 빠져 들었다.

그러나 필괴는 밤새도록 한숨도 자지 못했다.

8

다음 날 아침 필괴는 장삼에게 지난 밤 일어났던 일에 대해 간단히만 얘기를 해주었다. 아예 얘기를 하지 않고 그냥 넘어

갔다가, 혹시 또 무슨 뒷일이라도 생긴다면 더욱 낭패스러운 경우가 생길까 우려가 되어서였다.

그러나 필괴는 요녀에 관해서만 얘기를 했을 뿐, 우은소에 대해서는 일절 얘기하지 않았다. 거기에 딱히 무슨 이유가 있어서라기보다는 그녀에 대해서만큼은 그냥 그 혼자만 아는 존재로, 여전히 환상 속의 존재로만 간직하고 싶은 마음이었다.

장삼은 많이 놀란 모양으로, 필괴의 얼굴색과 맥을 살피는 등 뒤늦은 수선을 피웠다.

그러나 필괴에게 어떤 부작용이나 후유증도 없는 것을 확인하고는 장삼이 크게 안도하더니, 이내 농담을 건넬 여유가 생기는 모양이었다.

"공짜로 총각 딱지를 뗄 절호의 기회였는데, 그렇게 미련을 떨 것까지야 또 없었던 것 아닐까? 안 그래?"

그러나 필괴가 대번에 얼굴을 붉히며 크게 어색해하자, 장삼은 짐짓 다시금 위로의 말을 건넸다.

"사실 네가 그처럼 견딘 것은 참으로 대단한 일이다. 혈기 왕성한 남자로서, 음약에 당하고도 끝까지 견뎌낼 사람은 아마 없을 테니까 말이다!"

그러나 필괴는 여전히 얼굴을 붉힌 채로 시선을 바닥으로만 향하고 있었다.

그런 필괴의 모습에서 장삼은 문득 피식하고 실소를 흘리고 말았다. 막상 말을 해놓고 보니, 자칫 필괴가 혈기왕성하지 않다는 뜻으로도 되고만 것 같은 생각이 불쑥 들어서였다.

그때였다.

"두 분! 편히 주무셨습니까?"

방문을 여는 이는 종서이였다.

그런데 편히 잤느냐는 말에서조차 불쑥 묘한 어감이 들기에 장삼이 다시금 피식 웃고 말았다.

종서이가 영문을 몰라 머쓱한 표정이 되었고, 그 모습에 장삼이 이윽고는 참지 못하여 웃음을 터뜨리고 말았다.

"프~ 흐흡!"

9

태정문으로 가는 여정이 사흘째 이어지고 있는 중에, 종서이는 점점 속이 타 들어갔다. 그들의 이동속도가 예정했던 것보다 훨씬 더 늦어지고 있는 때문이었다.

주로는 장삼 때문이었다.

장삼은 자신과 필괴가 마차를 타는 것에 익숙하지 않으니 속도를 높이지 말라고 몇 번이나 주문하였다. 그리고 해가 서산에 걸리기 한참 전부터 서둘러 숙소를 잡도록 하였으며, 또 아침에는 이런저런 이유로 늑장을 부려 해가 중천에 뜰 때쯤 되어서야 출발을 하도록 만들었다. 그러니 종서이로서는 속이 아주 시커멓게 타 들어갈 수밖에 없는 노릇이었다.

창밖으로 스쳐 지나가는 풍경들이 바뀔 때마다 수다스럽도록 늘어지는 장삼의 설명을 반쯤이나 귓등으로 흘리며, 필괴는 어느 순간부터 자신만의 생각 속으로 깊숙이 함몰되어 있었다. 천지간이 온통 무너지는 듯했던 대폭발과 지옥 같았던 용암천지. 용호장의 구함을 받아 구사일생으로 목숨을 건지고, 이후로 그 지독했던 상처와 고통과 절망을 오로지 혼자서 견뎌내야만 했던 암흑의 시간들……

아련해지는 필괴의 눈빛에서 그가 자신의 얘기를 듣고 있지 않다는 것을 진작에 알았지만, 그래도 장삼은 얘기를 계속해 나갔다. 오히려 필괴를 방해하지 않기 위해서였다. 이제쯤 필괴에게는 그가 겪어 왔던 지난 일들을 차분하게 돌이켜 보고, 다시 앞으로의 일들을 어떻게 풀어 나가야 할지에 대해 각오를 다지는 시간이 필요할 것이라는 생각이었다.

10

'잠시도 쉬지 않고 재잘거리는군! 무슨 여인네도 아니고……!'

마차 안으로부터 흘러나오는 목소리가 거의 장삼의 것뿐이었으니, 조급한 마음인 중에 종서이는 잠깐이나마 장삼을 힐난하는 심정으로 되었다.

마침 관도의 바닥이 거칠어지고 있는 중이었다.

종서이가 원래는 의당히 마차의 속도를 조금 늦추었을 것이지만, 마음속에 원망스러운 감정이 생겨 있는 순간인지라 말고삐를 당기지 않고 그대로 두었다.

덜~ 컹!

덜~ 컹!

마차가 크게 흔들렸고, 그러자 당장에 마차 안에서 장삼의 불만 섞인 목소리가 튀어나왔다.

"종 문주! 무슨 기분 나쁜 일이라도 있소?"

종서이가 움찔 놀라서는 얼른 말고삐를 당기며 제풀에 변명조가 되고 말았다.

"그게 아니라, 길바닥이 갑자기 험해져서······!"

그리고는 곧바로 겸연쩍어지는지 종서이가 짐짓 한탄조가 되며 말을 늘였다.

"이제 태정문까지 백여 리 남짓 남겨두다 보니, 제 마음이 급해져서 그런가 봅니다. 휴우~! 그동안에 풍뢰문 놈들이 또 얼마나 핍박을 해댔을지······! 두 분께는 송구하나 촌각이라도 더 빨리 달려가고 싶은 것이 저의 솔직한 심정입니다!"

그런데 순간 마차 안에서는 사뭇 놀란 투로 장삼의 물음이 되돌아왔다.

"잠깐! 지금 풍뢰문이라고 했소?"

순간 종서이는 '아차!' 하는 심정이 되고 말았다. 아직까지는 군이 꺼내지 않아도 될 말을, 무심결에 그만 뱉고야 만 것이었다.

11

필괴의 얼굴이 돌연 딱딱하게 굳어졌기에 장삼이 가만히 고개를 끄덕여 진정을 시키고 난 다음에 다시 바깥의 종서이를 향해 차분하게 물었다.

"종 문주가 방금 말한 그 풍뢰문은 우단(宇旦)에 있는 풍뢰문과 어떤 연관이 있소? 아니면 이름만 같을 뿐, 서로 무관한 문파요?"

잠시 뜸을 들였다가 종서이의 대답이 돌아왔다.

"그 두 곳의 풍뢰문은 서로 다르지 않으니, 결국 하나의 문파입니다."

"음! 어찌 된 내막인지 자세히 말해보시오!"

장삼의 말이 어쩔 수 없이 닦달하는 것으로 되었다.

"사십 년 전 풍뢰문은 폐문 직전의 상태로 강호를 떠돌다 광주까지 흘러왔는데, 우리 태정문의 배려 덕분으로 광주에 새로이 터를 잡고 기사회생을 할 수 있었습니다. 이후로 풍뢰문은 운(運)이 회복되어 빠르게 성세를 이루더니, 이윽고 이십 년 전쯤에는 강호의 변방에 불과한 광주를 비좁다 여기고 그 근거지를 대도(大都)인 우단으로 옮겨간 것이지요."

"한데도 광주에 여전히 풍뢰문이 있다는 건 또 무슨 소리요?"

"그들이 옛 터전을 없애지 않고 속문(屬門)으로 남겨둔 까닭입니다. 그리고 일 년 전에 현 풍뢰문주의 아우 되는 자가 새로이 속문주(屬門主)로 부임해 오더니, 갑자기 우리 태정문에 대한 야욕을 드러내기 시작한 것이지요."

순간 장삼은 그간의 몇 가지 충분한 납득이 되지 않고 있던 가벼운 의문점들이 일시간에 풀리는 기분이었다. 종서이가 강호로 나와 그처럼 다급하게 도움을 청하고 다닐 때는, 그래도 약간이라도 관계가 있거나 친분이 있는 인물들과 방파를 주로 찾아다녔을 것이 아닌가. 그런데도 결국은 어느 누구도 태정문을 돕겠다고 나서지 않았고, 심지어는 친척관계라는 서문세가에서까지 노골적으로 외면하려는 태도를 보인 것에 대한 의문이었다. 기껏 강호의 변방인 광주에서 벌어지는 문파 간의 분쟁일진대, 태정문에 압박을 가하고 있다는 상대 방파의 규모라고 해봐야 얼마나 될 것이기에 다른 곳도 아닌 서문세가쯤 되는 곳에서까지 그럴까 하는.

그런데 이제야 확연히 이해가 되는 것이었다.

풍뢰문이라면 얘기가 달라지는 것이다. 서문세가로서도 깊게는 가문의 존망까지 고려해 보지 않을 수 없는 입장이었으리라.

종서이는 새삼 미안하면서도, 동시에 불안한 심정이 되어 있는 중이었다.

그때였다.

"종 문주!"

마차 안에서 버럭 소리를 지르듯이 장삼이 불렀다.

그에 종서이가 움찔 당황하여 미처 대답을 하지 못하는 중인데, 다시 장삼이 외쳤다.

"마차 속도가 왜 이리 느린 것이오? 마음이 급하다고 하지 않았소?"

사뭇 거칠게 몰아세우는 듯한 목소리에 종서이가 다시금 흠칫 어깨를 좁히다가는 문득 놀라는 얼굴이 되고 말았다. 그리고 다음 순간 그는 환한 얼굴이 되어 힘차게 채찍을 휘둘렀다.

"이랴~!"

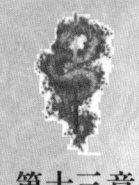

第十三章
냉심철담(冷心鐵膽)

1

"백여 명이라……! 설마 혈사갱(血死坑)일 리는 없을 테고……?"

장삼의 말에 종서이가 쓰게 웃으며 받았다.

"우리 태정문의 재정이야 빈한함을 겨우 면하는 정도인데 어떻게 강호최고의 용병단인 혈사갱을 부릴 수야 있겠습니까?"

"하긴… 혈사갱을 부리려면 아무리 작은 건수라고 해도 은자 만 냥은 기본으로 주어야 한다고 하던데……."

장삼이 공감한다는 듯이 고개를 주억거렸다.

사실 종서이 일행은 어제 오후쯤에 광주에 도착했는데, 종서이가 즉시 태정문으로 들어가고자 하는 것을 장삼이 만류했었다.

장삼의 의견인즉슨 일단 태정문 안으로 들어가고 나면 그 안에 갇히는 꼴이 되고 말리라는 것이었다. 그리고 어차피 광주에 도착한 이상에는 언제라도 태정문에 합류할 수 있는 여건이 되었으니, 일단은 태정문의 바깥에서 전체적인 정세를 먼저 살펴보는 것도 나쁘지 않으리라는 것이었다.

그리하여 그들은 태정문의 현재 상황에 대해 알아보게 되었는데, 그중 가장 주목할 만한 점이 바로 용병들에 관한 것이었다.

사실 종서이 부친이자 태정문의 전대문주인 종염위(宗廉偉)는 평소에 쌓아왔던 인맥들을 중심으로 각처의 영웅협객이라 불리는 여러 인물에게 두루 전서를 보내 태정문의 억울하고도 위급한 사정을 호소하고 도움을 요청한 바 있었다. 그러나 대개는 세상의 각박한 인심을 확인했을 뿐이었으니, 그 각박한 인심 중에는 친척지간인 서문세가도 포함되어 있었다.

종서이가 문이 존망의 위기에 처했는데 문주된 처지로 가만히 손 놓고 있을 수만은 없어 직접 강호로 나가 어떻게 해서든 도와줄 손길을 찾아보겠다고 했을 때, 그의 부친 종염위는 소용없는 짓이라며 극력 반대를 했었다. 그러나 종서이는 끝내 문을 나섰고, 그 사이에 종염위는 고심 끝에 마지막 수단으로서 용병들을 산 것이리라.

하긴 돈이라면 무슨 짓이라도 마다하지 않는 용병들이 아니라면, 그 누가 있어 강호거파(江湖巨派)인 풍뢰문과의 전쟁에 감히 끼어들려고 하겠는가?

"제대로 된 용병대도 아니고 강호를 떠도는 어중이떠중이의 낭인들을 되는 대로 끌어 모았다면 오합지졸일 것은 당연하고… 자칫 돌변하여 거꾸로 주인을 물지나 않으면 다행이겠군!"

장삼이 혼잣말처럼 뱉는 소리에 종서이가 설핏 얼굴을 찡그리며 물었다.

"무슨 뜻입니까?"

"용병들이야 어디까지나 은자에 목숨을 파는 자들이고, 은자 앞에서 명분이나 의리를 따지는 자들이 아니지 않소? 그러니 태정문에서 은자로 용병들을 샀다면, 역으로 상대편 또한 얼마든지 그자들의 마음을 살 수도 있지 않겠소?"

"음!"

"만약 내가 상대편의 입장이라면, 당연히 용병들을 회유하려는 시도부터 해볼 것이오. 피를 흘리지 않고 거두는 승리야말로 최고의 승리일 테니 말이오!"

종서이의 얼굴이 대번에 어두워지는 것을 보고, 장삼이 담담하게 덧붙였다.

"어쨌든 그럴 가능성도 있다는 것이니, 조금 더 시간을 두고 살펴봐서 손해 볼 것은 없으리라는 뜻이오!"

2

달마저 먹구름 속에 숨은 칠흑 같은 밤이었다.

어둠보다 더욱 검은 그림자 하나가 태정문 뒤편의 높다란 담장 위로 조심스럽게 모습을 드러냈다.

그림자는 담장 위에 납작 엎드린 채로 잠시간 사방을 경계하더니 이내 몸을 날려 낙엽처럼 가볍게 바닥에 착지했다.

이어 그림자는 그대로 바닥을 차며 지면을 스치듯이 어둠 속을 쏘아 갔는데, 그 모습이 마치 먹이를 채 가는 한 마리 솔개와도 같이 은밀하고도 날렵하기 이를 데 없었다.

그러나 그때였다.

팻!

돌연 한 가닥의 날카로운 파공성이 일더니, 저만치쯤 쏘아 가던 그 그림자가 돌연히 살 맞은 새처럼 바닥으로 나뒹구는 것이었다.

그리고 그 순간 허공에서는 또 하나의 검은 그림자가 불쑥 나타나서는 쓰러진 자를 그대로 낚아채더니, 나타날 때와 마찬가지로 한순간에 종적을 감추었다.

먹구름 속에 숨어 있던 달이 삐쭉하니 얼굴을 내밀었다.

그러나 언뜻 밝아진 대지에서는 그 어떤 움직임도 찾아볼

수가 없었으니, 마치 아무 일도 일어나지 않았다는 듯이 사방
은 적막하기만 했다.

달은 이내 먹구름 속으로 얼굴을 파묻었고, 천지간은 다시
금 짙은 어둠에 잠겼다.

3

장삼이 바닥에 내팽개쳐져 있는 검은 야행복 차림의 사내
를 가볍게 차자, 사내가 화들짝 깨어났다.

흠칫 놀란 사내는 이내 대강의 상황을 파악한 듯이 얼굴표
정을 딱딱하게 굳혔다.

"너는 풍뢰문의 속문 소속이 맞느냐?"

장삼이 담담히 물었다.

그러나 사내는 입을 악 다무는 것으로 대답을 대신했다.

장삼이 문득 희미한 미소를 머금었다.

"너는 죽을 것이다! 무슨 말인지 아느냐? 너는 오늘 반드시
죽을 것이란 말이다!"

웃는 얼굴과는 다르게 장삼의 목소리가 돌연 싸늘해졌기
에 사내는 저도 모르게 부르르 치를 떨고 마는 기색이었다.

"지금 네가 선택할 수 있는 것은 단 두 가지다. 고통없이
죽는 것과 지옥보다 더한 고통을 맛보며 죽는 것! 너는 그 두
가지 중 어느 쪽을 선택하겠느냐?"

사내가 다시금 흠칫 놀라는 모양새가 되고 나서야, 겨우 입을 열었다.

"나는… 다만 하찮은 말단일 뿐이오!"

장삼의 입가에 맺힌 미소가 조금쯤 더 짙어졌다.

"그 성의없는 대답으로 인해 너의 죽음에는 한 가지의 고통이 더해졌다!"

"음……!"

사내가 억눌린 신음과도 같이 희미한 소리를 뱉어냈다.

장삼의 목소리가 더욱 차갑게 가라앉았다.

"나는 인간에게 지독한 고통을 가하는 방법에 대해 적어도 백 가지 이상을 알고 있는 사람이다. 즉, 너의 성의없음에 대해 얼마든지 상응하는 대가를 치러줄 수 있다는 말이다. 자! 다시 묻겠다. 너의 소속과 이름은?"

사내의 얼굴이 이윽고는 하얗게 질리더니 떨리는 목소리를 토해 냈다.

"풍뢰속문의 외당 향주 …전삼(錢三)이오!"

장삼이 소매 속에서 서찰 하나를 꺼내 보이며 다시 물었다.

"전삼! 이 서찰은 누가, 누구에게 보내는 것이냐?"

그 서찰이 바로 자신의 품속에 있던 것이기에 사내, 전삼이 주춤하였다. 그러나 그는 곧바로 자포자기하는 기색으로 되었다.

"태정문 내에 있는 용병들의 우두머리되는 자가 풍뢰속문의 속문주께 보내는 것이오!"

"흠! 너희 속문주가 그자에게 제시한 조건은?"

"태정문이 주기로 한 은자의 두 배를 주겠다는 것이오!"

"으… 음!"

지켜보던 종서이가 참지 못하고 나직한 침음성을 흘려냈
다.

"좋다! 내 질문은 끝났다! 너는 이제 눈을 감아라!"

장삼의 말에 사내가 부르르 몸을 떨고는 질끈 두 눈을 감았
다. 감긴 사내의 눈꺼풀이 파르르 가는 경련을 일으켰다.

장삼이 굳은 얼굴로 필괴를 돌아보았다.

"그 비수를 꺼내라!"

그 말에서 필괴는 퍼뜩 장삼의 의도가 무엇인지 짐작해 볼
수 있었다.

장삼이 말한 '그 비수' 란 바로 흑룡건 상자강의 비수였다.
동시에 그의 심장을 찔러 숨통 을 끊어 놓았넌 비수이며, 다시
그의 다리 하나를 잘라내었던 바로 그 비수였다.

그 비수를 필괴는 한동안 품속에 넣고 다니다가, 나중에는
종아리 안쪽에 가죽 끈으로 단단히 묶은 채로 다니고 있는 중
이었다.

필괴는 문득 가슴이 뜨거워졌다. 심장 속의 혈류가 마구 소
용돌이치기 시작하는 것 같았다.

그 비수의 손잡이에는 한 마리 승천하는 백룡상이 세밀하

게 음각되어 있었다. 그리고 백룡상의 눈에는 콩알만 한 푸른 구슬이 박혀 있었으니, 결코 범상한 물건은 아닐 것이었다. 그렇다면 풍뢰속문의 누군가는 그 비수를 알아볼 가능성이 크다고 해야 할 것이었다.

그리하여 장삼은 지금 더 큰 싸움을 노리고 있는 것일 터였다. 당장 눈앞의 싸움과는 비교할 수 없이 큰 싸움을!

"죽여라!"

나직이 속삭이듯이, 그러나 차라리 담담하게 흘리는 장삼의 그 소리는 마치 주문처럼 들렸다. 이제 거대하고도 치열한 전쟁이 시작됨을 적의 피로써 천지간에 고하라는!

필괴가 사내를 향해 주춤 한 걸음 다가설 때였다.

"정말로 죽이려는 것입니까?"

가늘게 떨리는 목소리는 종서이의 것이었다.

순간 필괴는 주춤하고 말았다. 그에게 비장함을 불어넣어 주던 장삼의 주문이 한순간에 깨져 버린 것만 같았다.

장삼이 설핏 얼굴을 굳혔다. 그리고 그의 날카로운 눈빛은 곧장 종서이에게로 향했다.

"종 문주는 그새 마음이 무뎌진 것이오?"

차갑게 쏘아붙이는 장삼의 말에 종서이가 주춤 당황하며 변명처럼 받았다.

"그럴 리가 있겠습니까? 그러나 저항도 하지 못하는 자를 죽인다는 것은……."

"죽이지 않으면? 그럼 이자를 어떻게 처리하겠다는 것이오? 이제부터 종 문주가 내내 붙어서 지킬 것이오? 아니면 태정문으로 압송하여 용병들에게 미리 대처하라고 경고라도 해주고 싶은 것이오?"

"그것은……."

"종 문주는 아직 싸움이 시작되지 않았다고 생각하는 것같소만, 그러나 강호의 싸움이란 것이 '자! 지금부터 싸우자!' 하고 시작되는 무슨 동네아이들 전쟁놀이 같은 것인 줄아시오? 이 싸움은 이미 시작된 것이오! 적을 죽이지 않으면내가 죽는 생사의 싸움이 이미 시작되었단 말이오! 한데도 종문주는 손에 적의 피 묻히기를 꺼려하니, 혹시 남의 손에만피를 묻힐 생각인 것이오?"

장삼의 몰아붙임이 그런데까지 이르자 종서이가 이윽고는당황하여 어쩔 줄을 몰라 하였다.

"아아……! 어찌 그런 말씀을……!"

그런 종서이를 잠시 차갑게 쏘아보고 있던 장삼이 시선을다시 필괴에게로 돌렸다.

"복수를 하기로 했다면, 모름지기 냉심철담(冷心鐵膽)이 되어야 하는 것이다!"

차갑게 뱉은 장삼이 돌연 필괴의 손에서 비수를 빼앗아 들더니 그대로 사내의 가슴에 꽂아버렸다.

사내는 비명조차 지르지 못했다. 창졸간에 절명하고 만 듯이 사내의 얼굴에는 고통의 찡그림조차 없었는데, 사실은 장삼이 그의 심장에 비수를 박기 직전에 한 줄기 지풍으로 사혈을 먼저 찍었기 때문이었다.

필괴의 얼굴이 무겁게 굳었다.

"아……!"

종서이가 뒤늦게 억눌린 신음을 토해냈다.

4

아무리 우리가 은자에 목숨을 거는 처지라고는 하나, 용병에게도 최소한의 도리는 있는 법! 우리더러 내부에서 호응까지 하라는 것은 지나치오! 다만 우리는 조용히 빠져 주겠소! 물론 그쪽에서 제안한 보수를 먼저 받고 난 다음의 얘기요!

서찰에는 그렇게 쓰여 있었다.

第十四章
태정문(太正門)

1

　태정문의 규모가 큰 것은 아니었지만, 그 연륜과 전통을 말해주듯이 어른 키 높이의 담장을 덮은 기와에는 검붉고 푸른 색의 이끼들이 켜켜이 끼어 있었다.

　종서이가 대문을 향해 걸어가자 그 앞을 지키고 섰던 두 명의 수문무사가 크게 놀라고 또한 반색하며 급급히 예를 표했다. 그리고 무사 하나는 곧장 안으로 뛰어 들어가며 크게 외쳤다.

　"문주께서 돌아오셨습니다~!"

　뒤이어 대문이 활짝 열렸다.

　대문 안으로는 그다지 높지 않은 전각들이 고즈넉하고도

고풍스러운 느낌으로 서 있었다.

　종서이가 앞장서고 필괴와 장삼이 그 뒤를 따르는 중에 전
각들 사이로 태정문의 가솔들이 속속 달려 나와 줄지어 늘어
서고 있었는데, 종서이가 걸음을 늦추며 일일이 눈을 마주치
고 또 손을 잡아 주곤 하였다.

　몇 걸음 뒤처져 따르며 그런 광경을 보면서 장삼은 담담히
미소를 지어냈다. 종서이를 맞는 가솔들의 얼굴에 진정으로
문주의 귀환을 반기는 기색들이 넘치고 있었기 때문이었다.
이곳까지 오는 지난 며칠 동안, 그와 필괴가 종서이에 대해
솔직히 때로는 홀대를 한 바도 없지 않았지만, 지금 보니 종
서이에게서는 과연 어엿한 일문의 문주로서의 자질과 기품이
여실히 보이고 있는 것이었다.

2

　일단의 전각들을 지나자 그들의 앞에는 잘 가꾸어진 정원
이 하나 나타났다.

　정원의 가운데로는 흰색의 자갈을 깔아서 만든 작은 길이
나 있었는데, 그 길이 끝나는 곳에는 크지 않으나 사뭇 웅장한
느낌을 풍기는 전각 한 채가 자리 잡고 있었다.

　태정전(太正殿)!

　커다란 현판에 금빛으로 새겨진 그 세 글자가, 그곳이야말

로 태정문의 중심이 되는 곳임을 웅변하고 있었다.

그런데 몇 개의 자그마한 가산(假山)과 정원수들, 그리고 크고 작은 바위들로 아기자기하게 가꾸어진 정원의 곳곳에는 지금, 어림잡아 이십여 채나 되는 움막들이 불쑥 불쑥 자리를 잡고 있었다.

움막들은 대체로 몇 개의 나무기둥으로 기본틀을 만들고 그 위에다 가마니나 넝마조각 같은 것들을 대충 얼기설기 엮어서 만든 참으로 초라한 모양새들이었다. 더욱이 아무 곳에나 무질서하게 세워졌기에, 정원이 본래 가지고 있던 아름다움과 풍취를 크게 훼손시켜 놓고 있었다.

종서이가 절로 눈살을 찌푸리고 있을 때였다.

가까이에 있는 움막들 몇 개에서 십여 개의 머리가 불쑥불쑥 튀어나왔는데, 그 얼굴생김새들이 참으로 제멋대로였다. 봉두난발을 끈으로 대충 질끈 묶어놓은 자, 얼굴이 온통 수세미 같은 수염으로 뒤덮인 자, 아예 독두(禿頭)인 자 등등.

그 자유분방한 얼굴들이 무슨 구경거리라도 난 양으로 일제히 시선을 집중시켜 왔기에, 종서이는 차라리 서글픈 심정이 되고 말았다.

용병들이었다. 백여 명이나 되는 자들의 거처를 갑자기 마련하기는 어려웠을 테니, 풍찬노숙(風餐露宿)의 낭인생활에 익숙한 그들이 정원에다 움막을 치고 임시거처로 삼은 것이리라.

종서이는 이어 도무지 마땅하지 않다는 심정으로 되는 것이었다. 태정문의 젊은 문주가 귀환했다는 사실을 이제쯤에는 그들로서도 모를 리는 없을 터이고, 그렇다면 지금 태정전으로 가는 길목에 서 있는 그들 세 사람이 바로 문주의 일행임은 짐작하고도 남음이 있을 터인데… 그럼에도 최소한의 예를 표하거나 조금의 성의조차도 보이려는 기색들이 없다는 데 대해서였다.

그러나 지금 그런 데까지 신경을 쓸 상황은 결코 아니었으니, 종서이는 따갑도록 부딪쳐 오는 용병들의 시선을 애써 외면하며 성큼성큼 발걸음을 내디뎠다.

3

태정전의 전면은 대청으로 쓰이는 듯이 넓게 트여 있었다. 그리고 대청을 지나 그 안쪽에 다시 여러 개의 방이 있는 모양으로 뒤쪽으로 몇 개의 여닫이문이 보였다.

종서이가 대청에 올라서기 전부터 몸가짐을 공손하게 다듬는 중에 안으로부터 나직하면서도 카랑카랑한 목소리가 울려 나왔다.

"문주는 안으로 드시게!"

목소리의 주인은 필시 노문주 종염위일 것인데, 종서이가 마치 각오를 다지기라도 하는 듯이 가볍게 얼굴을 굳히더니 장삼과 필괴를 향해 속삭이듯이 말했다.

"두 분께서는 여기서 잠시만 기다려 주십시오!"

장삼이 고개를 끄덕이자, 종서이는 곧바로 대청으로 올라섰다. 그리고는 종종걸음으로 대청을 지나 뒤쪽의 여닫이문들 중 하나를 밀고 안으로 사라졌다.

그런데 문이 닫히고 나서 얼마 되지 않아 그 문 안쪽으로부터는 나직한 호통이 터져 나오기 시작했다.

장삼이 유심히 듣고 있자니, 우선은 가문의 위기를 맞아 종서이가 문주로서 굳건히 자리를 지키고 있어야 한다는 노문주의 만류가 있었음에도, 끝내 고집을 부려 임의로 가문을 떠난데 대한 엄한 질책이었다.

그리고 잠시의 조용함이 흐르는 것으로 보아, 종서이가 자신이 그럴 수밖에 없었던데 대한 해명과 또한 이번의 행도에서 거둔 성과에 대해 설명을 드리는 모양이었다.

다만 중간중간에 터져 나오는 탄식과 헛기침에서 질책의 느낌이 여전한 것을 보면, 종서이의 해명과 설명이 크게 호응을 얻지는 못하는 것 같았다.

하긴 해명은 몰라도 성과에 대한 설명이라면, 종서이의 말은 궁색할 것임에 분명했다.

어쩌면 종염위로서도 약간의 기대는 가지고 있었을 법도 한 일이었다. 즉, 비록 서문세가에서 앞서 그가 보낸 서신에 대해서는 외면했다고 하더라도, 이번에 종서이가 직접 도움을 청하러 갔는데도 설마 아주 모른 체를 할 수는 없을 것이니, 그래도 최소한 얼마간의 지원은 얻어올 것이라는 기대같은 것 말이다. 그리하여 풍뢰속문 쪽에서 본격적으로 발호하기 전에 종서이가 돌아오기만을 학수고대하고 있었는지도 모를 일이었다.

그런데 결과적으로 종서이가 성과라고 얻어온 것이라곤 기껏 이름조차 들어본 적이 없는 무슨 일로방의, 그것도 달랑 두 사람뿐이니, 종염위의 입장에서는 참으로 기가 찰 노릇이기도 할 것이었다.

어쨌거나 이후로 종염위의 카랑카랑한 호통만 잇달아 들려오는 것으로 보아, 종서이는 대책없이 호된 질타만 당하고 있는 모양이었다.

4

장삼이 전각 안쪽의 동향에 귀를 기울이고 있는 동안 필괴가 그저 어정쩡하니 서 있는 중인데, 좀 전부터 그들의 주위로 용병 무리가 슬금슬금 다가들고 있는 중이었다.

그런데 장삼이 그들 쪽으로는 미처 신경을 쓰지 못하고, 필괴마저 마치 소 닭 보듯이 무덤덤하니 보고만 있자, 무리 중에서 훌쩍 큰 키에 턱수염을 덥수룩하니 기른 장한 하나가 불쑥 거리를 좁혀 다가왔다.

"보아하니 어디서 용하게 은자 냄새를 맡고 한몫 챙기러 온 듯한데… 그래, 얼마나 받기로 한 거야?"

장한은 대뜸 시비조였다.

필괴가 대답할 말이 궁색하기도 하거니와 크게 말을 섞을 마음이지도 않은데, 그때 장삼이 그제야 장한을 본다는 듯이 아래위로 가볍게 한번 훑어보고는 툭 던지듯이 뱉었다.

"우리? 한 냥!"

장한이 눈썹을 찡긋하더니 반문했다.

"한 냥? 금화로?"

"아니! 은자로!"

"은자 한 냥이라고……?"

장한이 시큰둥하게 반문해 보더니, 곧장 거칠게 콧바람을 불어내며 욕지거리를 섞어냈다.

"킁! 어디서 굴러먹든 개뼈다귀인지 모르겠다만, 대가리에 쇠똥도 벗겨지지 않은 어린놈이 감히 이 철호(鐵虎) 나리 앞에서 당나귀 방귀뀌는 소리를 지껄이다니, 네놈이 지금 한 주먹에 피떡이 되고 싶은 게냐?"

상한, 자칭 철호가 거무튀튀한 주먹을 흔들어 보이며 기세를 올리자 그새 좀 더 많은 숫자로 불어난 무리들 사이에서 와자한 웃음소리와 거드는 소리들이 쏟아져 나왔다.

"하하하하!"

"아이구! 어린 애들이 벌써 하얗게 질려 버렸는걸?"

"그렇군! 저러다 지레 오줌지리는 것 아냐? 어허! 그럼 지린내가 온 사방에 진동할 것인데?"

"와하하하~!"

그럴 때 잠시간 무리들이 노는 양을 묵묵히 보고 있던 장삼이 문득 싱긋이 웃으며 철호를 향해 말했다.

"사실은 한 가지가 더 있긴 하지!"

그 말에 주변의 왁자지껄한 소란이 일시에 잦아들었고, 철호가 짐짓 가소롭다는 듯이 물었다.

"그래? 그 한 가지는 또 무엇이냐?"

"검 한 자루!"

장삼의 대답이 자못 명쾌하였으나, 철호의 인상은 대번에 험악해졌다.

"이런 시러배 잡놈이? 끝까지 이 나리를 놀려먹으려고 하다니, 네 어린놈이 정말로 죽고 싶은 게로구나?"

철호가 정말로 화가 치민 듯이 주먹을 한껏 치켜들 때였다.

"무슨 소란들이야?"

용병 무리 사이에서 굵직한 저음의 목소리가 들렸는데, 그러자 철호가 대번에 주먹을 내리며 짐짓 순한 모양새로 되는 것이었다.

5

천천히 무리의 앞으로 걸어나오는 자는 거구의 중년 사내였다.

거구라고 해도 사내는 키가 크다기보다는 우람한 체형이었는데, 몸통의 굵기가 웬만한 장정 둘을 합쳐 놓은 것 같았고, 그 팔 하나만 해도 보통 사내의 허벅지만 해 보일 정도였다.

부리부리한 거구사내의 두 눈은 딱히 날카로운 정광 같은 것은 없었어도 다만 눈빛을 마주치는 것만으로도 사뭇 기가 질릴 듯한 기세 같은 것을 뿜어내고 있었다.

거구사내에게서 또 한 가지 눈에 띠는 것은 그가 들고 있는 한 자루의 커다란 도(刀)였다.

집도 없이 시커먼 도신(刀身)을 그대로 드러낸 그 도는 그야말로 거도(巨刀)라 할만해서, 두께나 너비 면에서 보통의 도에 비해 근 두 배는 되는 것 같았고, 길이 면에서도 한 배 반은 족히 되어 보였다.

강호에 중병기를 쓰는 인물들이 간혹 없지는 않으나, 저런 정도의 거도를 과연 실전에서 휘두를 수나 있을까 하는 의문이 언뜻 드는 것이었지만, 그러나 역시 사내의 거구를 생각하면 가능도 하겠다는 생각이 다시 드는 것이었다.

'보통 인물은 아니다!'

거구사내에 대한 장삼의 즉각적인 평가는 그러했다. 하긴 지금 용병들에게서는 기강이나 기본적인 조직체계 같은 것도 없어 보여서, 그가 처음에 짐작했던 대로 어중이떠중이 낭인들을 끌어모은 것이 분명해 보였는데, 그럼에도 다만 거구사내가 모습을 나타낸 것만으로도 일시에 어떤 나름의 기강이 잡히는 것 같았으니, 거구사내는 지금 용병들의 확실한 우두머리로서 제법 대단한 존재감을 과시하고 있는 것이었다.

"은자 한 냥과 검 한 자루를 받기로 하고 여기까지 왔다는 방금 그 얘기… 사실인가?"

거구사내가 천천한 투로 물었다.

그 부리부리한 눈빛을 담담히 맞받으며 장삼이 짧게 대답했다.

"물론!"

거구사내의 미간에 언뜻 가벼운 주름이 잡혔다. 그러나 그는 이내 피식 실소하며 받았다.

"그것 꽤나 흥미롭군! 목숨을 거는 대가로 기껏 은자 한 냥과 검 한 자루를 받기로 했다니, 필시 그 검은 대단한 보검인 모양인데… 어떤 검인지 물어봐도 될까?"

"청운검(靑雲劍)!"

이번에도 장삼이 조금의 주저함도 없이 쉽게 대답한 것에 대해 거구사내는 언뜻 눈빛을 빛내며 천천히 반문했다.

"청운검……?"

"태정문의 보검이지!"

"흠……!"

거구사내가 천천히 고개를 끄덕이더니 새삼 장삼의 아래 위를 훑어보았다.

그러고 보니 거구사내와 장삼, 두 사람은 지금껏 사뭇 허물 없는 사이라도 되는 듯이 말을 주고받았으면서도 막상 서로 를 제대로 살펴보는 것은 지금이 처음이었다.

마주 부딪친 두 사람의 눈빛이 곧바로 날카로워지는데, 한 순간 마치 눈에 보이지 않는 불꽃이 튀는 듯했다.

그때였다.

"어쨌거나 손님을 모셨다니, 너무 오래 기다리게 하는 것 은 예가 아닐 터! 일단 나가보도록 하자!"

전각 안에서 카랑카랑한 목소리가 흘러나왔다.

장삼은 문득 고소를 짓고 말았다. 목소리에 내력이 실렸으 니 밖으로 나오겠다는 의사를 미리 알리려는 것인 줄은 알겠 는데, 그들이 기다린 지 이미 한참이나 되었으니 '예가 아닌 것은 벌써 오래 전부터이지 않은가?' 하는 생각이 들지 않을 수는 없어서였다.

6

종서이의 부친이자 태정문의 전대문주인 종염위는, 머리 에 검은빛보다는 흰빛이 훨씬 많으나 허리와 어깨가 반듯하 고 눈빛이 맑은 육십대의 노인이었다.

종서이의 소개로 필괴와 장삼, 그리고 종염위는 서로 간에 간단히 인사를 교환하였고, 이어 종염위가 좀 전의 거구사내를 소개하려는 때였다.

"난 단후(丹厚)요! 본래는 정처없이 강호를 떠도는 낭인신세인데… 어쩌다 보니 지금은 이곳에 모인 용병들의 대장 노릇을 하고 있는 중이오!"

거구사내, 단후가 성큼 앞으로 나서며 빙긋한 웃음으로 스스로를 소개했다.

그에 장삼이 짐짓 정색으로 받았다.

"난 장삼이오!"

그 짤막한 말에 단후가 차라리 싱거운 실소를 떠올리는데, 그때,

"난 필괴요!"

하고 또한 짤막하게만 뱉는 소리에 단후가 언뜻 필괴를 쏘아보다가는 그만 '허허!' 하며 웃음을 흘리고 말았다.

7

"저 두 사람에게 대단한 보검 한 자루를 주기로 했다는데 사실입니까? 만약 그렇다면… 이거 혹시 우리가 받기로 한 은자가 너무 약소한 것은 아닌지 모르겠습니다?"

단후가 농담 반, 진담 반이라는 듯이 다시금 보검 이야기를

꺼낸 것은, 종염위가 이제 곧 풍뢰속문의 침공이 시작될 듯하니 모두가 하나로 단합하여 싸워줄 것을 한바탕 당부하고 난 직후였다.

그런 단후에 대해 종염위가 다소간 무례하다고 느꼈던지 형형한 안광을 발했다.

그에 단후가 짐짓 감당하기 어렵다는 듯이 슬며시 시선을 피해 종서이에게로 향하는 바람에, 종서이가 언뜻 당혹스러운 기색이 되고 말았다.

그러나 종서이는 곧바로 단후를 향해 얼굴을 굳히며 분명한 투로 대답했다.

"사실이오!"

단후가 가볍게 어깨를 으쓱해 보이더니 흘깃 종서이의 허리에 걸린 검을 보며 넌지시 물었다.

"혹시… 문주가 지금 허리에 차고 있는 검이 바로 그 보검이오?"

종서이가 이번에는 굳이 대답하지 않았는데, 단후가 슬쩍 덧붙였다.

"한번… 구경만 좀 해보면 안 되겠소?"

그에 종서이가 이윽고는 불쾌하다는 기색을 감추지 못하고 차갑게 쏘아붙였다.

"무인에게 병기는 생명과 같은 것! 당신도 무인일진대, 어찌 함부로 남의 검을 보여달라 하는 것이오?"

그러자 단후는 넓은 이마에다 짐짓 몇 가닥의 가는 주름을 만들었다.

"생명과도 같이 귀하다니 그 검이 과연 대단한 보검임에 틀림이 없다는 것인데… 기껏 두 사람이 받는 보수가 그렇다면, 백 명이나 되는 우리의 목숨값은 너무 헐값으로 매겨진 것이 아닌가?"

그러자 주위의 용병들로부터 대번에 격한 호응들이 쏟아져 나왔다.

"옳소~!"

"다시 따져 봅시다~!"

"계산을 다시 합시다~!"

그때 자세한 사정을 몰라 지켜보고만 있던 종염위가 더는 참지 못하고 종서이를 향해 물었다.

"문주! 이게 지금 도대체 무슨 얘기들이오?"

부친의 목소리에 노기와 질책이 여실히 담겨 있는 터라 종서이가 순간 굳은 얼굴이 되고 말았으나, 곧 차분하게 기색을 추스르며 대답했다.

"이 두 분은 저나 본문과는 일면식도 없는 입장임에도, 강호의 어느 누구도 본문을 돕겠다고 나서지 않고 심지어는 친척지간까지도 냉정하게 외면을 할 때, 기꺼이 본문을 돕겠다고 나서주신 분들입니다. 하니 무엇을 드린다 한들 그 보답이 충분하다 할 수 있겠습니까?"

종염위가 무겁게 듣고 있다가는 나직이 탄식을 뱉고 말았다.

　"아아! 아무리 그렇다고 하더라도 어찌 문중지보(門中至宝)를 외인에게 내어줄 수가 있단 말이오?"

　"본문이 존재하고 나서야 문중지보도 있다고 할 것입니다. 나아가 존망의 위기에 처한 문을 구하는데 요긴히 쓰일 때야말로, 과연 문중지보로서 그 진정한 가치를 다하는 것이 아니겠습니까?"

　종서이가 더욱 결연한 투로 되었고, 그에 대해 종염위가 안타까운 눈빛이다가는 이내 담담함을 되찾았다.

　"문주가 기왕에 그리 언질을 주었다면… 이 늙은이가 이제 와서 불가하다고 할 수야 없는 일! 그러나……."

　종염위가 말끝을 늘이면서 힐끗 돌아보았기에, 장삼은 괜히 떨떠름한 느낌으로 되고 말았다. 그리고 지금이라도 말을 하고 싶었다. 그게 정말로 그처럼 대단한 보검이며, 더욱이 무슨 문중지보가 되는 줄은 몰랐다고. 사실은 처음부터 보검에 대해 욕심이 있었던 것은 아니라고.

　그러나 돌아가는 분위기상, 지금 섣불리 무슨 말을 끼어들었다가는 괜스레 더한 오해와 원망만 돌아오기 쉽겠다 싶었기에, 장삼이 일단은 돌아가는 상황을 좀 더 지켜보기로 했다.

　그리고 힐끗 옆을 돌아보니 필괴가 숫제 고개를 숙이고 시선을 땅바닥으로 박아 두고 있는 중인데, 그 모양이 마치 무슨 죽을죄라도 지은 사람처럼 보이기도 해서, 장삼이 괜한 오기 같은 것이 불쑥 솟기도 하는 것이었다.

그때 종염위가 시선을 필괴에게로 향하며 다시 말을 잇고 있었다.

"세상의 진귀한 물건에는 무릇 임자가 따로 있다고 하지 않소? 비록 청운검이 희대의 보검이라고 할 수는 없겠으나, 우리 태정문에서는 목숨처럼 귀히 여기는 바! 청운검을 드리기 전에 과연 보검을 받을 사람에게 그 주인될 자격이 있는지 최소한의 시험 정도는 해보고자 하오! 곧, 보검의 주인될 최소한의 자격도 없는 이가 과한 욕심을 부린다면 청운검은 보검이 아니라 필시 사검(邪劍)이 되고 말 것이니, 검을 받음으로써 오히려 커다란 불행을 당하고 말 것이오! 물론 그럼에도 불구하고 끝내 검을 가져야겠다면… 굳이 시험을 하겠다고 고집을 부릴 일은 또 아니긴 하오만 말이오!"

다분히 억지스러운 데가 있는 말이었다. 그러나 어쨌든 많은 눈들이 지켜보는 중에 나온 것이니, 시험을 거치지 않고 검을 받겠다고 하기에는 사람을 크게 궁색하게 만들기에 충분한 말이었다.

그런데 그때였다.

"이 사람도 그 시험에 한번 응해보면 안되겠습니까?"

웃는 얼굴로 슬쩍 나선 이는 단후였다.

그에 대해 종염위에 앞서 종서이가 발끈하며 받았다.

"귀하가 이 일과 무슨 상관이 있다고 함부로 끼어들려는 것이오?"

단후가 빙긋이 웃으며 되받았다.

"아니, 뭐 특별히 끼어들겠다는 건 아니고… 다만 방금 노문주께서 말씀하시기를, 그러니까… 자격이 없는 사람이 굳이 보검을 가지려 들면 오히려 불행을 당한다고 하시지 않았소? 그러니까 만약에 저쪽에서 시험을 통과하지 못하였는데, 대신 내가 통과를 했다고 치면… 그때는 내가 보검을 가질 자격이 될 수도 있지 않겠느냐… 뭐 그냥 그런 생각이 들기도 해서 말이오!"

"뭐요? 그게 무슨…….."

종서이의 언성이 확 높아질 때였다.

"좋소! 그렇다면 어디 단 대장부터 한번 시험을 받아보도록 하시오!"

종염위가 담담한 표정으로 고개를 끄덕였다.

8

종염위가 바닥에 정좌하고 앉으라고 한 데 대해, 단후는 조금 긴장이 되는지 내내 머금고 있던 웃음기를 비로소 거두었다. 그러나 주저하는 기색은 없이 곧바로 바닥에 주저앉으며

가부좌를 취한 그에게 종염위가

"눈을 감고 마음을 가다듬으시오!"

하고 다시 말하자, 단후가 문득 애매한 표정을 만들며 짐짓 투덜거리는 듯이 뱉었다.

"아니, 시험을 어떻게 할 건지부터 말씀을 해주셔야 하는 거 아닙니까?"

그러나 종염위는 대답을 하는 대신 종서이에게서 청운검을 건네받아서는 천천히 뽑아 들었다.

스르릉!

검이 검집으로부터 빠져나오는 소리가 투박하지 않고 기이하게도 맑았다.

그리고 엷게 푸르스름한 빛을 띤 검신이 서서히 모습을 드러내는데 대번에 서늘한 기운을 주변으로 뿜어내는 듯했으니, 그런 서슬만으로도 능히 보검이라 칭할 만했다.

단후의 표정에 감탄과 함께 언뜻 욕심이 스쳤다.

"시험은 지극히 간단하오! 노부는 이제 단 대장의 미간을 향해 천천히 검을 찌를 것인데, 검극과 미간의 간극이 한 치(寸) 내에 있을 때 정지를 외친다면 일단은 시험에 통과한 것이고, 검극이 미간에 닿지 않은 상태에서 그 간극이 좁으면 좁을수록 훌륭하다고 할 것이오!"

종염위가 담담히 하는 말에 단후가 잠깐 생각을 굴려보고는 빙긋이 웃으며 고개를 끄덕였다.

"그런 것이라면… 뭐 특별히 어렵지는 않을 듯하군요! 좋습니다! 한번 해보도록 하지요!"

그리고 단후가 순순히 두 눈을 감자, 종염위는 곧장 검을 들어 그의 미간을 겨누고 천천히 찔러 가기 시작했다.

그런데 이내 사뭇 이상한 광경이 연출되었다.

청운검이 아주 천천히 나아갔기에 단후의 미간과는 아직 한참이나 거리가 있는데도, 단후의 미간이 언뜻 찌푸려지더니 이어 눈까풀이 파르르 떨리기 시작하는 것이었다.

그러더니 단후가 이윽고는,

"정지!"

하고 소리치고는 번쩍 눈을 떴다. 그러나 그는 곧바로 쓰게 웃고 말았다. 검극이 아직 한참이나 멀리 떨어져 있는 것을 보고서였다.

단후가 가부좌를 풀고 일어서며 종염위를 향해 가볍게 포권을 취했다.

"노문주의 검도는 이미 경지에 이르렀군요!"

그러나 단후는 포권을 풀자마자 성큼 뒤로 물러서며 짐짓 투덜거렸다.

"에이! 차라리 피터지게 싸움을 하면 했지, 이런 짓은 영 체질에 맞질 않아서 말이야!"

종염위가 희미하게 웃는 얼굴인 채로 필괴에게로 시선을 주었다.

필괴가 내키지 않는 심정이었으되, 장삼이 슬쩍 등을 떠미는 바람에 어쩔 수 없이 좀 전에 단후가 앉았던 자리에 정좌를 취하고 앉았다.

"눈을 감고 마음을 가다듬으시오!"

필괴가 두 눈을 감자 종염위는 좀 전과 마찬가지로 천천히 청운검을 찔러 냈다.

흥미롭다는 빛으로 지켜보는 장삼의 표정에 언뜻 약간의 긴장이 떠올랐다.

9

필괴는 막막한 심정이었는데, 한순간 그의 미간을 향해 한 가닥의 지극히 날카로운 느낌이 다가서고 있었다.

이어 그 느낌이 곧바로 그의 미간을 찌르고 들 듯이 급박해졌기에, 그는 그만 움찔 놀라고 말았다.

그런데 바로 그때였다.

그의 내부에서 한 자루 작은 검이 홀연히 빛을 밝혔으니, 바로 바로 심검이었다.

그의 머릿속이 대번에 환하게 밝아왔다.

아아! 그리고 그 순간 그는 볼 수 있었다.

엷게 푸르스름한 색채를 띠는 검신 하나가 천천히 그의 미간을 향해 찔러 들고 있는 광경을.

바로 청운검이었다.

어떻게 된 일인가?

그는 분명 두 눈을 감고 있는 중인데, 어떻게 그 광경이 보인단 말인가?

그것은 눈으로 보이는 것이 아니었다.

다만 느껴지는 것이었다.

그럼에도 그것은 참으로 선명하기만 하였다.

10

청운검을 잡은 종염위의 얼굴이 서서히 굳어가고 있었다.

청운검의 검극은 어느 듯 필괴의 미간에서 세 치[三寸]쯤 되는 곳까지 근접해 있었다.

좀 전에 거의 일척(一尺) 가까이나 남겨 둔 거리에서 '정지!'를 외쳤던 단후의 경우와 크게 비교가 되는 광경이었으니, 장삼 또한 저도 모르게 표정을 굳혀 놓고 있었다.

종염위는 계속 검을 찔러 갔다. 검에 대한 그의 정진(精進)의 정도를 말해주듯이 검극은 느리게 전진해 들어가는 중에도 흔들림이 없었다.

두 치[二寸]!

그리고 이윽고 한 치[一寸]!

검극이 주춤 멈추었다.

종염위는 힐끗 장삼을 보았다.

그에 대해 장삼은 아무런 반응도 보여 주지 않았고, 그에 종염위는 다시금 검을 찔러 갔다.

반 치[半寸]!

그러나 필괴는 여전히 '정지!'를 외치지 않았고, 조금의 동요조차도 보이지 않고 있었다.

그리고 이윽고 검극이 미간에 닿기 직전!

순간 필괴의 미간이 꿈틀하였다.

그리고 그 꿈틀거림은 마치 찰나의 파동으로 번지듯이 그의 어깨선으로, 이어 그의 팔로 이어져 나가는 듯했고, 마침내는 그의 손이 움직였다. 지극히 자연스럽게, 그러나 찰나에 또 찰나를 쪼갠 것만큼이나 빠르게.

그리고 한순간 청운검의 검극은 필괴의 엄지와 검지 사이에 잡혀 있었다.

"엇?"

"아……!"

주변에서 놀람과 탄성들이 새어 나오는 것을, 종염위가 가만히 손을 들어서 제지했다.

그런 종염위의 얼굴은 문득 엄숙해 보였다.

그때 장삼은 조용히 필괴의 곁으로 갔다. 그리고는 호위를 서듯이 우뚝 버티고 섰다.

검극을 잡은 채로 필괴는 여전히 두 눈을 감고 있었다.

11

"필 방주는 청운검의 주인될 자격이 충분하오!"

필괴가 눈을 뜨자마자 종염위는 선언하듯이 그렇게 말했다.

그에 필괴가 얼른 앉은 자리에서 일어났는데, 그가 뭐라고 말을 꺼내기도 전에 종염위는 검집에 갈무리한 청운검을 필괴에게 내미는 것이었다.

안 그래도 어눌한 말주변인 터에 지금 당황하여 더욱 말을 꺼내기 어려워하는 필괴를 옆에서 지켜보던 장삼이 대신 말을 하고 나섰다.

"저희 방주께서는 받을 수 없다고 하십니다!"

그러자 종염위는 사뭇 정색을 하였다.

"그건 아니 될 말씀이오! 이미 뱉은 말들이 있거늘, 이제 와서 검을 받을 수 없다 하면 노부와 본문의 입장이 참으로 곤란해지지 않겠소?"

그에 장삼이 잠시 생각하다가 다시 말을 받았다.

"그렇다면 일단은 나중의 일로 돌려놓는 것이 어떻겠습니까? 지금 당장 급한 것은 적의 내침(來侵)에 대비하는 일일 테니 말입니다!"

종염위가 그제야 마지못한 듯이 고개를 끄덕였다.

"정히 그렇다면… 일단은 뜻에 따르도록 하겠소!"

12

용병대장 단후가 처음에는 사뭇 거침없고 능글맞은 데까지 있더니, 갑자기 경계심이 발동하기라도 한 듯이 필괴와 장삼에 대해 은근히 거리를 두는 모습이었다.

장삼이 성큼성큼 다가가서 소매 속에 넣어 두었던 한 통의 서찰을 꺼내 내밀자, 단후가 짐짓 퉁명스럽게 물었다.

"무엇이오?"

사뭇 달라진 말투에 장삼이 담담히 웃으며 대답했다.

"펴 보면 단 대장도 금방 알아볼 만한 것이오!"

그러자 단후가 '확!' 인상을 쓰더니 거칠게 투덜거렸다.

"제기랄!"

장삼이 맞받아칠 생각 이전에 의아한 표정이 되고 마는데, 단후가 버럭 소리쳐 누군가를 불렀다.

"이봐! 감고(甘高)!"

그러자

"옛! 대장!"

한 사람이 대답하며 재빨리 뛰어나오는데, 처음에 장삼과 필괴에게 시비를 걸었던 턱수염의 장한, 바로 철호(鐵虎)였다.

단후가 눈짓하자 감고는 조심스러운 몸짓으로 장삼에게 손을 내밀었다.

그리고 장삼은 그제야 단후가 까막눈일 수 있겠다는 사실을 짐작하였기에, 순순히 감고에게 서찰을 건네주었다.

감고가 재빨리 서찰을 펼치더니 순간 그대로 얼굴이 굳어지고 말았다. 그리고는 크게 당황한 기색으로 단후를 쳐다보았다.

다만 그런 것만으로도 단후는 대번에 눈치를 챈 모양이었다. 빠르게 종염위를 돌아보고, 종염위의 표정에서 그가 여전히 의아해 하고 궁금해 한다는 기색을 읽었는지 순간 안도하고, 다시 장삼을 향하며 언뜻 미간을 찌푸리고, 이어 싱거운 웃음기를 그리기까지… 단후의 표정은 짧은 순간에 참으로 다채로운 변화를 이루어냈다.

그런 덕분에 장삼은, 제법 능글맞은 체를 하지만 그 본성은 거칠고 둔한 인물이리라고 단정해 두었던 단후에 대한 평가를, 이 순간 어느 정도 재정립해야만 했다.

"재주가 좋으시군?"

단후가 여전히 웃는 얼굴로 슬며시 던지는 말에 대해 장삼이 또한 웃으며 받았다.

"칭찬이라면 고맙소! 그런데 다만 이런 정도로 재주가 좋다는 말을 듣기에는 부족하지 않겠소?"

단후의 얼굴에서 언뜻 웃음기가 사라졌다.

"그렇다면… 아예 외통수로 가지 않으면 안 되도록 만들어 놓았겠군?"

장삼이 천천히 고개를 끄덕여 보였다.

그리고 단후가 차갑게 표정을 굳히는 것을 무시하고, 장삼이 짐짓 가벼운 투로 덧붙였다.

"그러니 어쩌겠소? 미우나 고우나 일단은 서로 등을 맞대는 수밖에?"

"그렇군! 후후! 그리고 이 은혜는 나중에 천천히 갚아야겠지?"

단후가 다시금 웃음기를 떠올린 데 대해 장삼이 역시 넉살 좋게 웃으며 받았다.

"하하하! 좋소, 좋아!"

그에 단후가 문득 정색을 하며 느릿하게 말을 뱉었다.

"그런데 말이지… 한 가지 미리 짚어둘 게 있어!"

"음……?"

"일단 싸움이 벌어지면 무조건 이겨야 하는 것 아니겠어? 살아남으려면 말이야?"

"그거야… 두말하면 잔소리!"

"집단전투에서 승패를 좌우하는 것은 전체 병력을 어떻게 일사불란하게 지휘하느냐 하는 것과, 그런 중에 다시 정예고수들을 얼마나 효율적으로 활용하느냐 하는 두 가지야!"

"그럴 듯하군!"

"난 집단전투의 전문가야!"

"흐~ 음?"

"그러니까 일단 싸움에 돌입해서는 무조건 내 명령에 따라야 한다는 거지!"

장삼이 잠시 생각하는 모양이다가, 힐끗 필괴를 돌아보고는 다시 단후를 향하며 흔쾌히 수긍했다.

"좋아! 그렇게 하기로 하지!"

"하하하! 좋아!"

단후가 크게 소리 내어 웃었다.

이가 다 드러나도록 웃는 단후의 모습에서 장삼은 언뜻 그의 새로운 면모 하나를 다시금 보는 듯했다. 제법 호쾌한 면모랄까.

第十五章
혈전(血戰)

1

아직도 어둠이 다 걷히지 않은 이른 새벽.

풍뢰속문의 대문 앞에 시신 한 구가 놓여 있었다.

대문을 열던 수문무사가 시신을 알아보고는 곧장 보고를
올렸고, 이내 안으로부터 일단의 인물들이 달려나왔다.

앞장서서 시신을 확인한 백의중년인의 두 눈이 곧장 격한
분노를 이글거렸다.

훤칠한 키게 길쭉한 말상의 얼굴인 그가 바로 풍뢰속문의
속문주 상지염(祥志念)이었다.

2

상지염은 분노하는 한편으로 사뭇 당황스러운 심정 또한
금할 수가 없었다.

시신은 그가 태정문의 용병대장에게 가는 서찰을 주어 보
냈던 외당 향주 전삼(錢三)이었다.

그가 제안한 내용에 대해 태정문의 용병들로서는 거부할
이유가 조금도 없는 것이었고, 그들이 좀 더 욕심을 부린다고
하더라도 약간의 추가된 조건 정도를 가지고 순탄히 돌아왔
어야 되는 일이었다.

그런데 지금 이처럼 싸늘한 시신으로, 그것도 풍뢰속문의
대문 앞에다 시위라도 하듯이 시신을 가져다 놓다니…….

"한낱 용병 놈들이 감히……?"

그는 분노를 짓씹어 뱉었다.

태정문을 합병시키는 일은, 애초부터 큰 공이 되지도 못할
일이었다.

다만 그가 권력다툼에서 밀려나 속문주라는 허울 좋은 직
책이나 맡아 이곳 변방으로 밀려난 처지로, 우단에서 그의 존
재를 아주 잊지는 않게끔 하려는 정도의 생각에서 가볍게 시
작한 일이었다.

그런데 그처럼 가볍게 여긴 일이, 지금 이처럼 느닷없는 상
황을 대하고보자 그는 차라리 당황스럽기까지 하였다.

그런데 그때였다.

그는 언뜻 시신에서 무엇인가를 발견하였고, 순간 두 눈을 부릅뜨고 말았다.

그를 곧장 격동으로 몰고 간 것은, 바로 시신의 심장에 손잡이만 남긴 채 깊숙이 박힌 한 자루의 비수였다.

비수의 손잡이에는 한 마리 승천하는 백룡상이 음각되어 있었는데, 바로 풍뢰문의 상징이 되는 문양이었다.

그리고 백룡상의 눈에 박힌 콩알만 한 푸른 구슬! 그것이야말로 풍뢰문의 차기 문주의 신분을 의미하는 것이었으니 곧, 그의 장조카가 지니고 있어야 할 신물인 것이었다.

순간 그는 나직이 부르짖었다.

"그놈이다! 자강을 죽인 바로 그놈!"

이어 그는 크게 외쳤다.

"즉시 모든 병력을 소집하라! 태정문으로 갈 것이다! 그놈을 잡아야 한다! 반드시 잡아서 우단으로 압송해야 한다!"

그의 목소리에 주체하기 어려운 흥분이 담겼다.

3

"적이다~!"

"적의 공격이다~!"

몇 마디의 날카로운 고함이 대번에 아침의 고요를 깨뜨렸고, 태정문의 곳곳은 화들짝 경기를 일으키듯이 급박하게 돌아가기 시작했다.

담장 아래에 은신한 태정문의 매복조는, 다급히 활의 시위에 화살을 매겼다.

궁사(弓射)를 위해 뚫어 놓은 담장의 구멍을 통해 보이는 적들은 백 명, 아니 적어도 백오십 명은 넘어 보이는 숫자였다.

경고나 회유의 과정조차 없었다.

적들은 곧장 성난 파도처럼 덮쳐오고 있었다.

"쏴라~!"

명령과 함께 매복조는 일제히 활의 시위를 놓았다.

피~ 핏!

피피~ 핏!

수십 발의 화살이 차가운 대기를 가르며 날아갔다.

그러나 화살에 맞아 쓰러진 자는 수명에 불과했다.

순식간에 거리를 좁힌 적들은 일제히 도약하며 담장을 넘어섰다.

"악~!"

"으악!"

곧바로 비명들이 터져 나왔다.

적들은 하나같이 평범 이상의 무공을 지니고 있었고, 담장 아래와 앞마당에 배치된 태정문의 일차 방어선은 잠깐만에 뚫리고 말았다.

"주력은 안쪽에 있다! 갑조(甲組)는 길을 열고, 을조(乙組)와 병조(丙組)는 뒤를 받치면서 전진하라!"

적들은 곧장 안쪽을 향해 치달아갔다.

4

태정전 앞.

정원에 도열한 용병들이 도검을 뽑아 든 채로 적을 기다리고 있었다.

"적들이 가까이 오고 있다!"

단후가 나직한 목소리로 으르렁거렸다.

순간 정원 전체에는 촉발의 긴장이 서렸다.

그러나 용병들의 눈은 두려움보다는 당장이라도 뛰쳐나갈 듯한 흥분과 투지로 이글거리고 있었다.

그때 전방에 일단의 무리들이 모습을 나타내고 있었다.

아무 소리도 내지 않은 채로 쾌속하게 달려오는 그들의 수는 오십여에 달했다.

"전투준비!"

단후의 나직한 명령이 있었고, 적들은 그제야 정원에 도열해 선 용병들을 보고는 한순간 주춤하는 듯했다. 그러나 그들은 달려오는 기세를 늦추지는 않았고, 그대로 정원을 향해 들이닥쳤다.

"전열(前列) 앞으로!"

단후가 우렁차게 외쳤고, 앞쪽에 섰던 오십여의 용병이 적을 맞아 달려나갔다.

챙~!

채~ 챙!

병장기 부딪는 소리가 폭죽처럼 대기를 울렸다.

"악!"

"크~ 악!"

비명들이 속속 터져 나오기 시작했다.

그런데 피아(彼我)의 백여 명이 치열하게 맞부딪치고 있는 중에도 단후와 나머지 오십 명의 용병은 원래의 대오를 그대로 유지한 채 조용히 기다리고만 있었다.

그리고 잠시 후, 적진의 후방에서 다시 백여 명이 추가로 들이닥쳤을 때에야 단후가 벽력같이 외쳤다.

"죽여라~! 모조리 죽여라~!"

단후의 그 명령은 차라리 잔혹했다. 이어 그는 가장 앞에 서서 달려나갔고, 그 뒤를 오십 명의 용병이 목이 터져라 고함을 지르며 일제히 달려나갔다.

"와아아~!"

격렬한 쇳소리와 고함 소리, 그리고 비명 소리가 어지럽게 뒤섞이고 있었다.

도합 이백오십여나 되는 무리가 한데 뒤엉켜 치열하게 전투를 치르고 있었다.

그런 중에, 단후의 활약은 단연 돋보이는 데가 있었다.

단후의 거도(巨刀)는 거침없이 춤을 추었고, 그것에 부딪치는 것은 사람이든 병장기이든 그대로 베어지고, 부서지고, 튕겨 나갔다. 가히 일당백의 맹위였다.

그런 덕에 현저한 숫자의 열세에도 불구하고 용병들은 사기 백배하였다.

그러나 숫자의 열세 외에도 적진(敵陣) 중에는 용병들 개개로는 감히 상대가 되지 못하는 고수급들이 적어도 십여 명은 넘게 섞여 있었고, 그로 인해 전체적인 전세의 균형은 빠르게 무너져 가고 있는 중이었다.

5

필괴와 장삼은 아직껏 전투에 가담하지 않고 있었다.

두 사람은 지금 종염위 부자와 함께 태정전을 등지고 서 있었다.

사실은 처음 전투가 시작되었을 때부터 곧장 정원으로 달려가려는 필괴를, 장삼이 제지를 해두고 있는 중이었다.

전투의 형세를 지켜보는 종염위의 안색은 초조한 중에 몹시도 어두웠다.

전황은 이제 확연하도록 윤곽이 드러나고 있었다.

단후가 거도를 종횡무진으로 휘두르며 좌충우돌 분투하고 있었으나 그 혼자로는 역부족이었다.

정원의 곳곳에는 이미 수십 명의 사상자가 쓰러져 있었는데, 그 대부분은 용병들이었다.

"적의 수뇌부를 제압하지 않고는 희망이 없겠소!"

종염위의 말에 장삼은 슬쩍 미간을 좁히고 말았다. 그 말인즉슨, 그와 필괴에게 적의 수뇌부를 처치해 달라는 뜻이 아니겠는가?

어쨌든 그 말을 듣고도 장삼이 계속 버티고 섰을 수만은 없는 노릇이었다. 태정문의 절박한 입장에서야 당연한 바람이겠고, 또한 어찌 되었든 그와 필괴가 바로 그런 이유로 지금 여기에 있는 것이었으니 말이다. 더욱이 필괴가 먼저 앞을 향해 걸음을 떼고 있는 중이었다.

그런데 그때였다.

"대도성에서 온 필괴라는 자는 어디에 있느냐?"

혼전 중에 누군가 쩌렁한 소리로 외치고 있었다.

장삼이 급하게 소리친 자의 위치를 가늠해 보는데, 필괴가 돌연 앞으로 달려나가며 크게 외쳤다.

"여기 있다!"

필괴의 움직임이 워낙 반사적이었고 거침이 없었으므로, 장삼이 미처 말릴 틈은 없었고 곧장 그를 뒤쫓아 달려가기에 급급했다.

6

필괴의 검이 맹렬하게 사방공간을 유린했다.

캉!

카~ 캉!

거친 쇳소리가 터져 나오는 중에 적들의 병장기가 잇달아 허공으로 튕겨 올랐다.

그 무지막지한 힘과 기세에 필괴의 앞을 막는 자들은 제대로 교합을 나눠 보지도 못하고 몸통을 베이고 팔다리를 베인 채로 쓰러져 나갔다.

"악~!"

"으~ 악!"

처절한 비명이 터져 나오며 필괴의 주변은 금세 풍비박산이 되었다.

그런데 이윽고 적들이 황망히 흩어지면서 필괴의 앞길을 틔울 때였다. 갑자기 적진의 한쪽이 열리더니 한 사람이 질풍처럼 달려 나오며 크게 외쳤다.

"네가 필괴라는 자이냐?"

외쳐 묻는 소리가 쩌렁한 중에도 날카롭게 귓가를 찌르는 듯하였다.

그러나 그 목소리야말로 좀 전에 자신을 찾았던 목소리였으므로 필괴는 곧장 그 사람을 향해 마주 달려갔다.

그렇게 두 사람이 서로를 향해 거리를 좁혀 가는 동안에 주변의 양측 병력들은 급급히 뒤로 물러섰고, 이윽고 두 사람이 열 걸음쯤 거리를 두고 마주 섰을 때 그들의 주변으로는 제법 널찍한 공간이 만들어져 있었다.

7

"네가 자강을 죽였느냐?"

상지염이 한 자루의 비수를 꺼내 보이며 물었다.

"당신이 말하는 자가. 그 비수의 주인이라면. 맞소."

필괴가 천천한 투로 시인했고, 순간 상지염은 애써 흥분을 추스르고 비수를 소매 안으로 갈무리하면서 차라리 담담하게 물었다.

"그 아이에게 무슨 원한이 있었더냐?"

"내 아버지를 죽인. 원한이오. 오 년 전 황촌이라는 곳에서. 용건을 맨 다섯 명이. 내 아버지를 무참히 살해했소. 그중 흑룡의 무늬가 새겨진. 용건을 맨 자가. 바로 그 비수의 주인이었소!"

"음······!"

상지염이 저도 모르게 무거운 침음성을 뱉어내는 것을, 필괴가 잠시 지켜보고 있다가 다시 차분하게 말을 이었다.

"그때 그들 다섯 명은. 모두 인피면구를 썼고. 흑룡건을 썼던 자는. 제일 아래 서열이라. 다른 자들을 모른다고 했소. 하여 나는 당신에게서. 그 나머지 네 명의 용건이. 누구인지 알기를 원하오!"

상지염은 가만히 냉소를 머금었다.

"네놈에게 무슨 원한이 있었든, 또 무엇을 원하든, 그런 것은 조금도 중요하지 않다. 오로지 중요한 것은 네놈이 자강을 죽인 바로 그놈이라는 것이지!"

필괴의 눈빛이 문득 시리도록 차가워졌다.

"내가 원하는 답을. 내놓지 못한다면. 당신 또한 내 손에. 죽게 될 것이오!"

"이놈~!"

상지염이 돌연 대갈일성하며 그대로 공간을 단축시켜 갔다. 동시에 그의 검은 일도양단의 기세로 필괴의 머리를 쪼개어 내렸다.

실로 전광석화와 같은 쾌검이었다.

순간 필괴의 머릿속은 하얗게 비었다. 그러나 머리와는 별개로 그의 몸은 이미 반응해 가고 있었다. 몸에 익은 그대로, 마치 본능처럼 종횡검이 펼쳐졌다. 아니, 그대로 터져 나갔다.

타타타~ 탕!

격렬한 쇳소리가 폭음처럼 공간을 마구 찢어발겼다.

그러나 상지엽의 검초가 단순히 쾌검초이기만 한 것은 아니었다.

파아~ 아앙!

상지엽의 검이 뒤늦게 한 무리의 은은한 백광(白光)을 폭사해 내고 있었다. 검기였다. 가느다란 검기의 수많은 가닥들이었다.

그 백색의 검기가닥들은 찰나간에 엄지손가락만 한 굵기의 다발을 이루며 그대로 필괴를 향해 폭사되었다.

멀찍이 서서 지켜보던 종서이가 그제야 놀란 외침을 토해 냈다.

"검기성형(劍氣成形)!"

그 순간

서걱!

하고 필괴의 검이 마치 나무토막이라도 되는 듯이 여지없이 잘려 나가고 있었다.

그리고 그 백색의 검기 다발은 그대로 필괴의 목을 찔러 들었다.

장삼은 두 눈을 부릅떴다. 그러나 도저히 어떻게 해볼 수는 없는 상황이었다.

그 백색의 검기 다발이 목을 찔러 들고 있는 순간에도, 필괴는 여전히 상대의 가슴을 찔러 가고 있었다. 그러나 그의 검은 이미 반 동강이 나버렸으니, 그런 몸짓은 차라리 허망하게만 보였다.

그리고 한순간 그들 두 사람의 모든 움직임이 멈추었다. 상지염의 검기 다발도 사라지고 없었다.

텅!

누군가의 손에서 미끄러져 내린 검이 힘없이 바닥으로 떨어졌다.

8

상지염의 두 눈에 서서히 극도의 경악과 함께 한 가닥의 고통이 뒤섞여 들고 있었다.

그는 천천히 시선을 내려 자신의 가슴을 내려다보았다.

그의 눈빛에 도저히 믿을 수 없다는 빛이 더해졌다.

필괴의 반검(半劍)은 그의 가슴을 결코 찌르지 못했다.

그런데도 그의 가슴은 검에 관통당했다.

거짓말 같았다.

심지어는 피조차 흐르지 않고 있었다.

그러나 그의 심장은 분명 파괴되었고, 선명한 고통 속에서 그는 지금 죽어가고 있었다.

9

필괴는 천천히 반검을 거두었다.

순간 상지염은 진저리를 치듯이 부르르 온몸을 떨었다.

"크으~ 윽!"

바닥으로 무너져 내리면서도 상지염의 부릅떠진 두 눈은 필괴에게로만 향해 있었다.

10

장삼은 본 것도 같았다.

좀 전 필괴의 반검에서 순간적으로 아주 희미하게 붉은 기운이 감도는 투명한 무언가가 마치 부러진 부분을 재생시키듯이 불쑥 생겨나는 것을.

그러나 그것은 도무지 사실 같지 않았고, 그저 환상인 것만 같았다.

11

"속문주께서 쓰러지셨다~!"

"속문주를 구하라~!"

풍뢰속문의 진영에서 잇따라 다급한 외침들이 터져 나왔다.

그리고 곧바로 풍뢰속문의 전병력이 쓰러진 상지염을 향

해 일제히 움직이기 시작했다.

돌연 결사의 각오를 보이며 일제히 한곳을 향해 몰려드는 적들에 대해, 용병들은 일시 어떻게 대응을 하지 못하여 순순히 길을 열어주는 형국이었다.

자칫 적들의 한가운데에 갇히게 될 판이라, 장삼이 또한 급하게 필괴의 소매를 잡아끌며 외곽지대로 물러났다.

"퇴각하라~!"

"퇴각하라~!"

외침과 함께 풍뢰속문의 병력이 다시 방향을 바꾸고 있었다. 아마도 상지염이 이미 절명했음을 확인한 듯이 그들의 움직임은 몹시도 다급하게 바뀌어 있었다.

"적들이 도망친다~!"

"쫓아라~!"

용병들이 퇴각하는 적들을 쫓기 시작했다.

용병들에게 단후의 지휘는 더 이상 필요해 보이지 않았다. 포악한 짐승들처럼 그들은 잔혹했다. 그들은 이미 전의를 잃은 풍뢰속문의 병력들을 악착같이 따라잡으며 사정없이 베고 찔렀다. 그들은 마치 풍뢰속문과 불구대천의 원한이라도 있는 것처럼, 단 한 명도 살려 보내지 않으려는 듯이 악착스럽게 도검을 휘둘러 대고 있었다. 피를 흘리는 채로 도망치는 적을 끝까지 쫓아가며 그 등을 찌르고 목을 베고야 말았다. 그들은 잔인함에 익숙한 자들이었다. 피를 보면 볼수록 주체

할 수 없도록 잔인해지는 자들이었다. 양귀비에 취하는 것처럼 피에 취해 버리는 자들이었다.

일방적인 대살육이 벌어지는 땅바닥 곳곳에는 피가 작은 내를 이루며 흘렀다.

피의 대지 위에서 피를 온몸에 뒤집어쓴 용병들이 악귀야차(惡鬼夜叉)의 형상이 되어 마구 날뛰고 있었다.

살육의 현장에서 멀찍이 떨어져서 태정문의 가솔들이 치를 떨며 지옥의 참상을 지켜보고 있었다.

그런 중에 필괴 또한 우뚝 서 있다. 그는 부러진 반검을 아래로 늘어뜨린 채, 마치 넋을 잃은 사람처럼 망연히 살육의 광경을 바라보고 있었다.

장삼은 필괴의 곁에 서 있었다, 차분한 모습으로.

12

"와아아~!"

용병대가 일제히 승리의 환호성을 울렸다.

태정문의 가솔들 또한 환호와 감격에 휩싸이지 않을 수는 없었다.

대승이었다.

풍뢰속문은 속문주 상지염이 죽은데다, 살아서 돌아간 자가 올 때의 사분지 일도 되지 않았으니 거의 궤멸 직전의 참혹한 대가를 치른 것이었다.

그러나 승리의 환희는 이내 그쳤다.

환호가 잦아든 사방곳곳에는 핏속에 잠긴 시신들이 즐비하게 널브러져 있고, 중상을 입고 쓰러진 자들이 고통에 신음하고 있었다.

13

"제길!"

정원 한쪽 구석에 침울하게 주저앉은 필괴를 한참 동안이나 지켜보고 있다가, 장삼은 문득 투덜거렸다.

그와 필괴는 열심히 싸웠고, 특히 필괴는 적의 수뇌를 죽이는 전공도 세웠지만, 막상 기필코 얻고자 했던 것을 얻지는 못했다. 대신 이제 그 결과를 감당할 일만 남은 것이다.

하긴 미친 듯한 광기에 휩싸인 지독한 전장에서, 서로 죽고 죽이는 이상의 다른 무엇을 의도한다는 것 자체가 처음부터 가능하지 않은 시도였는지도 모를 일이었다.

그러다가 장삼은 문득 의문 하나를 떠올렸다. 사실은 그가 잠시 유보해 두고 있던 것이었다.

"아까 그거 말이야! 혹시… 검강이었나?"

장삼이 슬그머니 물은 데 대해 필괴는 사뭇 무덤덤하게 반문했다.

"검강……?"

순간 장삼은 피시시 실소하고 말았다. 사실 필괴가 검강이라는 자체에 대해 알지 못하는 것은 당연했다. 적어도 필괴에게 유일한 검초라고 할 수 있는 종횡검을 가르친 입장에서 단언할 수 있건대 말이다. 더욱이 좀 전 필괴의 그것이 검강이었다면, 검강 중에서도 최고의 경지인 무형검강이어야만 하는 것인데, 도대체 어떻게 그럴 수야 있겠느냐는 단념에 금방이르게 되는 것이었다.

그래도 한 가닥의 여운이 남아, 아니, 차라리 미련이 남기에, 장삼은 언뜻 필괴의 두 눈을 뚫어져라 쏘아보았다.

필괴가 가만히 고개를 가로저었다. 정색이었다.

14

용병들의 희생도 작지 않아, 사망자만도 오십여 명이나 되었다.

절반이나 희생된 것이다.

종염위는 거듭하여 감사를 표했다. 그리고 다친 이들에 대한 치료와 더불어 지친 모두에게 술과 음식으로 극진히 대접했다.

긴장이 풀린 몸에 술과 음식이 들어가자 모두는 이내 파김치가 되다시피 늘어지고 말았다.

그런 중에 단후가 짐짓 서둘렀다.

"이로써 계약이 종료되었으니 약속된 은자를 내어주시오!"

태정문 측에서는 미리 준비를 해두었던 듯이 즉시 은자를 지불했고, 용병들은 따로 자리를 가질 것도 없이 그 자리에서 곧바로 분배에 들어갔다.

용병들의 분배방식은 사뭇 특이했다.

그들 중에서도 공이 큰 자와 작은 자가 있게 마련일 터인데, 살아남은 오십여 명에게 똑같이 돌아가도록 은자를 나눈 것이다.

심지어는 대장 노릇을 한 단후 자신 역시도 예외를 두지는 않았다.

"자! 이제 모두들 떠나라! 가능하면 빨리, 그리고 멀리 가는 것이 좋을 것이다!"

단후의 말에 용병 중의 하나가 웃으며 가벼이 받았다.

"하하하! 적들은 이미 궤멸된 것이나 마찬가지인데, 대장은 왜 그렇게 서두는 것이오? 죽을 각오로 싸운 터라 온 삭신이 노골노골 녹아내리니, 난 한나절쯤은 손가락 하나도 꼼짝해 볼 엄두를 못 낼 것 같소!"

그에 단후가 '껄껄껄!' 웃고 나서 가볍게 면박을 주는 듯이 받았다.

"강호에서 조금이라도 길게 명을 보존하려면 무공 실력보다도 우선 눈치가 빨라야 하는 법이다! 사실 우리는 오늘 너무 열심히 싸워서는 안 되는 것이었다!"

"그건 또 무슨 말이오?"

단후가 슬쩍 표정을 굳히며 받았다.

"설마 아직까지도 오늘 우리가 박살을 내버린 곳이 바로, 우단(宇旦)에 있는 풍뢰문의 속문이라는 것을 모르는 자가 있다는 말이냐?"

당장에 용병들 사이에서 작은 웅성거림이 일었기에, 단후가 빙긋이 웃으며 잠시 기다렸다가 다시 이었다.

"풍뢰문이 어떤 곳인 줄 모르는 자는 없을 터! 이제 이곳의 소식이 전해지는 대로 그들이 눈에 불을 켜고 달려올 것인데, 일단 그들이 가까이 오고 난 다음에는 도망가고 싶어도 가지 못할 것이니, 아직 시간 여유가 있을 때 촌각이라도 빨리 여기를 뜨는 것이 상수라는 말이다! 나 역시 어디 강호의 구석진 곳으로 숨어 들어가 이번에 번 은자가 떨어질 때까지 세월이나 낚아볼 작정이다!"

그때였다.

"그러다 은자가 다 떨어지고 나면, 그때는 또 어떻게 해야 하오?"

용병들 중에서 다른 하나가 소리를 쳤고, 그에 단후가 피식 실소하며 답했다.

"이런 답답한 인사 같으니! 내 코가 석 자인 사람한테 그런

걸 물어서 어떡하겠다는 것이냐? 나도 모르겠다! 그때 다시
강호를 떠돌며 풍찬노숙 하는 신세가 되든지 말든지, 각자 알
아서 하라고 할 밖에는!"

그때, 다시 다른 목소리 하나가 크게 외쳤다.

"난 대장과 같이 가고 싶소!"

단후가 힐끗 돌아보니 바로 감고였다.

감고가 이어 외쳤다.

"이번에 받은 은자가 제법 두둑하기는 하나, 이까짓것쯤
도박판에서 하룻밤에 다 털어먹는 것이야 일도 아닐 것이오!
하면 당장에 빈털터리 낭인 신세로 돌아갈 것이 뻔한데, 혼자
서 강호를 떠돌아다니는 일이라면 이제 아주 질려 버렸으니,
그럴 바에야 차라리 대장의 뒤나 쫓아 다녀야겠소! 그러다 보
면 또 뭔가 은자를 벌 건수가 생길 것도 같고… 최소한 재미
가 없지는 않을 것 같으니 말이오!"

그러자 용병들 사이에서 다시 웅성거림이 일었다.

단후가 짐짓 당황스러워하는 모양새인데, 감고가 다시 큰
소리로 용병들을 향해 외쳤다.

"자! 나와 같이 대장을 따를 사람은 이쪽으로! 그리고 각자
의 길을 가겠다는 사람은 저쪽으로 가 서시오!"

당장에 용병들 사이에서 약간의 소란이 일었다. 망설임없
이 성큼성큼 걸어서 한쪽으로 가는 자들이 있었고, 멈칫거리
며 한편으로 갔다가는 이내 다시 다른 편으로 옮기는 자들이

있는가 하면, 제자리에서 어찌할까 망설이고만 있는 자들도 있었다. 그러나 용병들을 오래지 않아 각자의 선택을 마쳤다. 상처가 가볍지 않아 당장에 먼 길을 나서기 어렵다는 자들 십여 명을 제외하고는, 나머지 사십여 명이 모두 단후를 따르겠다는 쪽으로 선 것이다.

묵묵히 지켜보고 섰던 단후가 그들 사십여 명을 향해 짐짓 흔쾌하게 고개를 끄덕였다.

"좋다! 정히 그럴 작정이라면, 가는 데까지 한번 같이 가보도록 하자!"

15

"풍뢰문은 아무래도 우리 쪽을 우선 추격할 것이니, 태정문으로서는 일단 시간이라도 좀 더 벌 수 있게 될 겁니다!"

공치사를 하듯 하는 단후에 대해 종염위가 희미하게 웃으며 고개를 끄덕였다.

단후가 이어 장삼에게 넌지시 말을 건넸다.

"그쪽도 우리와 함께 가는 게 어떻겠소? 갚아야 할 은혜도 좀 있고!"

그에 장삼이 가볍게 웃기만 하자, 단후가 또한 짐짓 빙그레 웃으며 다시 말했다.

"뭐 이미 지나간 작은 은원(恩怨)에 대해 굳이 따지겠다는 건 아니고… 보다시피 우리는 어차피 용병의 길로 들어선 격인데, 왠지 당신들과 함께 움직이다 보면 제법 그럴 듯한 건수가 생길 것만 같은 직감이 들어서 말이오!"

장삼이 힐끗 필괴를 한번 돌아보고 나서 다시금 가벼운 웃음을 지었는데, 그것을 어떻게 해석했는지 단후가 '흐흐흐!' 하고 잇사이로 웃고 나서 슬쩍 덧붙였다.

"내가 좀 전에 좀 서둘기는 했지만, 사실 여기서 우단까지는 결코 가까운 거리가 아니니, 풍뢰문에서 소식을 듣고 오는 데는 제법 시간이 걸릴 것이오. 그러니 우리와 함께하기로 한다면, 우선 어디 괜찮은 곳에서 내가 술 한잔 거나하게 살 용의도 있소만……?"

그제야 장삼이 문득 웃음기를 거두며 정색을 하였다.

"그럴 여유는 내지 못할 것이오! 아마도 그들은 벌써 이곳을 향해 달려오고 있는 중일 테니까!"

순간 단후가 가볍게 미간을 찌푸리며 물었다.

"대체 무슨 근거로 그 같은 말을 하는 것인가?"

"우단의 풍뢰문주가 이곳의 속문이 무너진 사실은 아직 모를 것이되, 자신의 아들을 죽인 자가 이곳에 있다는 보고는 이미 접했을 것이기 때문이오! 그 보고가 전서구로 갔다면 오늘 아침쯤에는 이곳을 향해 출발했을 것이고, 정예고수들을 앞세웠다면 지금쯤에는 이미 상당한 거리를 주파해 냈을 것이오!"

단후의 미간이 이윽고는 와락 일그러지고 말았다. 그가 장삼의 말에 대해 당장 전부를 이해할 수는 없었겠으나, 그는 적어도 장삼이 허튼 소리를 뱉고 있지는 않다는 감은 확연히 잡은 것 같았다.

"니미랄!"

버럭 욕설을 뱉은 단후가 용병들을 향해 소리쳤다.

"모두 서둘러라~! 지금 즉시 출발한다~!"

그때 장삼이 단후를 향해 슬쩍 말을 던졌다.

"우리에게 함께 가자는 얘기는 여전히 유효하오?"

그러자 단후가 잔뜩 찌푸린 채로 거칠게 받았다.

"제기랄! 영 찜찜하군! 그러나 뭐… 술 한잔 같이 나누는 것쯤이야 괜찮겠지! 일단 따라붙으라고! 대신 조금이라도 능장을 부린다면 금방 마음이 바뀔지도 몰라!"

그때였다.

"잠깐! 잠깐만 기다려 주시오!"

종서이가 급하게 필괴의 앞으로 다가섰다.

"여기… 청운검을 받으십시오!"

두 손으로 청운검을 받쳐 내미는 종서이에게서, 장삼은 언뜻 그가 필괴에 대해 가지는 흠모의 염을 엿볼 수 있을 듯했다.

"받을 수. 없습니다."

필괴가 황급히 그 말만 해놓고는 완강히 고개를 가로젓는 것을 장삼이 얼른 그의 입장을 대변했다.

"우리 방주께서는 그냥 보통의 철검 한 자루면 감사히 받으실 것이오!"

그러자 종서이의 뒤에 섰던 종염위가 선뜻 앞으로 나섰다.

"정히 그러하시다면 염치없지만, 청운검은 거두겠습니다."

종서이에게 청운검을 거두어 들이게 한 종염위가, 이어 자신이 허리에 차고 있던 검을 풀어 정중히 내밀었는데, 그것 또한 그저 흔한 철검이 아님은 분명하였으나 필괴가 더는 거절하지 못하고 순순히 받아들었다.

"정말 감사하오!"

종염위가 필괴를 향해 정중히 포권을 할 때, 조급함을 누르며 지켜보고 있던 단후가 더 이상은 참지 못하겠던지 우렁차게 소리쳤다.

"자~! 출발!"

16

"아까운지고! 참으로 아까운지고! 기꺼이 주겠다는 보검을 굳이 마다할 것까지야 있었나? 자기가 싫으면 일단 받아서 나한테나 주었으면 얼마나 좋아?"

단후가 농담처럼 뱉는 소리였는데, 장삼이 듣다못해 슬쩍 핀잔을 주었다.

"우리 방주께서 어디 댁 같은 줄 아슈? 좀 과묵하셔서 그렇지, 천하에 다시 없는 대장부시오!"

그러자 단후가 짐짓 표정을 구기며 받았다.

"그럼… 난 졸장부고?"

"누가 그렇댔소?"

장삼이 툭 뺄고 나서는, 문득 뒤쪽을 돌아보며 가볍게 입맛을 다시는 시늉으로 중얼거렸다.

"쩝! 하긴… 아깝긴 하군! 검사(劍士)에게 좋은 검 한 자루가 얼마나 소중한 것인데……!"

그에 단후가 '껄껄껄!' 하고 짐짓 호탕하게 웃으며 받았다.

"이거 반갑네그려!"

"무슨 소리요?"

"그렇지 않은가? 이제 보니 보검이 아까운 건 그쪽도 마찬가지이니, 곧 나와 같은 졸장부라는 얘기가 아닌가? 동무를 만났으니 반가울밖에!"

"거, 참! 여러 가지로 골고루도 하시오?"

주거니 받거니 투닥투닥하면서 두 사람은 어느 틈에 많이 친해진 것처럼 보였다.

『심검지』 5권에 계속…

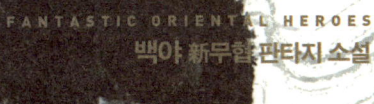

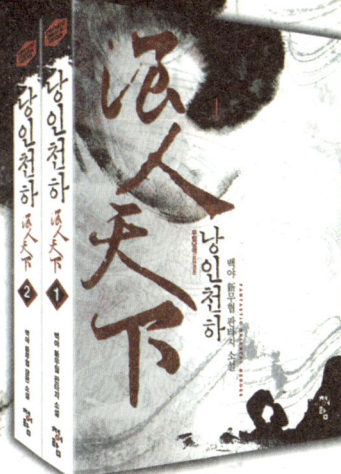

拳王降臨
권왕강림

FUSION FANTASTIC STORY
무명서생 장편 소설

강렬함을 원하는가?
원한다면 읽어라!
『권왕강림』

주먹으로 마왕을 때려잡던 이계의 피스트 마스터, 카론!
나약한 왕따와 영혼이 교체되어 현대에 다시 태어나다!

"앞을 가로막는 자는 때려눕힌다!"

맨손으로 불평등한 세상을 평정할
위대한 권왕의 이름을 기억하라!

권왕 상두 강! 림!